U0890633

中原文学新风景

河南评论家文丛

吕东亮 著

河南大学出版社
HENAN UNIVERSITY PRESS
·郑州·

图书在版编目(CIP)数据

中原文学新风景 / 吕东亮著. -- 郑州 : 河南大学出版社, 2021.12

ISBN 978-7-5649-5009-5

Ⅰ. ①中… Ⅱ. ①吕… Ⅲ. ①中国文学－当代文学－文学研究－河南 Ⅳ. ①I206.7

中国版本图书馆 CIP 数据核字(2022)第 016432 号

项目总策划 侯若愚
责任编辑 侯若愚
责任校对 韩 露
封面设计 翟淼淼
出版发行 河南大学出版社
地址:郑州市郑东新区商务外环中华大厦 2401 号 邮编:450046
电话:0371-86059701(营销部) 网址:hupress.henu.edu.cn
排　　版 河南大学出版社设计排版部
印　　刷 河南瑞之光印刷股份有限公司
版　　次 2021 年 12 月第 1 版　**印　　次** 2021 年 12 月第 1 次印刷
开　　本 890 mm×1240 mm 1/32　**印　　张** 11.25
字　　数 206 千字　**定　　价** 45.00 元

书稿内容简介:《中原文学新风景》主要研究了新世纪以来“中原作家群”的创作情况,重点探索了邵丽、乔叶等女性作家在中原文坛的崛起、短篇小说家刘庆邦的长篇新作、地市级文坛的卓越表现及其对中国文学的参与度等问题。这些文坛现象在以前的河南文学格局中较为少见,堪称中原文学的新风景,具有较强的研究价值和文化意义。在具体的研究中,该书尽可能做到融宏观考察与文本分析于一体,结论力求在锐意创新的同时做到可靠稳妥,具备较强的说服力。该书系2017年度河南省高校哲学社会科学优秀学者支持计划(2017—XYXZ—18)成果。书中部分内容曾在《南方文坛》《小说评论》《文艺报》等报刊发表。

吕东亮简介：吕东亮，男，汉族，1980年12月生，河南新郑人，中共党员，文学博士，现为信阳师范学院文学院教授，副院长，硕士生导师，主要从事中国当代文学研究和文学批评工作。先后在河南大学文学院、北京大学中文系、武汉大学文学院读书求学，分别获文学学士、文学硕士、文学博士学位。2006年7月—2018年1月，担任文学院教学秘书；2013年5月—2016年10月担任文学院文艺理论教研室主任；2015年6月到2016年10月担任文学院院长助理；2016年10月至2021年7月担任文学院副院长；2021年7月起担任传媒学院院长。

系中国文艺评论家协会会员、河南省文艺评论家协会理事、中国当代文学研究会会员，信阳市作家协会副主席，信阳市青联副主席。2014年被评为河南省青年骨干教师，2015年被评为河南省高校科技创新人才（人文社科类）、河南省教育厅学术技术带头人，2016年被评为河南省高校哲学社会科学优秀学者。2016年入选信阳师范学院南湖学者计划青年学者A类。先后在《文学评论》《中国现代文学研究丛刊》《文艺报》《南方文坛》《文艺争鸣》《文艺理论与批评》《小说评论》等期刊发表论文70余篇，主持国家社科基金项目1项，研究成果获得河南省哲学社会科学优秀成果奖二等奖1项、三等奖1项，教育厅人文社科成果奖特等奖1项、一等奖1项，获信阳市何景明文学奖3次，出版学术专著1部，参与策划《中原作家群研究资料丛刊》并担任副主编，编著文献性著作2部。2018年作为河南代表团代表，赴北京参加全国第八届青创会。

“80 后”学者眼中的文学风景

——《中原文学新风景》序

吕东亮出生于 1980 年 12 月，按现在流行的以年代归类的划分法，他是不折不扣的“80 后”学者。

2006 年，吕东亮从北京大学中文系硕士研究生毕业，到信阳师范学院文学院工作。2010 年他又到武汉大学文学院师从于可训先生攻读中国现当代文学方向的博士学位，2013 年毕业，获文学博士学位。这些年来，因为工作关系，我多次到信阳、信阳师院参加活动，东亮也多次到郑州参加河南省作家协会、河南省文艺评论家协会和河南省文学院组织的活动，所以和东亮时有往来，应该算是老朋友了。可细算起来，究竟什么时间认识东亮的，却记不清了。

信阳师范学院文学院近年来在吴圣刚、沈文慧的主持下，组织全院老师集中精力进行中原作家群研究，并成立了“当代河南文学发展与中原文化建设”协同创新中心。作为重要的基础性工作，在程光炜先生的积极支持下，他们首先组织十多位专家编辑《中原作家群研究资料丛刊》，目前已出版了2辑共23卷，收录了25位中原作家的研究资料，成为中原作家群研究重要的基础性工程。这些工作，吕东亮不仅作为专家编写了其中两卷，还做了大量组织和事务性工作。他本人也迅速从团队中脱颖而出，目前已成为信阳师院文学院分管科研和学科建设等工作的副院长。作为朋友，我由衷地为他在专业研究领域和组织工作方面的进步感到高兴。

生活中的东亮，言语不多，待人诚恳，做事认真且思路清晰，因而总能给人以踏实之感。孔子称道的“讷于言而敏于行”的君子，大约就应该是东亮这样的人。从读本科时开始，东亮一直接受专业的文学训练，硕士、博士研究生读的又是中国现当代文学方向。求学期间，东亮关注的重点主要是现当代经典作家，对作品的研究细致入微，对史料的考察深入翔实。这样的训练使东亮的学术根基异常扎实、稳固，学风又特别踏实、细致。近年来，东亮在信阳师范学院文学院的学科建设方面发挥骨干作用，把研究的重点放在了中原作家群的作家和作品方面，并做出了非常突出的成就。

日前，吕东亮把他近一个时期撰写的与中原文学研究相关的文章汇集在一起，拟以《中原文学新风景》为名出版。全书分为上、下两编。上编主要论述以邵丽、乔叶为代表的女性作家群体在河南的崛起，并由此论及当代文学的“中原经验”；下编则分述了中原作家群的其他一些男性作家，如白桦、刘庆邦、周大新、墨白等，同时也单独对信阳作家群的作家进行了论述。附录部分则收录了几篇作家访谈和对几位非河南籍作家的研究文章。

中国新文学发端以来，中原作家赓续以往沉潜下去的劲健文脉，使中原文学重新走向辉煌。特别是新时期以来，中原作家群成为中国文坛一支活跃的劲旅，为中国和世界贡献出了一大批优秀的作家、作品。近年来，全国文学界、学术界对中原作家群越来越关注，研究河南作家、作品的论文、著作不断面世。信阳师院文学院正是在这样的大背景下，把学科建设的重要突破口选在了中原作家群研究上，迅速做出了一批重要成果。在从事基础性资料工作的同时，吕东亮积极参加河南文学界组织的各种文学活动，认真与作家进行深入的互动，置身文学现场，以学术准备为基础，进行广泛深入的文学评论活动，撰写了一批优秀的批评文章。正因如此，吕东亮的研究和批评得以很好地相互生发，使其文章能够在保持学院派严谨、扎实的特点的同时，又多了些参与到文学现场的鲜活感，对作家创作方面的突破和不足，能够有更为准确的认识，因而也更富现实意义。

《中原文学新风景》上编以邵丽和乔叶为代表，研究中原女性小说家。东亮这部分研究的好处在于，他不仅能从社会发展、文学发展的背景下考察中原女性小说家崛起的历史和现实原因，更能通过深入的文本细读，发掘出独特的文学品质和内涵。东亮研究的扎实之处在于，他通过对邵丽、乔叶，甚至包括与之相关不同作家文本的系统阅读，对作家创作道路的轨迹有全面的认识，从而为更好地理解作品，也更好地理解作家，更好地把握中原作家群的特点，做好充分的准备。与邵丽和乔叶前后活跃在中国文坛的女性小说家还有傅爱毛，以及当时生活在河南的戴来等人，她们基本上是在20世纪90年代中后期步入文坛，在世纪之交开始产生影响。这些女性作家之所以能在当时的文坛上脱颖而出，一个重要的原因在于她们一改之前中国文学以社会性经验为主要书写内容的局面，更多地把目光投向自身，把表达的重点从社会、政治、文化层面的内容转移到个体的生命体验上来。东亮对这个转变显然有着清楚的认识，他在谈到这些作家的创作时说这些女性作家创作的特点是，“大都立足于呈现自身作为女性的生命经验和人生体悟”。邵丽和乔叶前期的创作同样表现出这样的特点。这种写作在当时看来，确实给人带来了一种直面生命体验的真实感和新鲜感，因而受到很多读者的喜爱。但它同时也带来一个问题，就是作品主题的雷同和格局的狭窄。邵丽和乔叶显然也意识到了这个问题，所以她们后来不约而同地开始关注社会现实，作品开始更多地表达当下的社会经验和时代经验，邵丽的《人民政府爱人民》《挂职笔记》《第四十圈》，乔叶的《拆楼记》《认罪书》等，都是她们把目光转向社会现实后的转型之作。由此开始，她们的作品也才显得更为开阔、博大。吕东亮从当代文学的"中原经验"这个角度切入问题，既看到了邵丽、乔叶等起初的写作给"中原经验"带来的新变，也对其此后作品重新关注现实，为当下"中原经验"的文学表达所做的贡献予以认同，这就使问题的分析更为全面、透彻，也由个别的作家对中原作家群的总体特征有了准确的把握。也由此，吕东亮深厚的学术功底、开阔的视野和清晰的思路得以显现出来。

《中原文学新风景》下编重点讨论了几位具有代表性的中原作家，有些属于作家论的范畴，有些则属于作品论的范畴，论述信阳本地作家的文章则更近于评论文章。这组文章与前面论述邵丽、乔叶的文章形成对照，构成一种繁简关系，使我们可以由此对中原作家群总体的创作有个全面的认识。

《中原文学新风景》并非对中原作家群创作的系统论述，吕东亮只是选取了几位他重点关注的作家进行分析，由此使读者不仅能够更深入地认识著作论及的几位作家，更可以由此对中原作家群有全面的认识。从这个意义上讲，尽管这部著作对中原作家群的论述在系统上存在不足，但作为一种由点见面的尝试，吕东亮做的是成功的，应该向他表示祝贺。

在《中原文学新风景》即将付梓的时候，东亮嘱我为作品写段文字，权且谈些对中原作家群及东亮的一些浅见，以为序。

何弘

2017年10月16日

目　　录

上编　中原女性小说家研究

下编　新世纪中原作家观察

上编　中原女性小说家研究

第一章
女性作家的崛起与当代文学的“中原经验”

新文学历史上，女性作家群体的崛起是新世纪以来河南文坛最重要的现象。以邵丽、乔叶为代表的河南女性作家在新世纪集中涌现，并频频获得全国性的重要文学荣誉。她们以骄人的创作实绩引起全国文坛的注意，构成了河南文坛一道亮丽的新风景，也更新、丰富了当代文学中的“中原经验”。在长期以来由男性作家强势主导的河南文坛，女性作家群体的崛起及其对“中原经验”的丰富，无疑是一个意味深长的话题。

一、当代文学中的“中原经验”蠡测

在古代中国，中原是一个散发着光芒与魅力的字眼。中原是中华文明的核心地区，中国文化的主导形态也主要在中原地区形成。就文学而言，古代中原地区涌现的知名的作家诗人，几乎占到文学史的一半份额，尤其是南宋中国经济中心南移之前，中原地区的文坛可谓是群星璀璨，其他地区难以望其项背。近代以降，东南沿海地区得风气之先，较早地接受欧风美雨的冲击，也较早地实现近代化并开始建立近代的文化形态，而中原地区则在这一经济文化转型的潮流中渐趋落后。五四新文化运动发生前夕的中原，尚被封闭保守的主流文化界视为理学名邦，与倡言革新的新文化界距离甚远。在这一时期的文化及文学革新中，中原地区鲜有值得注意的声音出现，几乎呈失语状态。在现代文学三十年的发展建设历程中，河南作家也表现欠佳。徐玉诺的《一只破鞋》、师陀的《果园城记》以及姚雪垠、丰村创作于抗战时期的一些小说，是当时为人所知的可以视为河南文学的作品。这些作品约略呈现了一个匪患蜂起、停滞困顿、贫穷落后的中原形象。这一形象大体符合河南在现代历史中的实际情状。

新中国成立后，中国作家协会在各省区成立了相应的分会以组织领导各省区的文学事业。这一文学建制打破了新中国成立前新文学活动主要在北京、上海等大城市开展的状态，改变了新文学的地理格局，各个省区也由此开始了正常的文学建设工作。中国作家协会在各个省区的分会后来又演化为各个省区的作家协会，各个省区的作家协会负责领导本省区的文学事业，包括培养指导本省区的作家和组织本省区的文学创作活动，如此一来，对于本省区人民生活的书写和反映就成为体制性的要求，也获得了体制的支持，因而对于地域性的强调便成为顺理成章的事。这一文学建制长期存在，至今仍然在发挥作用。这使得河南文学以及其他省区的文学，作为一种文学的地域形态成为可能，“河南文学”的概念得以成立，当代文学中的“中原经验”也得以形成并逐渐丰富。

在当代中国的地理版图中，河南是一个农业大省，中原也被视为农耕区域。中原地区涌现的作家，也多出身于农家，因而对于乡土生活的书写、对于农耕文化的表现就成为长期以来河南文学的一个基本主题。新中国成立初，李凖凭借反映农村合作化运动初期农民心态的短篇小说《不能走那条路》一举成名，并且开启了河南文坛书写农村的写作风潮。这一风潮在“十七年”文学时期持续不断，进而形成了以李凖为首，段荃法、吉学沛、李文元、冯金堂等人继起的河南农村题材小说家群体。这一群体就其创作成绩和实际影响来说在当时仅次于以赵树理为首、马烽等为重要成员的山西农村小说家群体和以柳青、王汶石为代表的陕西农村小说家群体。改革开放后，以乔典运的《问天》、田中禾的《七月》、张宇的《乡村情感》、李佩甫的《红蚂蚱 绿蚂蚱》为代表的名篇延续了这一辉煌。中原地区在近现代中国历史中是多灾多难的，民国时期以水旱蝗汤四种灾祸著称，建国以来在“左”倾错误思潮导致的灾害中受损又较为严重，再加上农村长期的贫困状态，使得表现苦难成为河南文学的一种特色。李凖的《黄河东流去》和冯金堂的《黄水传》都致力于书写黄泛区农民的苦难；张一弓的名篇《犯人李铜钟的故事》《张铁匠的罗曼史》写的则是极左政治带给中原人民的灾祸；刘震云的《温故一九四二》、刘庆邦的《平原上的歌谣》、阎连科的《丁庄梦》集中书写了饥荒和恶疾带给中原百姓的苦痛。中原地区是封建统治的核心地区，久经传统文化浸染，在近现代则因此而封闭保守、膜拜权力、革新缓慢、迟滞困顿，这也使得揭示丑恶、批判现实成为河南作家的一种思想追求。李佩甫的《羊的门》、张宇的《活鬼》、阎连科的《受活》、周大新的《湖光山色》、刘震云的《故乡面和花朵》、刘庆邦的《黄泥地》等作品对于农民抱残守缺的消极心态和自私自利心理的刻画力透纸背，对于农民权力意识的分析批判入木三分，其中蕴含的思想追问和灵魂关怀是沉郁深邃的。这些优秀的作家和杰出的作品共同积累生成了当代文学中的“中原经验”。这种经验或许可以大致概括为：执着地书写土地，对乡土生活本质进行追问，以苦难为聚焦点来展现农民的生存境遇和生命体验，对农村封闭性的权力争斗以及农民的灵魂异化、精神伤痛进行批判性审视，在思想表达上崇尚深刻，在美学风格上崇尚厚重。

当然，并非只有河南的作家善于书写乡土、关注农民、批判现实，但河南的作家在这方面的表现是最突出的，声势是最大的；致力于此的作家尤其是新时期以来的作家数量最多，优秀的作品也最多，也最集中地呈现了这种经验。河南的作家也并非只擅长书写乡土，他们对城市生活及其他经验的书写也不乏佳作，但他们创作中最为人所称道、所铭记进而成为他们文学身份标识的作品是呈现这种经验的作品。这些事实已得到文坛的确认和诸多评论家的阐释，此处毋庸赘言。

需要注意的是，在 20 世纪的河南文学史上，女性作家的表现总体来说乏善可陈，和男性作家几乎不可同日而语。五四新文学初兴时期，出生于河南南阳的女作家冯沅君一度有精彩的表现，她所创作的《旅行》《隔绝》等大胆表现叛逆女性情爱心理的小说颇引起当时文坛的瞩目，然而不久冯沅君即淡出文坛，专力从事学术著述。总的来说，“五四女作家中，冯沅君的文学创作较之冰心、庐隐来说开始得晚、辍笔早、数量也不多”①。新时期之初，叶文玲书写知识分子境遇的《心香》获得全国优秀短篇小说奖，引起较大反响，但叶文玲在 80 年代中期即已离开河南，回到故乡浙江定居并担任浙江省作协主席，其后的创作也彻底融入了浙江文学。冯沅君的侄女、哲

---

① 刘思谦：《“娜拉”言说——中国现代女作家心路纪程》，上海文艺出版社，1993，第 27 页。

学家冯友兰先生的女儿宗璞，人生历程和河南老家几乎完全没有关系，她的创作也一样远离中原的人和事。冯沅君、叶文玲、宗璞之外的20世纪河南女作家，取得丰厚创作实绩、引起全国范围注意的，就几乎没有了。因此，可以说20世纪文学中的“中原经验”，主要是男性作家营造的，也带有明显的男性化或者说阳刚化的美学特征。对精神深度的追求、对权力和苦难的注视、对宏大叙事及时代本质的执着，可以视为这一美学特征的典型体现。

二、女性作家的集中崛起

由男性作家强势主导的河南文坛格局，在新世纪得到显著改变。邵丽1999年开始发表作品，2000年集中发表多篇小说，2002年中篇小说《王跃进的生活质量问题》引起文坛注意，2004年在《十月》杂志发表的短篇小说《明惠的圣诞》获得普遍好评，并在2007年获得第四届鲁迅文学奖短篇小说奖；2008年，邵丽的长篇小说《我的生活质量》入围第七届茅盾文学奖评选；2010年以来，邵丽的小说《挂职笔记》《刘万福案件》《第四十圈》等持续性地在文坛引起强烈反响，频频被各大选刊选载，并获得“人民文学奖”“百花文学奖”等重要奖项；2013年，邵丽推出长篇小说《我的生存质量》，又一次引起文坛关注。乔叶在20世纪90年代中期开始创作，最初是有散文和诗歌发表，随后以写作大量青春美文引起注意；2001年，乔叶进入河南省文学院，成为一名专业作家，开始将主要精力转向小说创作，并逐渐取得成功，2004年以来有多篇作品在《人民文学》《十月》《上海文学》等名刊大刊发表，并被《小说月报》《小说选刊》等频频选载；2003年，乔叶第一部长篇小说《守口如瓶》在《中国作家》发表，不久又改名《我是真的热爱你》于2004年在长江文艺出版社出版，并荣登中国小说学会2004年长篇小说排行榜，得到文学界的高度肯定；2010年，乔叶发表于《收获》2008年第3期的中篇小说《最慢的是活着》获得第五届鲁迅文学奖，并且得票最高；2013年，乔叶的长篇小说《认罪书》发表于《人民文学》第5期，并获得当年的“人民文学奖”，单行本也于11月由北京十月文艺出版社出版，在文坛获得重大反响，被誉为是代表着70后作家写作最高水平的作品。此外，乔叶还陆续获得华语文学传媒大奖、郁达夫小说奖等重要荣誉，奠定了其在文坛的地位。邵丽、乔叶之外，计文君、傅爱毛等女作家也是在新世纪之后开始小说创作，并逐渐引起文坛关注。计文君的《天河》《开片》《剔红》相继在《人民文学》《十月》等大刊发表，作品虽少但皆为精品；傅爱毛的小说《嫁死》《天堂门》连续获得两届《小说月报》“百花文学奖”，颇为引人注目。

女性作家的集中崛起也及时地被河南文坛及全国文坛注意到了。2004年12月11日至12日，由中国作家协会、河南省作家协会、南阳市人民政府联合举办的“河南省五位青年女作家作品研讨会”在南阳市召开。五位青年女作家何向阳、邵丽、戴来、蓝蓝、乔叶被誉为中原文坛的“五朵牡丹”。虽然之后戴来、何向阳等离开河南，但并没有影响女性作家群成为河南文坛的一道亮丽风景。而新世纪以来的河南本土男性作家，则显得稍逊风骚，尤其是男性青年小说家，表现乏善可陈，以至于河南文坛几乎没有一位引起全国性持续关注的男性文学新星。2015年，邵丽当选为河南省作家协会主席。这标志着女性作家的创作已成为河南文坛的主流，传统的男性作家强势主导的河南文坛格局被彻底打破了。

女性作家在河南文坛的集中崛起现在想来可能有两种原因。首先是新世纪以来文化界愈来愈浓的后现代氛围为女性经验的文学表达提供了可能。后现代主义美学推崇一种“崭新的平面而无深度的感觉”①，在文学上则张扬无深度、零散化、反本质的写作精神。这种写作精神无疑为具有较强的感性化、碎片化倾向的女性写作提供了支持。就当代河南文坛而言，长期以来，男性作家的写作崇尚思想深度和宏大叙事，

① 詹明信：《晚期资本主义的文化逻辑》，陈清侨等译，生活·读书·新知三联书店，1997，第440页。

坚持批判现实、感时忧国的五四新文学传统，是典型的利奥塔所批判的追求统一性、总体性的现代性“元叙事”①。这种“元叙事”在相当长的时间里对河南的女性写作构成了威压和抑制。而世纪之交的文学变局，尤其是文学界后现代主义精神的洋溢，冲击了这种压抑状态，女性也逐渐获得释放自我生存经验的文学空间。邵丽、乔叶等人在这种氛围中开启了自己的文学写作，最初的作品也是以敞露女性情感心理、书写碎片化的生存体验引起文坛注意。邵丽早期的短篇小说《迷离》《爱情 2000 年》《生活轨迹》等要么书写女性自我成长的感悟，要么书写情爱生活的感性片段，其中的思绪是迷惘的、纷乱的，呈现出孤芳自赏的小我情调。乔叶早期的小说，从其生活气息浓郁的散文转化而来，往往撷取生活中富有意趣的片段，言说的也是幽微要眇的女儿情思，自然是无法以反映生活的完整性和深度去衡量的。其次，国内自 20 世纪 90 年代中期兴起的女性文学潮流，也为河南女性作家的崛起提供了直接的启示。1995 年前后，林白的《一个人的战争》、陈染的《私人生活》以对女性情感状态和身体经验的大胆书写在文坛形成女性文学冲击波。之后，女性写作道路广阔，而且由于流行文化及大众传媒的介入，女性写作由于其携带的景观效应和消

① 利奥塔尔：《后现代状态——关于知识的报告》，车槿山译，生活·读书·新知三联书店，1997，第 2 页。

费潜能，还曾多次引发文坛内外的关注而成为社会文化事件，比如上海女作家卫慧的《上海宝贝》，一度成了全民瞩目的热点新闻事件。邵丽、乔叶等人起始阶段的创作，不管是有意还是无意，都汇入到这股女性文学潮流中。邵丽早期的短篇小说，结集为《腾空的屋子》出版，“腾空的屋子”这个题目很容易让人想起英国著名女作家伍尔夫创作的女性文学代表作《一间自己的屋子》，而邵丽小说对女性情爱理想的追问也是世界女性文学的永恒主题。乔叶单纯依靠写作从乡镇走向省城，其早期创作的成功离不开读者市场机制的支持，而乔叶所拥有的文学市场则处于女性文学所开创的巨大文化空间之内。乔叶创作伊始大量发表散文，这些散文主要书写女性生活感悟，很多发表在《女友》《知音》《妇女生活》等女性期刊或读物上，这类期刊即属于女性文学所衍生的文化空间。

无论在世界范围内还是在中国的文化语境中，后现代主义氛围的产生与女性文学的兴起都是有着内在联系的事情。后现代主义解构了逻各斯中心主义，消解了权威、本质、中心、确定性等元话语，也彻底击溃了先前的一系列二元对立架构，男权中心主义也在后现代主义哲学的攻击下变得溃散，女性主义文学也因此得以在全世界范围内勃兴。也就是说，女性主义文学内在于后现代主义精神流脉之中。女性作家在河南文坛的集中崛起，看似突然，实际上并不偶然，而是接续了世界以及中国的后现代主义精神启示下的女性写作潮流。

三、“中原经验”的新变

女性作家异军突起，给河南文坛带来了女性文学冲击波。这些女性作家的创作，大都立足于呈现自身作为女性的生命经验和人生体悟。这既是大多数作家的创作惯性，也是女性作家自觉的性别意识使然。尤其是她们最初阶段的创作，带有强烈的表现女性主体意识的需求，对女性生命的书写具有铺张扬厉的意味，甚至在一定程度上带有反抗性、报复性、宣泄性的色彩。邵丽早期小说《寂寞的汤丹》《废墟》等对女性复杂幽微的情感状态的书写大胆、真实、直接，具有较为深刻的文化征候意义，作者对这些女性主人公的塑造在一定程度上也投射着作家的自我意识；乔叶初创期的小说《打火机》《紫蔷薇影楼》《月牙泉》《我是真的热爱你》则将女性的存在体验深入到身体层面，勇敢地书写女性蓬勃恣肆的生命欲望；尤其值得注意的是她塑造了一系列因创伤体验和文化压抑而在内心蓄满毒素的女性形象，而且对此类女性形象的书写是酣畅淋漓的，在文化姿态上也呈现出一种报复性的张扬。计文君、傅爱毛等也是自觉地将女性的生命存在和精神欲求当作主要关注点，并为之进行不屈不挠的探索和执着的言说，她们的作品也展现了女性生活的多种面相和内心情感的斑斓风景。这些女性书写呈现出的女性生命经验，是之前的河南文坛所严重匮乏的，也是之前当代文学中的“中原经验”所没有涵盖的。长期以来，河南文坛的男性作家擅长宏大叙事，专注于表现时代本质和生存深度，虽然也深入透视人的灵魂，但这一灵魂往往是无性别的，而且在大的文化语境中这一无性别的灵魂往往仅仅指向男性的灵魂，因为男性是时代的主宰，是本质和深度的表征。也因此，河南男性作家常常被人诟病的一点便是写不好女人。尽管这样的指责有些求全责备、强人所难，但无可置疑的是，河南男性作家为中国当代文学贡献出来的最成功的典型人物几乎都是男性。从这个意义上来说，女性作家的崛起及其非同寻常的女性书写是对“中原经验”的重要丰富，也标志着当代文学的“中原经验”在新世纪的新变。

女性作家以成功的女性书写丰富了当代文学中的“中原经验”，而“中原经验”反过来又深刻地影响了河南女性作家的创作。这些女性作家在融入河南主流文坛后，很快意识到“中原经验”的存在。无论她们是否愿意承认，她们在河南文坛的前辈都是男性作家，支撑男性作家主导性地位的是大量的优秀作品以及长久以来在中国文坛享有的盛誉。事实上，邵丽、乔叶等人在进入河南省作协、河南省文学院后，遇到的导师也是这些优秀的男性作家。男性作家共同铸就的“中原经验”是她们必须面对并且思索的背景。如前所述，她们创作初始阶段的女性书写大胆淋漓，带有反抗性的文化意义，可能也内在地体现了她们在面对强大的男性作家群体的压迫感和焦虑感。但不久，她们的创作开始出现有意味的变化，即开始在女性写作中表现社会性的内容，性别意识逐渐淡化，介入现实、探索宏大命题的创作追求越来越强烈。邵丽早期的小说多写物质富足的女性对于精神生活质量的营求以及这种营求因为意义匮乏而最终虚无化的困境，对女性生存状态的呈现多是封闭性的，而且，“从叙事伦理上来讲，叙述者不免呈现出一种自我浪漫化或者顾影自怜的人格状态”①；但从获得鲁迅文学奖的小说《明惠的圣诞》开始，邵丽对女性生存困境和精神焦虑的探寻扩大到了社会历史领域，也开始了对整个时代生存状况的沉思和书写。如果说她的《我的生活质量》对男性主人公的审视还带有较为明显的女性视角以及情意结的话，那么她的“挂职笔记”系列小说《老革命周春江》《刘万福案件》《第四十圈》里，女性意识则彻底消隐了，作者的那种理解并处理复杂社会经验的能力倒是令人欣喜地表现了出来。乔叶小说对于女性的书写一开始格局较小，小说中女性的问题往往是自己在内心里提出又在自我心灵的回旋中得到解决，女性主

① 吕东亮：《寻找表述生命存在的方式》，《信阳师范学院学报》（哲学社会科学版）2014 年第 2 期。

体貌似强大，却始终无法越出自我的牢笼。随后的小说《打火机》《锈锄头》《最慢的是活着》等则将女性丰沛的生命与博大的现实存在联系起来，既呈现了成就女性生命景观的社会历史因素，又展示了女性生命所可能抵达的广阔的人生境域。到了长篇小说《认罪书》，乔叶将女性的生命存在与沉重的历史命题连通起来，不懈地追问人性深处的“罪与罚”。和邵丽略有区别的是，乔叶小说中的女性意识一直存在，但这种女性意识并没有遮蔽和阻碍乔叶对于生活复杂性的发现，而是作为其探寻现实人生的一个基点，当然也为其提供了一个更真实、更有效的创作切入口。计文君和傅爱毛的小说创作也走向了更为宽阔和坚实的道路，计文君的《此岸芦苇》描述了高校知识分子生态，傅爱毛的《嫁死》书写了在煤矿谋生的人群的爱欲情仇，都显现出堂庑大开的气象。

河南女性作家的这种转向，应该说是自觉的。其原因或许也有两方面，一是全球以及全国范围内的女性文学逐渐摈弃那种一味反抗男权、建构女性单向主体的创作旨趣，开始重视女性文学话语的意识形态内涵，进而跳脱出传统的封闭性问题域来审视女性问题。这种变动缘于世界性妇女运动对自身所进行的批判性反思，反思的主要问题正像伊格尔顿所指出的那样：“妇女运动正确地拒绝了某些僵硬严格的组织形式和某些过分总体化的政治理论，但在这样做的时候，它却经常抬高了个人的、自发性的和经验性的东西，好像这些就提供了一个合适的政治策略一样，而它拒绝理论的某些方式则几乎无异于普通的反知识主义。而且，这个运动的一些部分似乎除了妇女的痛苦以外就根本不关心其他任何人的痛苦，也不关心从政治上解决妇女的痛苦。”①这种问题也深刻地反映在女性文学思潮中，以至于女性文学也在相当长的时间里“抬高了个人的、自发性的和经验性的东西”，“除了妇女的痛苦以外就根本不关心其他任何人的痛苦，也不关心从政治上解决妇女的痛苦”，而且沦为消费性的性别景观，丧失所应有的批判能量。就中国文坛而言，女性文学创作也无法继续保持原有的姿态和影响力，女性作家的性别意识和性别关注也逐渐和社会历史书写深入交融。因而，处身其中的河南女作家自然也顺理成章地实现转型。河南女作家的女性书写，不约而同地走出“自己的一间屋子”，也和“中原经验”的文化馈赠有关。河南地处内陆，城市化进程较为缓慢，现代化的目标仍然有待实现，因而崇尚碎片化精神的后现代式的女性书写，不大容易获得现实空间的支持，也不可能保有持续的强大的写作动力。河南女性作家只要抬头四望，不再沉溺自身，就会发现女性的问题是众多社会历史问题的一个交织点，也必须从更为宏阔

---

① 伊格尔顿：《二十世纪西方文学理论》，伍晓明译，北京大学出版社，2007，第146—147页。

的层面来书写、来言说方能前景无限。从更为具体的层面来考究，我们会发现河南女性作家开始认同并学习河南优秀的男性作家。比如，邵丽和乔叶的创作，都可以看出师法李佩甫的痕迹。邵丽的中篇小说《第四十圈》在内在气韵上十分接近李佩甫的小说《寂寞许由》，而乔叶的《认罪书》对“罪与罚”的探究则承续了李佩甫小说中那种犀利深邃地叩问灵魂以至让人震颤的俄罗斯文学气息。

当代文学的“中原经验”是在历史中形成的，也会在新的历史中得到改变和更新，但这种改变和更新不会是仓促的、轻易的、戏剧化的，它既需要时代的契机，也需要杰出作家的不懈努力。女性作家的集体崛起，让人看到“中原经验”的新变，也让人看到“中原经验”的博大深刻。毫无疑问，“中原经验”是一种值得尊重、令人期许的文学经验。

第二章
邵丽:寻找表述生命存在的方式

在长久以来男性作家强势主导的河南文坛,邵丽的崛起是一个引人注目并且值得深入讨论的现象。也是从邵丽开始,乔叶、戴来、计文君、傅爱毛等河南女作家以迅猛的态势、骄人的成绩向文坛发起了阵阵冲击,展露了中原文学的巨大潜能。在这股方兴未艾的女作家冲击波中,邵丽无疑是一个先锋。她也最早引起全国文学界的关注,中篇小说《明惠的圣诞》荣获第四届鲁迅文学奖,长篇小说《我的生活质量》入围第七届茅盾文学奖,获得《人民文学》《当代》《小说选刊》《小说月报》《中华文学选刊》等期刊文学奖多项。她创作起点很高,创作练习期很短,从 1999 年开始创作,到问鼎全国最高级别的文学奖,尚不到十年时间。这种创作上的成熟和饱满,在中国女作家中是比较少见的。邵丽创作上的成功,很大程度上缘于生命意识的自觉。对生命存在状态的深切注视和不懈追问成为邵丽作品中一以贯之的东西，也支撑了并且将一直支撑着邵丽的创作之路。关注生命、关注人性并不是新颖的文学话题和另类的写作姿态，但在邵丽这里，对生命的书写却呈现出令人震颤的文学风景，不可等闲视之。

一、女性自我的生命观照

邵丽早期的中短篇小说的代表性作品结集为《腾空的屋子》，作为著名批评家孟繁华主编的“短篇王”文丛之一出版。这套“短篇王”文丛标示的是“为了精致的写作和阅读”①的文学理想，“精致”确实是这套书的品格，邵丽的《腾空的屋子》也显示了对写作技艺的高水准追求。语言的弹性和话语蕴藉的丰富性、不露声色的叙述控制力、叙述者价值立场的适度介入以及一些不时出现的精妙的感慨，是小说文本的比较突出的特点。这些特点也比较稳定地出现在邵丽后来的创作中。

《腾空的屋子》中的小说，多是作者对于自己所熟悉的生活场景的描摹，叙述语态情感化、情节组织散文化的倾向比较明显。一些篇子比如《腾空的屋子》就是对自我成长记忆的追述和清理，伤感、怅惘的心绪也是怀旧时常见的调子，今昔对

① 孟繁华：《主编微言：为了精致的写作和阅读》，载邵丽《腾空的屋子》，中国文联出版社，2004。

比中的复杂感慨伴随着对世事的日渐洞明是作品的主要内容。过于浓郁的主观情绪甚至影响了叙述的进展，一些情节也因而显得突兀，随处出现又随处隐遁，这些大概是抒情小说普遍存在的倾向。而《生活轨迹》《长命百岁》等虽然有丰富的情节，但无法衔接成一个扣人心弦的好故事，只是如标题所示的对于“生活轨迹”的记述而已，作者存留这些轨迹的目的不是要讲一个好故事，而是记录进而整理一下对生活、对自我生命的感知。作为一个女性小说家，邵丽在作品中呈现的女性性别意识十分明显，尽管这些作品中的女性主人公的性格和行为并不显得激烈和富有对抗性。邵丽笔下的女性，身份总体上讲是芸芸众生，在男权主导的社会中处于附属和边缘地位，作品中关于这些女性的叙述多是对其现实境况的真实书写，但这些女性比较特别的是对于自己的生命存在有着深入的自省意识。《腾空的屋子》的自叙传奇色彩比较明显，“屋子”的隐喻也和英国著名女性主义作家伍尔夫的名作《一间自己的屋子》有着精神上的联系；《迷离》中的安小卉之所以在生活中迷离，是因为在纷扰生活中无法安放自己的情爱理想，甚至也无法确认自己的理想情爱状态究竟是什么样的；《长命百岁》《生活轨迹》中的生活密度虽然较大，但小说的叙述焦点却是在紧张而有波折的生活的缝隙中生出的别样情愫和深沉感慨；《寂寞的汤丹》和《大礼拜》则直接书写了女性由于对情爱生活的不满而出现的逾越现实伦理的冲动，而大胆的行为实施之后却无法赋予其情感意义，女性的情感呈现出更深一度的匮乏状态；《戏台》《安子的拳头》《爱情 2000 年》《废墟》《礼拜六的快行列车》等或是讲述一个迥异于常人的情爱故事以及其间令人困惑的心理状态，或是素描般地呈现一个恋爱片段进而融入自己的生命体验，都写得真实淋漓、入木三分。

这些作品中所呈现的很多情感主体都是具有典型性的，尤其是关于情感状态的书写十分充分，有力地传达出新世纪价值观离析的多元化社会在人的情爱心理方面的投射，无疑具有丰厚的社会学上的认识意义。但也毋庸讳言，更多的女性主体形象实际上是作者自我意识的变体。虽然我们不能简单地说作品中的女主人公都是作者内心的外化，但我们可以很强烈地感觉到，作者的控制力在情节的叙述、女性形象的塑造和女性心理的揭示中显得过于强大了。作者凭借自己的理解，赋予很多女主人公脱俗的品质，让她们疏离于正常的生活环境之外，做一个执着寻觅纯爱的浪漫女性。由于遵循的是内心的逻辑，小说的情节建构就不大讲究外在的缝接，偶一为之，反而暴露了叙述结构的脆弱。比如《废墟》对于男女主人公的纠结矛盾、备受煎熬的痛苦心理状态的传达令人感同身受，但整体情节的安排却显得生硬，对小说的抒情氛围不能不说是一种伤害。实际上，倒不如一开始就放弃情节的过分经营，淡化情节对于心理描写的干扰，直接切入对恋爱过程的书写。整体上看来，邵丽的这些小说，有着浓郁的“文艺片”的气息，即不大讲求叙事的流畅，表达的重点是情爱思辨中内心的深度。

对于具有自觉性别意识的女性作家来说，关注情爱自然是作品的应有之义。但女性千差万别，生存处境迥然有别，因而对情爱状态的书写也不可一概而论。邵丽在《腾空的屋子》中对于女性的书写有着明显的中产阶级趣味的印记。所谓中国的中产阶级，在学界一直有着激烈的争议，从政治经济状况以及社群规模上看，中国的所谓中产阶级确实与西方中产阶级不可同日而语，但从文化主张上来看，在新世纪以来中国一些阶层确实存在着和西方中产阶级相似的精神趣味。这种精神趣味突出表现在对既有秩序的尊重、政治文化上的保守主义、注重内心生活的质量等方面。这种趣味当然以衣食无虞的生活为前提。邵丽早期的中短篇小说大多是以自己熟悉的政府管理精英的生活为题材，作品中女性的生活环境也总体上受制于这样一个环境。根据西方中产阶级的定义，中层官僚精英是典型的中产阶级；而根据中国的政治生态，作为官僚精英的配偶的女性也分享了这一阶层的福利以及以此为基础的文化趣味，尤其是当这些女性是具有一定文化修养和文化能力的时候，这种趣味甚至表现得比男性官僚还要明显，因为女性更容易获得培养、感知和表现这种文化趣味的时间和空间。邵丽以及她笔下的女性，就是具有如此文化能力的人。因而，邵丽的中短篇小说集《腾空的屋子》对于中产生活的写作实践很大程度上可以视为詹姆逊所说的中产阶级文化的象征行为。她笔下的女性，不需要面对物质生活的困境，但也因为专注于内在的精神生活，而感到了虚设的理想所带来的种种不适，随之而来的为改善这种不适所做的种种努力，都往往是徒然的而且增添了沮丧和困惑。叙述者在这种叙述中既流露出切己的生命感受，有时又不免显露出居高临下且事不关己的优越感，作者对女性心理密切关注的同时又十分自信地对女性形象进行精神分析，进而成功地操控女主人公的精神走向。从叙事伦理上来讲，叙述者不免呈现出一种自我浪漫化或者顾影自怜的人格状态。这应该视为中国女性文学新的动向。在已有的女性叙事中，女主人公要么是在克服物质困境的奋斗中忽视内心幽微的一面，要么是在反抗男权的压迫中激烈悲壮，要么是独自坚守一种情感或者生活信仰，在对外物的移情中从容面对岁月的流逝，比如方方的《奔跑的火光》《万箭穿心》，比如铁凝的《玫瑰门》、王安忆的《长恨歌》。但在邵丽这里，你会发现这些女性不大愿意反抗既有权力和性别秩序的统治，也没有恒定的生活信念，而是愿意在既有的丰裕环境中立足并同时关注自己的情感质量，并且在有限的范围内尝试改善，但改善往往是虚幻的。《寂寞的汤丹》中的汤丹在女友的鼓励下对新的情感对象跃跃欲试，但结果恐怕不大可能是令汤丹满意的；《大礼拜》中的范青楚勇敢的报复性的越轨尝试则使她的情感状态更加糟心和绝望。在富足而庸常的生活中生出对情感的不满、不甘，进而寻求以比较安全的方式和较小的代价获得的抚慰，但即便如此对于脱离既有生活轨迹的行为仍然怀着巨大的惶惑，所能拥有的只可能是对于生活形态的可能出现的变化的隐隐期待以及具有矛盾性的对于变化的恐惧，这便是经过中产阶级文化趣味塑造后的女性情爱心理。这种女性心理其实颇具广泛的隐喻意味，尤其是对于中产阶级的既循规蹈矩又不甘平庸的政治取向而言。依据中国文化传统中以男女之爱隐喻君臣之义的文化成规，我们似乎可以把中产阶级和主流社会秩序的关系也作如是观。

在邵丽前期创作中，比较值得注意的是中篇小说《明惠的圣诞》，这不仅仅是因为《明惠的圣诞》获得鲁迅文学奖，更重要的是这篇小说表现出邵丽视野的广博和知觉的敏感，以及对于复杂经验的处理能力。《明惠的圣诞》讲的是一个关于尊严的故事，明惠在乡村的差序格局中成功地保持着尊严，然后在高考梦碎之后这种尊严顷刻瓦解，明惠重建尊严的路只能通往城市，而且尊严建立的过程充满着悖谬的意味。明惠融入城市的道路虽然顺遂，但尊严的真正建立仍然是一个漫长而艰难的过程。明惠以死亡的方式确认了这种艰难以及对自身的绝望。

在当下中国物质的匮乏不足以对大多数人构成困扰的情况下，黑格尔所谓的“承认的政治”就成了内心所面对的真正问题。《明惠的圣诞》所讲的尊严流转的故事在很大程度上切入了时代的内核。邵丽在小说中对于尊严问题的处理比较特别的地方是其聚焦于尊严的流转，作者通过尊严初建、尊严破碎、尊严重建、尊严再破碎的过程，成功地书写了中国社会变迁对于尊严秩序的秘密调整，也展示了作者对于乡村经验和都市经验的双重熟稔以及游刃有余的驾驭叙事的能力。这种能力相对于此前中产女性情爱生活的书写来说不能不说是一次重要的拓展，也在后来的写作中得到了巩固和强化。

二、从“生活”到“生存”的生命体悟

在《明惠的圣诞》中，邵丽主要讲述了乡村女孩明惠进城寻求尊严的故事，这个故事的男主人公李羊群虽然是城市主体的象征和明惠尊严的赋予者，但其面目相较于明惠来说，仍然显得较为模糊。根据小说的叙述，李羊群是一个事业有成却遭遇婚恋困境的男人，并且他一直无法理解也无从走出这个困境从而在生活态度上显得有些迷离。应该说，这是一个典型的能够表征中产阶级的男性形象，但这个形象在《明惠的圣诞》中并没有完成，作者似乎也来不及对这个人物展开描写

和分析，这当然是为中篇小说的文体和篇幅所限。但对于一个作家来说，捕捉到如此一个具有生长性的形象，自然不能也不会轻易放过。邵丽的长篇小说《我的生活质量》就成功地展开了《明惠的圣诞》中被暂时压抑的关于男性成长和生存的叙述。《我的生活质量》是由中篇小说《王跃进的生活质量》扩写而成，主人公则换成了王祈隆。但不论是王祈隆，还是王跃进、李羊群，在邵丽的文学世界里都是同一个生命体，可以综合起来进行解读。

《我的生活质量》由于主人公王祈隆的官场身份，被很多人尤其是处于大众阅读层面的读者视为“官场小说”。但小说文本真正涉及官场的描写非常少，一些关于官场的片段也没有秘闻的色彩。因而，单纯地把它和官场小说相类比，是不符合文本实际的。而且，相对于一些官场小说对于神秘经验的炫示和暴露而言，《我的生活质量》有意规避此类描写，把叙事的重心放在官场中人的普通人一面的书写，具有自觉的“祛魅”意识。小说对于王祈隆的描写不仅仅限于官场，而是从孩童时代起，也重点写了大学生活以及进入官场之前的故事，甚至写了带有生命前史意味王祈隆出生之前奶奶的故事，即便是写官场，小说也很大程度上是写官场的场域之下个人的生命状态和情感欲求，所呈现的社会景观也迥异于类型化的官场面相。这是很多官场小说所不愿意也没有能力触及的，也是很多官场小说作家所无法获得的经验，因为这些经验的缺乏，很多官场小说看似对官场经验津津乐道，实际上呈示的官场世界却内在地缺乏一种可理解性。《我的生活质量》对于所谓官人王祈隆的书写，很大程度上带有“普通人的传奇”的色彩。作为上海文化符号的女作家张爱玲宣称自己的写作就是为了呈现“普通人的传奇”，她认为传奇中有普通人，普通人中有传奇。《我的生活质量》的叙述动力很大程度上也来自对生命存在的这种理解，因而王祈隆的故事很自然地获得了一种真实感，这其实建基于作家的这种叙事态度所提供的可理解性。作者在小说中对于王祈隆的生活轨迹的叙写相当地细腻，细腻之中充溢着体贴的温情。对于王祈隆的生命中的传奇性的叙述，拿捏得十分到位，既巧妙地书写了所谓传奇中所蕴含的普通人的自我怜爱及人情世故，又提示了关于传奇的限度，字里行间流泻着建构与拆解相互撑拒所形成的张力。尤其值得注意的是，小说对于王祈隆在大学时代的尴尬传奇以及其后不断地对这段传奇所形成的心理障碍进行克服的叙述，融嬉笑与悲凉为一体，显示了生命观照的深度。这种透视的深度也贯彻到小说始终，揭示了官人王祈隆如何在成长的环链中，把自己的诸多支离的生命碎片艰难地拼凑成一个完整的成功者形象。作为男性成长的参照，小说特意花费了较多笔墨描写了王祈隆生命过程中所经历的几个女性，从乡村读书时的李响，到进城读大学时的冯佳，再到参加工作以及进入官场后所遭遇的许彩霞、黄小凤、安妮等，都参与了王祈隆作为男人的最终完成，是其成长成熟过程中不折不扣的“他者镜像”。王祈隆正是在一次次地从“他者镜像”中发现自我主体，进而克服或掩饰自我局限的生命搏斗中，逐渐成就自己的生活质量的。从这个意义上说，《我的生活质量》其实可以视为一部成长小说。除了女性因素之外，主人公王祈隆成长的过程交织了很多因素，诸如城乡差别、诸如社会转型等等，实际上也表征了当代中国发展的一些内在脉络和征候。

不过，小说的重点当然不是反映现实的变革。《我的生活质量》的主观抒情气息相当强烈，尽管小说文体已经帮助作者节制了不少外露的主观表达。比如，小说开头时对王祈隆奶奶不凡经历的叙写以及后来对王祈隆提升后生活品质的描述，实际上都分明投射着叙述者心仪和赞美的态度。叙述者主观态度的介入通常会加强小说叙述的控制力，但在《我的生活质量》中主观态度的介入却给小说带来一种对话的氛围，这可能是因为：小说的叙述者试图理解和把握主人公的生命成长，但同时对这种理解和把握又显得不自信，因而小说的文本就不能不呈现出开放的特点，即关于王祈隆的理解空间并没有被叙述者填满，而是留下了许多不确定的空隙。作者对小说文本的这种处理或许是不自觉的，却成就了文本的特色。

但是，这种特色并没有均衡地分布在小说每个部分。在有的时候，叙述者的主观介入显得较为强悍，甚至形成了叙述的霸权。比如关于许彩霞的故事，作者虽然花费笔墨较多，但并没有塑造出一个真实的、饱满的、正态化的许彩霞形象，小说文本中关于许彩霞的叙述，很多时候表现了叙述者对这个人物的厌弃，作者的叙述态度不是正视的，因而对许彩霞的形象不免处理得有些丑角化和脸谱化，缺少一个形象所应有的自在的主体性。尤其是小说结尾部分对许彩霞意外死亡的叙写，从叙述逻辑上来讲是缺乏内在支持的，也显示了叙述者在关于这一形象的思想准备上的慌乱和匆促，从叙述伦理上来讲，也是有失妥当的。这一点，如果我们和叙述者钟爱的安妮形象相比，感受得会更为深刻。此外，作者关于王祈隆大学时的狼狈不堪的书写以及后来对其魅力四射的书写，由于强大叙述控制力所造成的各自内在的封闭，彼此相连接的可能性较小，因而王祈隆形象的断裂感太强，事实上有损于主人公形象的基本统一。大概是因为《我的生活质量》是由中篇扩展而成的吧，小说叙述稍微缺乏一点均衡性和统一性，结构上也不够完美，和那种一气呵成式的长篇小说相比还是存在较大的差异。小说中的一些片段，比如开篇关于奶奶的叙述，虽然也很精彩，但对于整部小说来说，似乎是赘余，而且叙述情调也和整部小说相疏离。

《我的生活质量》毕竟是邵丽的第一部长篇小说，主观化的过分介入所造成的一些缺失很大程度上是因为作家既无法完全超越于自己的生活经验，也无法完全直面自己的人生经验。在邵丽 2013 年推出的长篇小说《我的生存质量》中，邵丽摆脱了与切身经验若即若离的尴尬状态，她选择的处理方式是直面惨淡的人生，干脆利落地介入、呈现和分析自己的生命经验。叙述者直接现身，既生动地现身说法般地叙述，又随心所欲地表达自己的人生理解，这种无所顾忌的表达的直接性甚至打破了长篇小说文体规范的限制。即便是叙述性的文字也呈现出叙述者直接现身的“元叙述”色彩。小说的结构似乎也不甚讲究，故事片段的缝合感是再明显不过的了。不过，值得注意的是，如此大胆的逾矩的写作行为，对于小说文本的品质并没有构成真正的伤害，反而给人一种表达的快意和酣畅。作家的情感表达和生命反思潜在地成为了结构小说的线索，情节的组织也显得自然自在，毫无矫揉造作之态。

《我的生存质量》是邵丽生活遭遇重大变故之后的创作，书写的是女作家在变故之后的所思所行以及寻找既往生命踪迹而获得的故事。故事的范围基本上在女作家自己和丈夫的家族范围之内。这些故事，这些人，是跟变故有直接牵系的，因而作者写起来，有充分的经验把握。作者选择这些人和事来写，也是有深意的。这些人都可谓是至亲，变故前后的事也最能看出世态和人心。作家对于自己长篇小说的命名从“我的生活质量”到“我的生存质量”，虽然一字之差，却意义非凡。从生活到生存，显然具有祛除生活的浮华和雕饰，直抵生存本真的意义。作为作家的同构体的小说叙述者，在叙述这些故事的时候，确实经历了由浅入深的体悟的过程，虽然最后还不能说是大彻大悟，但作品灵魂反思的深度却是令人震撼的。叙述者重点叙述了家族的故事，作为自我生命的渊源，叙述者试图从中寻找一些确定性的东西，以便抵消突如其来、猝不及防的变故所造成心灵的无助和虚无状态。故事叙述的结果虽然不能令人满意，但至少让叙述者自我内心平静，而后重新体会和谅解人世的复杂和生存的不易，进而以悲悯的眼光审视生命，最终达成“握在手里的生命是甜的”①的存在认知。

小说虽然给人以倾泻情绪的印象，但叙事密度也是较强的，因为每个故事都经过作者的生命沉浸，所以看似平淡的小故事其实颇富意趣，经得起品味和琢磨。小说的叙述者巧妙地内设了自己的女儿作为分叙述者，完成部分故事的叙述，这一方面可能是真实的经验，另一方面也丰富了人物和情节的意义，和主导叙述者的叙述形成对话。不过，大多的叙述由叙述者本人来完成。叙述者以第一人称“我”的形式出现，牢牢

---

① 邵丽：《我的生存质量》，人民文学出版社，2013，第 296 页。

地控制着叙述的走向。不过，这种强大的控制力并没有给人物带来非正态化的效果，因为有文本中不断出现的独白式反思，这种控制力已经先在地主观化了，不会给读者造成一种客观的假象，因而也不存在以客观的方式把人物妖魔化的问题。从整体上看，《我的生存质量》是邵丽承前启后的作品，可以视为邵丽此前创作特征的一次集大成式的展示，同时也因为坦率的随笔式的书写姿态而有效规避了此前创作所带有的局限性。因而这是一部从内容到形式都值得重视的文本。

三、姿态倾斜之后的存在反思

邵丽在长篇小说《我的生存质量》的创作谈《从生活到生存》中说："这部作品是对过去生活一次郑重的和解，也是与未来的生活庄严地签订一个新的契约。"①其实这种和解在女作家经历变故之后的痛定思痛时就已获得，契约也是在此时签订。因而在《我的生存质量》创作之前的一些作品中，邵丽的写作已经呈现出了新的景象。这种景象表现在小说文本中，就是小说的叙述开始变得柔软和从容，小说的叙述者也开始具有一种内敛的慈悲的眼光。原来邵丽作品中那个强势的甚

① 邵丽：《从生活到生存》，《长篇小说选刊》2013 年第 4 期。

至带有几分骄傲的优越感的叙述人消匿了，被叙述的故事也变得浑然一体，真正是生活原态的自然呈现。这种写作的境界对于邵丽来说是十分重要的，当然也来之不易。

表征这种写作境界的一些作品，比如《亲爱的，好大的雪》《阴阳劫》《北去的河》《城外的小秋》等作品，在选材上和前期的一些作品具有延续性，《亲爱的，好大的雪》《阴阳劫》等中的一些片段甚至可以视为对前期相关作品的一些重写，《北去的河》《城外的小秋》和《明惠的圣诞》相比，在城乡主题的叙写上也别开生面。作者在这些作品中，无论是对于人物的塑造，还是对情节的铺展，都充满了耐心，最大限度地做到了“贴着人物写”；叙述者对叙述的直接介入也显得不留痕迹，叙述者对人物投注的也多是带有呵护意味的平视的目光。《亲爱的，好大的雪》的女性主人公在对婚姻生活有些失落的同时也学会回望自己的情感状态，以生活的韧性和理性节制了情感的放纵。这种节制不同于以往中产阶级的顾影自怜，而是对生活的深入理解之后的体谅。“因为懂得，所以慈悲”，张爱玲的话正适合用来形容这部小说的情调。《阴阳劫》对男性主人公的塑造也是如此。因为对人物采取了“理解之同情”的姿态，小说的叙述不温不火，没有了那种急于把握人物的窘迫，对故事的讲述也使人感同身受。《阴阳劫》很容易让人想起《分享艰难》之类的“现实主义冲击波”浪潮中的作品。邵丽笔下的新的现实也同样具有冲击力，因为这现实是那样地逼近人们真实的生存和生命经验，不由得让人感慨万千。《城外的小秋》《北去的河》写的是急剧的城镇化进程中乡土伦理的丧失以及人的失魂落魄的状态。小说以乡土青年女性为观照对象，细腻地传达出敏感鲜活的生命对于城市的抗拒，这种抗拒虽然显得无力，却显露出城市的内在弊病。在很多人看来，作家选取农村青年女性的感受作为对城市文明的反思依据，是有几分不现实的，现实中更多的是明惠这样的农村青年女性。作家也许感知到了这一点，在故事的讲述中，叙述者也援引了很多人（包括男性成功者）骨髓中的感受也来支持这种反思。但作家似乎对此类叙述的效力仍然缺乏信心，故而文本中萦绕着浓郁的抒情氛围尤其是挽歌情调，对女性主人公的塑造也有些浪漫主义化。不过，作为反思性的抒情小说，如此的文本形态既是无奈的，也是必然的。这让人想起沈从文的名作《边城》。女作家此时的作品真的是有一点儿经典的气息了。

邵丽小说作品中叙述人主观强势的隐匿不是技术性的，因而效果也不单纯是形式上的。经过家庭巨大变故后的邵丽意识到世界的复杂性，也意识到自己的主观感知和思考是十分有限的，因此作家要想去最大限度地理解现实进而去解释自己所身处的这个世界，悬置自己的主观立场就是明智而必要的选择。在当下瞬息万变的现实处境中，这样的选择尤为关键。因为，太多的人意识到，今天现实比小说更令人吃惊。因而呈现真实的生活经验、逼近鲜活的生存情状，是现在的小说家最可宝贵的能力之一。关于此，哲学家桑塔亚那的表述可能富有启发性。他曾在其名著《三位哲学诗人：卢克莱修、但丁和歌德》中如此阐释古罗马哲学诗人、长诗《物性论》的作者卢克莱修的特点："这种天才最了不起的地方就是他将自身消失在对象中的能力，即他的非个人性。我们仿佛不是在读一位诗人之诗，而是在读事物，而是在读事物本身之诗。事物有它们自己的诗，不是因为我们将它们变成什么东西的象征，而是因为它们自身的运动与生命。这是卢克莱修如此明白地向世人证明的。"①卢克莱修的才能的确是杰出的，但完全地把主观自我消失在所书写的事物中，从根本上来讲是不可能实现的事。我们当然不会也无法要求作家完全地放逐主观，卢克莱修的启示意义在于我们只有放弃自以为是的傲慢和偏见，才能最大程度地克服自我、丰富自我，进而呈现一个更加丰富的世界。自我生命浴火重生的邵丽意识到了这一点。她在创作谈《倾斜的姿态》中探讨过"作家应该以怎样的姿态介入生活"的问题，尽管她更多地考虑的是如何"拿捏得与现实所允许的达到某种平

---

① 陆建德：《自我的风景》，载董丽敏主编《视野与方法：重构当代文学研究的版图》，复旦大学出版社，2012，第5—6页。

衡”[①]的问题，但也已分明地揭示出她悬置主观、姿态倾斜的自觉。这样的自觉理应产生出优秀的作品。

姿态倾斜之后的邵丽，果然出手不凡。除了上述的一些作品之外，邵丽的《刘万福案件》《挂职笔记》《人民政府爱人民》等小说都在文坛产生了广泛而强烈的影响。这些作品直接切入当下中国社会的尖锐矛盾冲突，深刻书写了社会转型期各个阶层所面临的困境。这些作品引起文坛关注，一个很重要的原因是其书写的题材涉及近年来文坛和学界所关注的公共话题，诸如底层书写、苦难书写之类的叙述，很容易获得现实的冲击力。但是，邵丽的这些小说的优长显然不仅仅表现在题材的尖锐方面，更重要的是其对现实矛盾的理解已经超越了知识分子的概念化、镜像化的认知，深入到了当下现实的深远而复杂的历史背景和社会结构背景。用邵丽自己的话说，就是：“把刘万福的故事用一种通俗的方法演绎出来，显然充满了现实的危险。它的危险在于，附丽在故事背面的东西太多了。或者换句话说，刘万福的故事恰恰是我们国家某个生存群体生活方式的背书。”[②]因而，她写刘万福的故事，讲述了其“三死三生报党恩”故事的荒诞、凶险和反讽；小说同时也写了县委书记周启生的故

---

① 邵丽：《倾斜的姿态》，载《小说选刊》2012 年第 1 期。

② 邵丽：《寂寞的汤丹》，春风文艺出版社，2012，第 131 页。

事，讲述了其为人为官的抱负与尴尬。两个人的故事并没有直接交集。但看似无关，实际上是互相作为背景或“背书”的，县委书记周启生要面对许多个刘万福，刘万福也要面对许多个周启生，真是你中有我、我中有你。这正是今天现实的深刻隐喻。同样，在《挂职笔记》《人民政府爱人民》中，小说家也没有对官员和农民形象进行类型化的处理，没有简单地进行价值评判，而是试图让人物自己说话、生活自动呈现，在这些故事中，你会发现官员有他们自己的悲欢和烦闷，也有他们自己所难以克服的窘迫处境，同样农民也有偏执和戏剧性的人格，彼此在同一个社会结构中相互纠缠，导致一个令所有人不堪的局面。生活本身的悖谬真是超乎人们的想象和小说家的虚构了。正因为此，作家在讲述这些故事时，放弃了先入为主的对生活经验的理解，真正做到了写作姿态上的将心比心、换位思考，用邵丽所引的表述就是“我体会了和他的悲哀同样的悲哀”。在这些小说中，邵丽也最大限度地放下自己，把自我的生命存在放置于广漠人群的存在中进行理解和省思，从而使自己的生命连接着众生和万物，进而日益变得博大和丰富。

作为河南女性小说家的领军人物，邵丽目前已经取得了不俗的创作业绩。邵丽有丰厚的生活经验积累，又经历了不同寻常的生命彻悟，近期的写作也显示了新的高度，因而我们有理由对邵丽的创作提出像对大作家那样的期许。

第三章
邵丽名篇细读

一、尊严的流转及其秘密

——读邵丽的短篇小说《明惠的圣诞》

邵丽的短篇小说《明惠的圣诞》荣获了鲁迅文学奖，这是河南作家获得的又一个让人欣喜的荣誉。作为一篇成功的短篇小说，其语言的控制力和玄妙性都是令人瞩目的，这些见于该篇小说的授奖词，此不赘述。令我感到着迷的，还有作家对于我们时代精神状况的捕捉，这不是单单一个反映现实所能概括的。卢卡奇在他的著名文章《叙述与描写》中明确提出：叙述是一种理性的行为，带有深刻的历史判断力，而描写则更多的是感性的观照。面对如此一个乱象纷生的时代，理性的叙述谈何容易，价值判断的意义何在，所剩的恐怕只能是洞幽烛微的描写了。而女作家在这方面展示了比男性作家更为高超的描写艺术。《明惠的圣诞》可谓个中的杰作。

小说讲的是一个乡村女孩进入城市的故事。这样的题材并不新鲜。新世纪以来,关于“乡下人进城”的叙述和讨论多了起来,这当然与时势有关。一个女孩子走进城市,是再也普通不过的事,却毫无疑问地连接着现代化、全球化这些宏大的命题。我们生活在这样一个体制中,时刻遭遇来自体制的困惑,渐渐改变了我们自身,不管我们是否意识得到。明惠也是这样,当她遭遇这个城市的时候,她并没有做好准备,自己的既往想象和现实处境发生了冲突,而这种冲突得不到有效的化解,于是明惠令人遗憾地走向死亡。这很难说是一场悲剧,却给我们提供了良好的反思的契机。在我看来,反思的内容有三个层面:由差异而建立的幸福观,认同的政治以及美好想象的虚幻性。现分述如下:

（一）差异的幸福

差异是一个微妙的概念,人与人之间的差异是主体性的主要来源。古人讲“礼辨异”,就是通过礼节的形式让人进一步明确自身的地位,进而确立相应的尊严感。当然差异的确立需要的是权力。因而,礼节的设置归根结底是权力的体现。尽管这是一种存在着压迫的秩序,但不同层级的人却都在不约而同地享用它。

小说的开头为我们呈现了这样一种秩序。明惠的母亲是村里的妇女主任,在村里曾经具有较大的权威。这是她曾经付出代价也曾经享受尊崇的一个职位。时光流转,妇女主任赋予明惠母亲的尊严荡然无存,只给她留下了一颗好胜的心。尊严的载体从妇女主任转到前途光明的明惠身上。然而明惠的落榜给了徐毁灭性的打击。“村里人集体出了一口恶气”,形象地说明了这种尊严所依据的差异性的社会秩序。徐为什么活得幸福,是因为她比别人不一样,曾经有权,曾经有一个明媚的希望。

明惠的幸福同样建基于差异之上。作为明惠的“她者”,桃子的回村颠覆了明惠坚固的幸福感。也正是桃子这个“她者”,引导了明惠走向城市重建尊严的道路。在走向城市的道路中,明惠发挥了她全部的差异。心高气傲的高中生毫不犹豫地走向出卖身体的场所,很快地和桃子告别,最终走向一个更为华贵的所在。成也差异,败也差异,正是深刻意识到自己与那些无所顾忌的女性的根本上的差异,而这种差异又是明惠完全无法理解和想象的差异,伴随着这种迷惑,明惠的幸福感和尊严感才破碎得无法收拾。

源自差异的幸福并不是一种令人匪夷所思的幸福,尽管这种幸福很大程度上是一种幸福的错觉。炫耀性的消费是错觉,烦琐形式的承受是错觉。在我们这样一个曾经消灭差异、均贫富的国度里，明确差异正在成为时尚。目不暇接的房地产广告诱导你通过消费变得“尊贵”，“穷人”成为可耻的代名词。差异同时也是一个后现代哲学家热衷的名词，人们通过与他者的差异认识自己，确立自我的镜像，就像语言学理论中的文字一样，不是通过本体而是通过指称对象的差异而使自己变得被理解。那么，自我本体真的不存在了吗？回到小说，如果明惠无视或者淡化这种差异，她会做出哪些选择呢？

在小说中，明惠真正需要的是什么呢？这似乎是明白的，但又让人心生疑虑。物质、爱欲她都有了，足以重建对桃子的差异；精神方面的认同便成了一个问题。也就是说，明惠幸福感的来源全在于差异。如果没有差异，她的幸福就会不再涌现。正是在这一点上，明惠走到了深刻的困惑中去，并且永远也没有走出来。

（二）认同的政治

全球化力图塑造一种普世的价值观，然而面对多异的文明，采取的只能是多元化的策略。因此，认同的政治才成为今天全球最大的政治。人们渴望认同，却又常常得不到认同，为此焦虑不已。李羊群、明惠都是得不到认同的人，都是在这个世界里受到了委屈的人，他们在寻找认同、相互抚慰之中走到了一起。

明惠“天生丽质难自弃”，觉得只有彻底融入城市，“当城里人的妈”，才算对得起自己的一生。李羊群因为一个小小的过失而离异，对这个世界迷惑不解，找不到认同自己的人，“这个世界太乱了”。他们生活的都市环境，也把人的神经刺激错乱。“直觉”成了一个 KTV 的名称，也成为时代的一个隐喻，只有直觉才是可以依赖的。

明惠陪李羊群度过的两个圣诞，显现出不同的意味。第一个，明惠寻找到了认同，李羊群在直觉中遗忘了自己的认同；第二个，李羊群暂时获得了认同，明惠则遭遇了认同的崩溃。明惠的死因李羊群一直不解，也缘于这种认同的无法建立。

明惠有着明确的生活理想，那就是在城市结婚生子，过上物质富足的生活，应该说这样的理想是在农村建立的，是以农村为对立面，是以桃子为差异对象的。但正是这样的理想让李羊群很隔膜，他拿明惠当“伙伴”，也没有始乱终弃的意思。伙伴是一种低层次的认同，也是一种对于生活的敷衍，而敷衍成为李羊群对于生活的理解。什么才是正常的健康的合理的生活呢？有没有一种纯粹真挚的感情呢？李羊群内心里没有答案。所以，他没有及时发现明惠枕头边的那个药瓶。也就是说，对于都市生活的理解，对于城市人的理解，他们一开始就没有取得认同。李羊群的内心让明惠捉摸不透也是缘于此。

面对李羊群以及在第二个圣诞节时遇到的李羊群的那帮朋友，她无法获得一种明确的差异感，这不是共同体里面的差异，而是另外一个共同体，认同的基础取消了，就无法建立起一种尊严感，甚至连努力奋斗的尊严感都无法获得。

（三）虚幻的想象

城乡问题也是近代化以来中国所面对的历史问题。城乡空间化的对峙事实上隐含了文明等级的差异，现代化先后的差异，也就是说，空间某种程度上时间化了，这也符合现代化发展的事实。在20世纪80年代，铁凝写了一篇清新优美的小说《哦，香雪》，乡村女孩香雪用自己家的鸡蛋换回了一个象征文明的文具盒，以此为对象展开了对美好未来的想象。香雪的想象是淳美的，也迥异于同村女孩对于物质化文明的艳羡（象征体是香皂盒之类的东西）。香雪和同村女孩的差异就在于她是一个中学生，有见识，热爱科学文化。变动不居的时代嘲弄了一切人的美好情感，香雪毫无疑问地成长为今天的明惠，80年代建立起来的形象是多么的虚幻。对于香雪和明惠，我们完全可以作互文性的理解。

明惠区别于桃子的地方最重要的就是她是一个高中生，一个有文化的人。这一点使得《明惠的圣诞》和其他一些对乡村进城女性的书写严格区分开来，和《哦，香雪》站在了一起。明惠是一个别致的乡村女性，有文化上的自尊，但没能通过学业顺利进入城市。这样的人走进城市，就会带来非同寻常的色彩。桃子是没有文化自觉的一个人，沉浸于世俗的得失和苦乐中去。明惠具有占有城市的野心，也有着主见和判断力。但即便如此，她的判断还是不好使，她对城市的想象还带着一种原乡性，或者说有点小农意识，想给李羊群生个孩子清楚地表明了这一点。明惠在物质上已经从容地驾驭了这个城市，但是并没有完全理解城市的本质，或者说，城市没有本质，而明惠却对城市有着一种较为确定的本质的认识。的确，对于来自农村的明惠，城市太容易成为一个想象的异邦，美好而又浪漫，但一旦触及日常生活，而不是奋斗过程中激情燃烧的想象，明惠的心理倾向性又染上了农村的色彩，这是明惠怎么也涂抹不掉的。

在第二个圣诞节里，明惠目睹了李羊群和一群女子忘乎所以的交谈，感到自己身份的悲凉。其实，这种悲凉并不是由于明惠的土气以及相形见绌，而是她对城市生活姿态的不习惯，这可能不是文化程度的差异(高中文化程度即便在城市也不是较低的学历，至少比打工一族有优势)，而是由于生活想象的差异造成的。也就是说，明惠企盼的城市得到了，却突然发现这不是自己想要的城市。我们可以做一下荒唐的假设，如果明惠拓展自己的生活空间，不再计较李羊群的在意，也许会幸福得多。可是，她做不到，也无法想象这样的生活。

李羊群这个形象在小说中也存在进一步发展的空间，作者完全可以写得更深入一些。李羊群形象是当代文学中一个新形象，他可以被视为城市的征候。他心怀委屈，却不知道如何解释这种委屈，过着没有本质的生活。这是典型的后现代生活方式。而碰上心怀现代性追求的明惠，就只能造成隔膜，而当明惠把这种隔膜表达出来，得到的却是他的忽视和遗忘。这很难说是现代文化和后现代文化之间的冲突，但借此视角，或许可以加深我们对这个时代的体认。

青年女作家魏微有一篇小说《异乡》，讲的是一个知识女性融入北京过程中的困惑，和《明惠的圣诞》有相似之处。主人公在北京身心疲惫，追求爱情却被异性朋友当成一个相互抚慰、相互温暖的对象，她对爱情的理解明显地滞后了。当她回到老家江西吉安时，却发现老家也正在变化，融入世界秩序中，她试图寻觅童年时的温馨却一无所获。魏微的小说很逼真地写出了后现代的一种感觉——异乡感。当变化成为这个时代唯一的不变之后，我们曾经有的梦想会连自己也感到陌生，更遑论他人了。明惠的理想和尊严也可作如是观。

《明惠的圣诞》讲的是一个寻找尊严的故事，同时也是一个尊严流转的故事。当理想的共同体消失，尊严所依托的差异性也无从寻觅时，尊严的破碎便是不可避免的了。这才是明惠所要面对的重要的新课题。

二、“总体性”的探求

——论邵丽的《第四十圈》

邵丽的中篇小说《第四十圈》被《人民文学》2014 年第 2 期发表后，迅即被《小说月报》《小说选刊》《中华文学选刊》《中篇小说月报》转载。这一切都在说明，《第四十圈》将是 2014 年中国文学的一个重要文本。对于作家邵丽而言，《第四十圈》可能是她目前为止最有价值、最见水平的中篇小说，也昭示了她创作探求的方向及文化意义。

（一）异彩纷呈的中国故事

《第四十圈》首先讲述了一个好故事。故事之好不仅在于其内核的饱满，还在于其外壳的华丽。作者为了讲好这个故事，创设了类似套盒但又自出机杼的多重叙事结构，在一个总叙述人——挂职的女性副县长、作家赵芫的统摄下，多个分叙述人——赵芫的秘书、司机、同僚等纷纷展开了自己的叙述。这些叙述使得故事异彩纷呈，具有地地道道的中国风味。

故事的内核讲述的是普通人在处于变动的时代中的生命欲求及其带来的荣乐和伤痛。值得注意的是，这些人的故事中几乎都有时代的眉目。牛大坠子的爷爷据传曾当过为袁世凯做手擀面的厨子，他也因此承袭了祖上的光荣与梦想而且真正努力过，他敢于冒着风险承包宾馆，在默默承受不公正的命运同时不折不饶地进行奋斗，并在关键时刻展现出生命的大智大勇。牛大坠子虽然被叙述人嘲讽性地视为“名门之后”，但其身上却有着大时代的烙印。名门豪族在革命中国的盛衰、世俗能人在改革时代的起伏都或多或少地在牛大坠子的生命中有所映现。身为东北人的齐光禄虽然没有牛大坠子那样光宗耀祖的雄心，但他的人生历程中也含有军工企业的由盛转衰、待业青年的个体工商经营等时代因素。其余人等，诸如牛大坠子的前后两个老婆、牛光荣及其弟弟、查卫东、查卫东的老婆及小舅子、公安局长郑毅及政委，他们在故事中的思维方式和行为方式，都有时代的根据可寻。作者对这些人的书写费墨不多，却点染成趣，寥寥几笔就呈现出逼真的场景。更为高妙的是，这些精练至极的叙述还常常有旁逸斜出的事态，氤氲着岁月的味道，故事的内涵也因此更为丰富，品质也更为醇厚了。

故事的外壳则富有当下生活的气息。虽然众多人物的出场，在很大程度上是为了推动叙述的深化和多元，但这些作为次级叙述人的人，其生活情状却和故事内核有着不可分割的联系。官场对于齐光禄案件的讳莫如深和对于天中镇相关事项的回避、赵县长秘书和司机的评论、天中镇群众的意见表达、赵伟中及其小舅子的言说、赵县长省城学弟和另一县挂职者周友邦的人生感慨，交织成了一个鲜活的社会生态之网，也成为齐光禄案件的一个潜在的却真实的背景。在这里，作者通过叙述人的关联性讲述了一个个像卫星似的环绕在故事内核的小故事，虽然有些没有深意可言，却是对故事内核的并非无趣的回应。借助这些外围故事及人物的书写，作者呈现了一个县城的运转情状及其逻辑脉络。而诚如作者所述，“在中国的社会结构中，县城是一个非常独立的单元”①。一个县城社会在很大程度上可以视为中国社会的一个缩影，由此我们可以窥探作者的写作抱负。

故事内核的主要情节是一起仇杀血案，齐光禄在体育场狂欢式地砍剁跑完第四十圈的查卫东的一幕是故事的高潮，这一场景也将和陈应松的《马嘶岭血案》中老挑夫砍杀女地质队员的场景一样成为当代文学的经典场景之一。不过和《马嘶岭血案》所标识的底层书写思潮不同的是，《第四十圈》显然不是一个渲染苦难的“新左翼叙事”的文本，也难以激发此类文本所惯有的动人心弦的憎恨美学，尽管《第四十圈》引起关注，很大原因是小说对于社会阶层冲突的淋漓书写。和“新左翼叙事”的经典文本相比，《第四十圈》并没有将阶层的冲突固化。案件中的受害者牛大坠子、齐光禄很难视为纯粹的底层，

① 邵丽:《第四十圈》，载《小说选刊》2014 年第 4 期。

尤其是牛大坠子，是当下社会政商经济活动中的运作者和投机者，这种人一旦成功，无疑是跻身上层社会的成功人士，只不过牛大坠子的梦想没有实现而已。齐光禄如果没有遇到查卫东的小舅子张鹤天，可能也会逐渐成为富起来的新阶层人士。案件中拥有力量的一方，也并不是得意扬扬、骄奢淫逸的权贵阶层。查卫东出身贫寒，人生也是布满伤痛；公安局长郑毅的仕途也并非一帆风顺，而且他还是一个非常正派、非常敬业的人，重查齐光禄案件也是出于“正本清源”的公心。负面形象张鹤天以及劳教齐光禄、牛光荣的民警们虽然可恨，但仗势欺人的事多如牛毛，远远称不上骇人听闻。双方的冲突也没有充分的事实证明是确定的阶层冲突。在目前的社会逻辑中，查卫东以权谋私，支持小舅子张鹤天动用警察打击迫害齐光禄夫妇，而郑毅作为查卫东的同学又重新启动对齐光禄夫妇的迫害。在故事中，齐光禄、牛光荣等一方事实上也是这么想的。他们把自己的灾祸紧紧地和查卫东联系在一起，因此即便是公安局接访警员一句不耐烦的训斥，也被牛光荣视为查卫东一伙对于自己的压制，从而满怀不平地以死抗争。多个叙述人的讲述告诉我们，事情并非齐光禄所想的那样，查卫东对张鹤天的蛮横行径可能一无所知，因为张鹤天在公安局里拥有比查卫东更强的关系，民警的出动可能真的是收到了举报，郑毅也不是出于对查卫东的同学情谊而重新羁押齐光禄，郑毅的行为也不能说是无事寻非，他是出于自己对社会公正、法律尊严的理解。但问题在于，齐光禄一方只能这么理解，社会的运行支持了这种理解而否决了另外的理解，外围叙述人的评论也同样遵循了和齐光禄一样的逻辑，以至于让我们怀疑郑毅的“正本清源”与查卫东的冤屈究竟是不是真的。无论如何，齐光禄不可能洞悉查卫东的委屈和郑毅的苦心，他不可能克服这种并非来自阶层差别的隔膜。这正是问题的复杂之处和我们时代的吊诡之处，也是叙述者借学弟之口说出的“苦涩背后真正的味道”①。

同样，《第四十圈》和以往的底层叙事相比，在没有将阶层固化的同时，也没有将冲突双方简单地道德化。在小说中，作者借赵副县长学弟之口拆解了底层叙事的道德逻辑：“你是一个小说家，而且过去的作品也都喜欢同情弱者，总认为弱者必对，强者必错。难道你忘了‘可怜之人必有可恨之处’这句老话吗？”故事中的牛大坠子、齐光禄、牛光荣等人虽然总体上可以定位为弱者，但他们身上都存在着道德的瑕疵和性格的缺陷，牛大坠子是一个投机者，齐光禄性格偏执，也确确实实有乘人之危进行强奸之嫌，牛光荣的不检点尽管是心灵伤痛所造成的扭曲，但也不是没有一点儿个人责任。而查卫东、郑毅

① 邵丽：《第四十圈》，载《小说选刊》2014 年第 4 期。

身上则不乏可以视为正能量的东西。弱者有疏失，强者也不是没有道义，就这样阴差阳错地互相交集，最后越来越僵直到崩盘。也正是如此，一件惨烈的血案却找不到可以为此负责的人。这可能是中国故事的异彩之所在。

（二）复调之魅

《第四十圈》是一部中篇小说，却人物众多、细节纷纭。这些人物和细节有很多是枝蔓性的存在，看似可有可无，却有力地营造着小说的韵致。如前所述，得益于作者的精心设计，小说中的人物一方面辅助了叙事的展开，另一方面支撑了故事的时代背景。作者在讲述这些人物的故事时，充分显示了腾挪趋避的艺术，时空场景不断变换，人物纷至沓来又倏忽而去，令人应接不暇。

更值得注意的是，作者在处理这些人物及故事的过程中，自觉地放弃或克制叙述人有意地干扰，让人物在自己的故事中呈现自己。为此，作者在使用简淡传神的笔墨的同时，还有意识地反省和质疑叙述人的立场。这就使得小说的人物给人以争先恐后地挣脱叙述、直接表达自己的印象，《第四十圈》的这种叙事效果是典型的复调叙述的魅力。在复调叙述的发现者巴赫金那里，复调是由“具有充分价值的”“众多的各自独立而不相融合的声音和意识”[①]所组成。巴赫金并结合陀思妥耶夫斯基的小说阐述道:“陀思妥耶夫斯基笔下的主要人物,在艺术家的创作构思之中,便的确不仅仅是作者议论所表现的客体,而且也是直抒已见的主体。因此,主人公的议论,在这里绝不只局限于普通的刻画性格和展开情节的实际功能;与此同时,主人公议论在这里也不是作者本人的思想立场的表现。主人公的意识,在这里被当作是另一个人的意识,即他人的意识;可同时它却并不对象化,不囿于自身,不变成作者意识的单纯客体。”[②]对于邵丽的《第四十圈》而言,“直抒已见的主体”不仅仅是主人公,几乎每一个出场的人物都在发出自己的“具有充分价值的不同声音”。作者也有意放任这种声音的发出,以凸现人物的生命独立状态。作者在创作谈《继承与颠覆》一文中对于齐光禄刀劈查卫东的高潮一幕如此言说道:“即使那是百分之百的错,我也不忍心让他停下来,那是他这一辈子唯一的一次生命绽放,如飞蛾扑火般的决绝和神圣。我更不忍心指责他,因为我没有资格那样做。”[③]不仅仅是对于悲情人物齐光禄,而且对于看起来显得强势的郑毅、查卫东

① 巴赫金:《陀思妥耶夫斯基诗学问题》,生活·读书·新知三联书店,1988,第29页。

② 同上。

③ 邵丽:《继承与颠覆》,载《北京文学·中篇小说月报》2014年第3期。

以及赵县长的同僚们，作者叙述的笔触也同样显得柔和。在作者三言两语的书写中，这些人的可理解的生命欲求、这些人的不平和无奈同样真切可感。小说中同样下来挂职的周友邦说：“反正只要老百姓闹事，不管他们有没有理，先把我们的干部处理了，把群众的情绪压下去再说！没下来挂职之前，我还真不知道基层干部这么苦、这么难！”这样的感触，同是挂职的赵县长以及作者邵丽，当然也是共有的。“因为懂得，所以慈悲”，张爱玲的写作心得邵丽想必不会陌生，因而小说中的每一个人物都被作者投注了悲悯的目光。小说高潮一幕中的查卫东已经安于平静的日常生活，而且是在伸手去扶佯装疼痛的齐光禄时被齐光禄刺死的，这种悖论性情境无疑是令人难以忘怀的。在齐光禄彰显生命光彩的同时，查卫东也在通过自己的受难无声地言说自己的悲屈，他惨遭屠戮的生命也是复调中的一个声响。唯一显得有些邪恶的张鹤天，叙述者也有好话，并没有将其妖魔化：“小舅子也不是个坏人”，“四肢发达、头脑简单，讲义气，够朋友，对人从来也不知道提防”。从他的活动轨迹来看，他也只不过是一个爱折腾的人而已，为人高调、处世张扬，对齐光禄所做的坏事也是一般意义上的恃强凌弱，这样的形象在生活中也比比皆是。从某种意义上说，张鹤天和牛大坠子是一类人，他们活动在相同的社会脉络里，都想做大事、发大财而又不愿意循规蹈矩，他们也都在投机性的社会政治空间里来运作自己的事业。而且牛大坠子的抱负要远远大于张鹤天，活动的空间似乎也远比张鹤天广阔、高端。但令人惋惜的是牛大坠子由于事业的不顺遂而处于“虎落平阳、龙游浅滩”的尴尬境地，以至于在特定空间里被张鹤天所打压。在小说中，牛大坠子为了自己亮丽梦想而不折不饶地追求奋斗的精神令人感慨唏嘘，其生命的绽放无疑是小说复调中的一个强劲的音符，而张鹤天不甘平庸的青春意气以及霸气外露的不懈打拼所映现出的生命状态，不也是复调中一直回响着的旋律吗？

和所有的复调式小说一样，《第四十圈》中复调之魅的生成显然不是单纯的叙事技巧问题。这部小说的出现意味着作者在叙述伦理上的重要改观。在邵丽的前期小说中，叙述者的霸权是显而易见的，这令小说中的所有人物都成为作者单向情绪的符号。对此我曾认为邵丽的前期小说具有明显的中产阶级趣味，小说的叙述者不免呈现出一种自我浪漫化或者顾影自怜的人格状态。我还以许彩霞形象为例，分析了这种由中产趣味所主导的叙事霸权的表现：“在有的时候，叙述者的主观介入显得较为强悍，甚至形成了叙述的霸权。比如关于许彩霞的故事，作者虽然花费笔墨较多，但并没有塑造出一个真实的、饱满的、正态化的许彩霞形象，小说文本中关于许彩霞的叙述，很多时候表现了叙述者对这个人物的厌弃，作者的叙述态度不是正视的，因而对许彩霞的形象不免处理得有些丑角化和脸谱化，缺少一个形象所应有的自在的主体性。尤其是小说结尾部分对许彩霞意外死亡的叙写，从叙述逻辑上来讲是缺乏内在支持的，也显示了叙述者在关于这一形象的思想准备上的慌乱和匆促，从叙述伦理上来讲，也是有失妥当的。”这种单向化、情绪化甚至随意左右人物生死的叙事霸权在《第四十圈》这里却消匿了，叙述者意识到“我没有资格那样做”。这种叙事伦理上的变化，在邵丽的小说中有一个逐渐生发的过程，但归根结底是作者在面对更为复杂的现实时所做的深刻的思想调整。

（三）总体性的探求

邵丽在创作谈《继承与颠覆》中说：“写完《刘万福案件》之后，我发誓不再写类似题材的东西了。把这样的人物领到读者面前，虽然引起数十万人的围观，可是那于改变他的命运，并没有任何裨益。”如此的言说虽然真诚，却是经不起推敲的。因为小说无论怎样写，都不可能直接改变人的命运。在我看来，《刘万福案件》之类的叙述尽管引起了文坛内外的关注，但也会招致文学品质不够纯粹的批评。在我看来，邵丽的“不再写类似题材的东西了”的写作追求可能是出于维护文学趣味的考虑。因为这类题材本身就是社会热点，又很容易被纳入社会问题领域进行讨论，而文学因素、文学传达的魅力等往往被阅读者所忽略了，以至于小说常常被人等同于社会新闻或者所谓的深度报道。这是所有“问题小说”的尴尬之处，一直拥有纯文学作家身份的邵丽想必不大愿意自己的小说在社会层面被过度解读，因而才在引起关注之时产生改弦更张的想法。《刘万福案件》发表前后，邵丽的小说创作基本上围绕着“挂职笔记”系列和“亲友往事”系列展开。《第四十圈》和《刘万福案件》一样，都属于“挂职笔记”系列。《小舅舅死了》和长篇小说《我的生存质量》则属于“亲友往事”系列。“挂职”在今天是作家体验生活的一种有效方式。虽然只要人活着就有生活，但挂职基层、与群众打成一片的生活，毕竟和文人似的书斋生活在质地和浓度上有着重大区别。深入体验生活不仅提供了有效的写作素材，而且还改变着作家认知世界的方式。就邵丽而言，“挂职笔记”系列不但篇篇引起关注，而且也给邵丽的写作带来了一种新的质素，那就是对生命状态的省思，不仅涉及自我生命的反顾，更重要的是对所有生命的“理解之同情”。在这些小说中，邵丽“最大限度地放下自己，把自我的生命存在放置于广漠人群的存在中进行理解和省思，从而使自己的生命连接着众生和万物，进而日益变得博大和丰富”。这种处理，显然提升了邵丽写作的品质，也促使邵丽更为执着地观察与体验生命大地，唯此才能写出更具价值的作品，而单纯的自我表达无论如何个人化、如何率真，说到底也是一厢情愿的真实，也没有办法实现生命的超越。邵丽 2013 年的作品《小舅舅死了》抒情氛围很浓，但叙述者的介入却微弱得难以体察，小说对小舅舅卑微的一生的叙述却是充分敞开的，小说告诉我们小舅舅正是因为和许多人、事的交集而获得了自己的生命状态，其中社会历史因素也参与了对其生命的雕刻。因而，每一个人的生命都自有其来历，这来历中不可避免地包含着大大小小的社会历史因素。只要我们一深究，就会发现纯粹主体的虚无。这可能是邵丽“发誓不愿再写”却又写出了“变本加厉”的《第四十圈》之原因吧。

邵丽从《刘万福案件》开始的这种创作探索，我把它称为“总体性”的探求。所谓“总体性”，源出杰出的西方马克思主义理论家卢卡奇。他在其名著《历史和阶级意识》中写道：“不管是研究一个时代或一个专门的课题，有关历史过程的统一的观点的这种问题都是不可避免的。辩证总体观的重要性正是在这里表现出来的。”①所谓的“辩证总体观”即是总体性，主要指的是一种认识事物、思考世界的方式，强调总体的有机性，主张个体与总体之间、人与物之间的辩证联系。作为文学批评家，卢卡奇由总体性生发的批评观念无疑是属于现实主义范畴的。他推崇作家的观察力和理解力，推崇作家将内容

---

① 卢卡奇：《历史与阶级意识》，华夏出版社，1990，第 13 页。

与形式同一化的能力。重提卢卡奇对总体性的张扬，在今天不免有些不合时宜。在某些极端的后现代主义理论家看来，任何总体性都意味着一种霸权，世界支离破碎，哪有什么总体可言。但即便如此，“总体性”仍然有其发挥效力的空间。当下世界，尽管非理性的荒诞触目可及，碎片化的存在铺天盖地，但并非没有理性可循，认知的艰难不应当成为放弃认知的理由。尽管我们无法获得一个具有确定性的总体的存在认知，但并不妨碍我们在一定范围内通过努力来扩大我们的视域、深化我们的经验、增强我们理解的有效性。

“总体性”的探求，在创作上常常表现为书写一个时代或者揭示一个社会本质的抱负。这样的抱负在文学史上我们并不陌生。但在今天，这样的抱负就显得有些迂阔了。经历过20世纪80年代先锋文学思潮的洗礼，感应着后现代主义的神经，作家们大都高傲地选取貌似个人化的姿态，畅快地宣泄一己的悲喜得失，欣欣然视之为文学的圭臬。而且，在这种文学话语的强势主导下，个人化写作也成为一种有难度的写作。这其实并不符合大多数作家作品的创作实践。无论如何，不辞辛苦地体验生活、费尽心力地思考生活都要比单纯的宣泄要艰难得多。现实主义才是真正的有难度的写作。邵丽在多篇文章中表达过她对现实主义的由衷热爱，这种热爱既是其日趋博大的生命体验的馈赠，也是其创作抱负的自然体现。在《第四十圈》中，邵丽以复调的形式赋予一个个在以往的文学书写中沉默已久的生命自我言说的机会，从一个个普通的生命存在开始，来把握社会总体性的存在。也由此，邵丽在敞开性的叙述中建构了其间的社会联系，让我们感受到久违的总体性的光魅。这不能不说是难得的文学探求。

三、后现代式生命存在感的呈示

——评邵丽的中篇小说《北地爱情》

邵丽的《北地爱情》讲的是一个女孩儿和一个大企业老板的爱情故事，故事和主题都有些老套，叙述的模式让人想起电影中的“公路片”讲述见闻的路子，也隐约有丁玲《莎菲女士的日记》的风味，这些应该说都不是这部中篇小说最独特的品质所在。小说令人印象深刻的是对存在感的叙写和传达，这种存在感具有浓郁的后现代式的气息，传统的架构情感冲突的意义模式及其深度彻底溃散了，心灵的无所执着的不及物状态和存在场域的混杂交错则完全被呈现出来，这在一直以来追寻生活质量、生存质量、生命质量的书写的邵丽而言，有些独特，但考诸中国飞速发展形势下日常生活领域的分化及深刻变革，我们会对此类存在感的书写表示释然。

在我看来,《北地爱情》中最值得注意的是金帝集团总裁金玉玺的形象,这个形象和他领导下的企业都是有原型存在的,但这并不重要,重要的是邵丽多年来在她的创作中对此类男性形象的持续关注。从《明惠的圣诞》中的李羊群形象到《我的生活质量》中的王祈隆形象再到金玉玺形象,这类形象都是在世俗的意义上获得成功的男性形象,他们或是政坛新秀,或是商界精英,但都没有一种安稳踏实的存在感,没有底气或者迂阔地说没有信念,不时地对自我产生怀疑进而产生深重的惶惑之感。李羊群形象可能是邵丽小说中长久被忽视的一个重要形象,但正是这个形象启动了邵丽之后的有品质的创作。李羊群作为春风得意的省城年轻处长,因为个人生活的一小处不检点被妻子发现离了婚,他在怎么也想不通的惶惑中遭遇了高考落榜之后进城的足疗店女孩儿明惠并把她引入居室,他只能在明惠那里获得短暂的、肤浅的甚至是生理上的抚慰,而不可能获得一种生存意义的来源进而产生存在的确定感。他对明惠的忽视导致了明惠的自杀抑或误杀——这是另外一个话题。《我的生活质量》可以视为关于官人王祈隆的成长小说。小说的书写告诉我们王祈隆的成长有些不正常,也有些怪诞,甚或有些畸形,这造成了他在进入仕途后的内心的彷徨无着以及性格的少许分裂倾向。王祈隆同样是

“找不到感觉”的人，他的四处寻情、家庭生活的苦恼也成了这种存在症候的映射。邵丽在塑造这个人物时似乎缺乏一些把握的力道，但她对人物内心精神状态的关注应该说是高度自觉化了的。到了《北地爱情》中的金玉玺，也是如此。金玉玺因成功而强大，他铸就了自己的商界传奇。在单一的商界以及明晰的成败逻辑中，金玉玺凭借勤奋、睿智、果决维持并续写自己的成功，他如鱼得水，享受别人的仰视，自我也获得充分的存在意义的证明。但一旦离开商界，这种证明就受到质疑，他想和孩子分享自己的人生经验和危机感，却被视为一种压迫和威胁；想和妻子重温家庭的温馨，却让对方感到别扭和负累；做出巨大牺牲满足情人要求，却让情人“心里涌出一种巨大的厌恶和悲哀”。金玉玺的存在状态不能用以往的事业成功、情感失败的模式去概括，那种模式只能用来阐释事业和家庭、情感的对立。但在金玉玺这里，这种对立并不存在，至少他没有制造而是主动消除这种对立。导致金玉玺在家庭情感场域中落寞无助状态的，是时代这只看不见的大手所不动声色地制造的意义体系的斑驳混杂。金玉玺家庭生活的一部分人移居美国——这当然归因于金玉玺的劳绩，也就接受了美国的价值观念包括家庭观念，这让金玉玺感到格格不入、无所适从；金玉玺和年轻博士秘书的情感关系虽然寻常却也不免有一些怪诞，两个人所期待的良好关系状态都无法在对方身上得以实现，这或许可以解释为代沟式存在的迥异的情爱理想；金玉玺和长期陪伴其左右的李毓秀之间的关系发生破裂之后即陷入深深的隔膜中去，金玉玺的企业家伦理与李毓秀的忠臣勋贵伦理定然是无法重合的逻辑体系。也就是说，金玉玺一旦脱离“杀猪的”（是自嘲也是自负）企业家身份，他的意义王国就完全是破碎的、混杂的、错乱的，他所确认成就感的时空以及时空中积淀下来的确定的意义感来源，就会像马克思所说的“一切坚固的东西都烟消云散了”。他从商界转移而来的权威、意义源都被、都将被证明是无效的。这是金玉玺的委屈或者说是悲哀所在，如同小说中所言：“他因此觉得，越是成功，越无从体验自己的成功。”

值得一提的当然还有环绕在金玉玺身边的几个女性形象。博士秘书虽然更多的是作为一个叙述者而存在的，但本身也承担了一定的直接表意的角色功能。她的爱恋、失落、愤恨、放纵等情感是真实的，却说不上深刻，连接不上“忘恩负义”“始乱终弃”“海誓山盟”等等诸如此类的恒常的意义秩序，小说中她的自述式的表达也确认了这一点，即“无所谓”的情感态度。这是典型的后现代式的情感状态。当然，博士秘书并不满意、并不安于这样的生存状态。李毓秀的世界更多地停留于传统层面，她的成功感或者说虚荣感以及失败感都建立于此，她拘囿于此并丧身于此，她如果稍稍像博士秘书那样开通一些，便不会如此悲惨。金玉玺的夫人李梅也同样无法寻找到安顿灵魂的途径，她虽然渐渐适应美国的生活，却对丈夫心存愧疚，但又不能或不愿采取有力措施来化解这种愧疚；她在李毓秀的作用下回国，却又无法营造正常的夫妻生活。李梅同样是一个彷徨中人。

对于金玉玺以及他身边的几个女人的生存状态的理论审视，曾经有一种批评话语叫作异化，讲的是一个人通过努力把自己变成一个异己的、违背自己理想和努力初衷的人。这是最可悲的生存境遇。异化理论许诺了一个常态的、合理化的存在，但何谓常态化存在方式在今天已经难以被确认了。因此，无所谓常态化也就无所谓异化了，那就只能是后现代式的中心丧失、深度丧失、意义丧失的片段化和零散化了。在这样的状态下，理解和对话就变成重要的了，诚如小说最后叙述人写给金玉玺孩子们的那样——但这显然是奢侈的理想。我隐隐觉得，“北地爱情”的小说命名有一种隐喻式的意味，里面有怪诞交错的意思存在，金玉玺的企业在“北地”非常像一块与世(北地)隔绝的飞地，发生于此的爱情也显得光怪陆离，和“北地”的人情伦理、风物民俗从根本上是无涉的。似乎还可以将隐喻引申一下，即“北地爱情”所携带的生命存在感的后现代意味或许是虚假的，这种后现代命名更多地表征中国的高速发展所造成的生存伦理的深刻分化和怪诞交错，以及处于分化和交错中的典型的转型期人格。这种转型期人格所含有的惶惑焦躁中时而麻木、时而疼痛的被撕裂感,可能你我都有。

四、饮食男女中的黄河魂

——邵丽中篇小说新作《黄河故事》略论

邵丽的中篇小说《黄河故事》,写的是黄河岸边的饮食男女,写的是一个平凡家庭之于黄河的归去来的故事。纷至沓来的情节以及力透纸背的情感,都耐人寻味,让人不禁感慨黄河的博大和深邃。

《黄河故事》与邵丽之前的几篇小说《天台上的父亲》《大河》《小舅舅死了》一样,写的是家族中亲人们的故事。邵丽的写作,从呈现个人化特征鲜明的女性情感经验,到描摹斑驳繁杂的社会面相,再到书写自我家族中亲人们的命运遭际,颇有"见山还是山、见水还是水"的意味。一番回环往复,作者的生命体验渐趋开阔而沉实。

《黄河故事》中的故事并不复杂,结构也十分明晰。"我"的父亲生于富足的书香门第、中医世家,满腹学识却用于钻研美食。父亲在烹饪研创方面的显著成效却没有得到乡邻的真正认可,更为严重的是母亲对于父亲的热衷美食极为反感,视之为不成器、不入流，认为其所作所为彻底颠覆了她的生活理想——期望自己的丈夫成为像自己父亲那样威震一方的体面人物。母亲对父亲的冷遇、不间断的斥责促使父亲在悲愤中葬身黄河。父亲的烹饪绝技没有使他在乡间赢得尊重，在家庭中也逐渐无奈地让渡了当家做主的权利。强势的母亲将自己对父亲的鄙视、对体面生活的追求有力地表达出来，并蛮横地影响到自己的儿女身上，进而强力干涉儿女们的婚姻，试图借助婚姻这一途径摆脱庖厨之家的阴影。这使得包括“我”在内的儿女们对父亲都或多或少地产生了一种鄙夷并因之而羞惭的情感。但富有戏剧性的是，五个儿女在被动的潜移默化中，都从父亲那里学到了一手好厨艺，并以此获得不错的生计，进而克服生活中尤其是婚恋方面的不顺和世事的无常。因为和父亲斩不断、理还乱的恩怨，再加上时势转换而必然改变的对父亲的认知，五个儿女和母亲之间也有着复杂的情感纠葛。这难以言说的情感纠葛，在邵丽的笔下却展现得淋漓尽致，这种展现可能是小说最为出彩、最为动人的所在。这种情感经验的质地，是朴素的、爽直的、浑厚的，也是激烈的、奔涌不止的。这很难说来自黄河的馈赠，却也迥然于南方的那种含蓄的、细腻的、浪漫的情感经验。如果说这种情感经验在黄河流域的人群中最能得到有效感知的话，大概是不会受到质疑的吧。

《黄河故事》所讲的故事，可以归纳为一个“吃”的故事。提到关于“吃”的文学书写，很自然地想起陆文夫先生的名篇《美食家》。《美食家》中的美食家“朱自冶”与《黄河故事》中的父亲“曹曾光”一样，将美食作为毕生的寄托；所不同的除了一南一北之外，还有就是“朱自冶”的幸运与“曹曾光”的不幸。“吃”的文化在中国文化中尚称不上主流，但在封建社会晚期的江南——“朱自冶”的诞生地却蔚为大观。“苏湖熟、天下足”培育了包括“吃”在内的享乐的文化，盐商的活动则促进了饮食文化的融汇，诞生了淮扬菜等著名菜系。《美食家》中，朱自冶所受到的极左政治的压抑是暂时的，他在民国时期的苏州如鱼得水，在改革开后的苏州则大放异彩；而生活在黄河边上的曹曾光所受到的压抑则是终生的，即便早年生活优渥，他钟情美食的癖好也没有得到父辈的鼓励，而到了生活困难的时期，他的这点特长则被家人视为难以启齿的毛病，偶尔的发挥只能留下斑斑劣迹而被自己踌躇满志的妻子咒骂。曹曾光几乎没有曾经光荣过，留给当时家庭的唯有洗刷不尽的耻辱。近代以来，黄河流域的经济社会发展十分缓慢，两岸的人民多灾多难，经常遭逢饥荒。这种历史境遇使得在传统文化中本来就不被看重的饮食文化备受压抑，而有意无意承载这种文化的人，比如“父亲”曹曾光，就生活得灰头土脸，死也死得潦潦草草，而他所有可能振兴的豫菜也受这一压抑饮食的文化影响，不能不延迟辉煌时刻的来临。

小说中，母亲所顽强持有的生活理念表征了近代以来黄河流域的文化，这一文化简单地说就是官本位。在母亲及主流人群的心目中，做官或者说考学、从政、进入体制内，才是正途，而做厨子、开饭馆等则是不折不扣的下九流。这一生活理念太强大了，几乎是覆盖性的，也几乎是与生俱来、从娘胎里就传下来的。在这里，黄河—母亲这一泛化的隐喻再次显示了它的实在感和力量。然而，母亲竭尽全力对于儿女们的控制遭遇到了纷至沓来的失败，母亲为儿女们打造的婚姻均为儿女们所逆转，略具讽刺性的是，五个儿女均有意无意地继承父业，以从事饮食业过上无虞的生活，父亲也在这种改换中逐渐被儿女们、被母亲所正视，游荡的孤魂最终被安顿于寸土寸金的邙山墓园，父亲终于追回属于自己的尊严。在家庭状况的巨大转换中，母亲虽然没有反思文化的能力，却也在困惑中生出了对父亲的歉疚。母亲的歉疚显示了作为她生存背景的黄河文化的变迁。那种安土重迁的文化、那种节衣缩食的文化、那种单一的官本位文化，在新时代中是该得到反思了。

由饮食而男女，小说对于庖厨之家的变迁的书写，集中表现在儿女们的婚恋中。五个儿女各具秉性，在对母亲的抗争中成长，在时代的波涛中弄潮，他们的婚恋并不顺遂，却始终保有追求和决断的勇气。虽然爱恨交加、悲欣交集，一次次疏离和归来中却都萦绕着家族的独得之秘及其背后的生存哲学。小说对于岁月流逝中伦理变迁和心理纠葛的书写尤为令人难以释怀，虽然只是短短几十年间，沧桑感或者说大时代的感觉却弥漫于字里行间。

小说中，“我”的家庭的巨大变化是从父亲死后、儿女们长大成人开始的，这大约对应于改革开放四十多年来的变化。中国经济的持续发展，使得饮食业等服务性产业迅速崛起，“我”的兄弟姐妹们不同程度地在这一产业振兴中受益，母亲则在强烈的刺激中转变观念、反思自我。值得注意的是，这种变化最显著的表征发生于“我”所谋生、打拼并取得成功的深圳——这一典型的南方城市。不仅“我”在这里安居，遇见童话般的爱情，而且母亲这一黄河边生长的人也随我迁居来此，过得乐不思蜀。改革开放四十年来，经济社会发展成绩最为显著的是“珠三角”和“长三角”地区，而黄河流域的表现相对欠佳。但无论如何，在浩浩荡荡的潮流中，黄河流域人民的生活还是发生了巨大变化，饮食文化尤其是豫菜也有了振兴的契机，于是，最先逃离黄河故园、在南方似乎脱胎换骨的“我”，重回郑州之后产生了振兴豫菜的雄心壮志。和豫菜一样，黄河流域的许多文化都会在现代化转换中得到再审视、进而得到振兴。这想必也是《黄河故事》的题中应有之义。

《黄河故事》中，面对郑东新区的日新月异，从深圳归来的

“我”忍不住喟叹岁月的神奇，也心生感悟：“试图忘掉历史的人，恰恰都是有故事的人。”“我”终于有了别致的心情讲述家庭中纷纷扰扰的故事。这样的故事虽然寻常，却长久地纠结于心，塑造了一代人的情感结构。今天看来，这样的故事似乎有些遥远了，在小家庭模式遍布天下的当下几乎不可能再生，因而《黄河故事》中的家庭叙事又具有黄河流域风俗人情志的意义，其对既往人情世故的书写也定然会呈现出黄河的几分魂魄来。

黄河是一条大河，黄河也是一个大词。对于黄河，我们很难寻找到一个本质性的描述。对于黄河流域的人甚至所有中国人来说，黄河都是与我们的生命经验相连接的，或近或远，或生动或抽象。等闲识得“黄河”面，作为饮食男女，我们虽然不能在日常生活中频频遭逢这条大河，却须臾难以摆脱黄河魂魄的牵系。因此，我们的“黄河故事”一定是寻常中蕴藏着恒常的深情，让我们念念不忘的。

第四章
乔叶:经验的生长及其写作征候

2001年左右,散文家乔叶开始向小说家乔叶转型。后来的创作实践证明,这一转型是非常成功的,而且成功来得又是那么迅即、那么饱满、那么坚实。这成功在使我们认识一个前景远大的新锐女作家的同时,也让我们思索当今时代的文学生态。

一、散文的馈赠

乔叶开始写东西是在1993年,那时文学早已失去轰动效应。但文学的生机并没有萎缩,而是换了一种方式继续蓬勃地发展。文学市场化是这种发展方式的鲜明特征。市场化打破了政治以及附属于政治的种种森严壁垒,给每一个热爱写作并渴望成功的人提供了机会。乔叶就是这些人中的一个。

在最开始的写作生涯中，乔叶经营的主要文体是散文，她所获得的最大成功也是在散文方面。这种成功除了乔叶的聪慧和勤勉之外，还和散文当时的文体状态有关。

市场化状态下的文学消费讲求短平快，散文是最适合快节奏的文学消费的文体。相对而言，小说的技巧性要求较高，发表空间有限，阅读需求有限，产量因而也不高；诗歌虽然有很多人在坚持，队伍近年来也有扩大之势，但总体来说诗歌的公共性丧失殆尽，诗界的共识也不复存在，狭隘的圈子化生存状态和对于修辞的过度迷恋，使得消费者自觉疏离这种文体；戏剧创作由于无法摆脱剧场体制，也不可能真正地走向大众。如此文体格局中，散文显得“风景这边独好”。不仅专业文学杂志刊发散文，大量的社会性报刊也都为散文提供了发表的空间。散文成为真正的大众消费性文体，需求量自然是庞大的。在供不应求的情况下，报刊编辑们也慷慨地向默默无闻的写作者敞开了发表的大门。当时偏居豫北乡村从事小学教育的乔叶，有着大量的业余时间需要打发，她在读书看报时敏锐地意识到了这是一个机会，于是散文创作一发而不可收地展开了，成功也如期而至。乔叶在《我和小说》的创作谈中如实描述了这种成功的景象：“散文的反响比较强烈。读者来信和编辑约稿纷至沓来。1994 年，我在几十种社会期刊上发表了大量散文，其中很多篇什被《读者》和《青年文摘》这些发行量数百万的文摘杂志频频转载。还被时尚杂志《女友》评为'十佳青春美文作家',《文学报》也进行了相关的报道。再接着就是开专栏,出书……。忙忙碌碌,兴兴头头,虽然是野路子出来,却也颇有些少年得志。直至 2001 年,我共出版了七本散文集。靠着散文,我成为了所谓的专业作家,并且获得了首届河南省文学奖。"①就这样,乔叶从一个平凡的写作者成为著名的散文家,跻身主流文坛。她称自己"野路子出身",虽是谦逊,但是也说明了一代青年作家脱颖而出的典型路径。这路径"看似寻常最奇崛",不易之中隐现着野性的活力。

乔叶的散文,以自己有限的人生经验为底气,以对生活的美好设计为依托,以理性而又柔和的语调为转型期社会浮躁慌乱的人们提供了情感的引导和抚慰。"她的文字简洁优美,故事深入浅出,她在山水田园和寻常巷陌之间流连忘返,去发现诗意和生活中的美,"②这是她的同事、小说家李洱对她散文的描述,贴切准确,是很多人都认同的。但这种准确的描述并没有凸显出乔叶散文的个性,反过来恰恰说明了乔叶的散文是一种类型化写作,自然散文的成功也是一种世俗的成功。如果仅仅是散文,乔叶的成就会十分有限,即便日后写得再多一些,也不过是一些低水平的自我重复,她所需要的是自我超

① 乔叶:《我承认我最怕天黑》,山东文艺出版社,2007,第 2 页。

② 同上书,第 3 页。

越。而2001年成为河南文学院的专业作家为其提供了超越的现实契机，她开始尝试着写小说。此前，乔叶事实上已经感到经验的催逼。她说："我写散文多年，总觉得有些麻烦是散文无法解决的，于是便求救于小说。小说接纳了我的这些麻烦。她以她的博大、丰富、辽阔和深邃不但接纳了我的这些麻烦，而且很快让我认识到，我的表达在她的世界里是多么微如草芥，是多么弱小贫乏。小说世界之于我，如同海之于浪花。"①乔叶对小说选择之后的沉浸，不仅仅是因为小说的世界比散文的世界"博大、丰富、辽阔和深邃"，也不仅仅是因为小说的文学品质更为纯粹，更重要的是因为青春美文类型的散文对经验有着温馨美丽等特定要求，这在一定程度上对丰富的经验和心灵的麻烦是一种压抑。这种压抑在大量的重复性的散文写作中愈积愈厚，一旦有了合适的突破口，便呈喷发之势。乔叶的小说创作因而也一开始就量多质高，呈现出汪洋恣肆的活力。

长期的散文写作使乔叶积累了大量的生活素材，这些原生态的材料相当大一部分无法进入散文的写作，也无法在散文的框架中得到解释，但在小说中这些积压的材料迅速鲜活起来，成为生猛的情节。乔叶的小说目前以女性情感婚恋题

① 乔叶:《薄荷一样美好的事》，江苏文艺出版社，2010，第154页。

材居多，这种题材是乔叶写散文时经常遇到的，她所占领的期刊阵地如《青年文摘》《女友》《知音》等一直是女性情感的话语场。事实上，乔叶的一些散文中已经有小说的影子，有的散文本身就是小说的雏形。比如《没有什么会不见了》《透骨草》《最后的爆米花》三篇散文就是小说《最慢的是活着》《指甲花开》和《爆米花》的雏形。① 也是在散文中，乔叶的人生经验开始走出了偏僻的乡村，乔叶本人也在面对复杂的社会情感问题时变得“世事洞明”和“人情练达”，尽管在她的散文中，那些纠结的情感都被理性和真善美所向披靡般地克服了。散文的写作惯性也不自觉地表现在她的小说创作中，成为其风格的标记。散文的舒缓调节了小说的叙事节奏，散文的自由使得人物的内心从容地敞开，散文的议论彰显了小说的叙事伦理。但从另一方面来说，散文毕竟不是小说，过于散漫可能拖累情节的推进，散文式的分析和揭示往往过于明确、过于严密地控制了叙事的衍展，有时甚至压抑和代替了人物的生命表述，这一样是值得注意的。

如上所述，散文给乔叶提供了向上的台阶，提供了不满，也提供了超越不满的经验支持。作为小说家的乔叶不能不感激散文的馈赠。

---

① 这三篇散文均见于乔叶散文集《黑布白雪上的花朵》，安徽少年儿童出版社 2009 年版。

二、敞开本心的女性书写

在乔叶的小说中，最引人注目的是关于女性情感心理问题的小说。这些题材是乔叶的长项，也反映着乔叶较为成熟的经验积累。这些作品主要有《打火机》《紫蔷薇影楼》《月牙泉》《我是真的热爱你》《妊娠纹》《他一定很爱你》《那是我写的情书》《我承认我最怕天黑》《失语症》等。这类小说所讲述的女性情感危机主要是婚恋方面的，故事也都比较贴近当下的现实。这些小说的女主人公要么是因生活所迫而堕入欢场的风尘女子，要么是不安于平庸生活而出轨的职业女性，她们在浮躁喧嚣的社会追求一种情感的自由和欲望的满足，这种追求在很大程度上是不合乎伦理的。但小说并没有对这些人物进行伦理上的质问，而是让这些人物挣脱世俗伦理的束缚，自由地展现生命的灵性。乔叶笔下的这些新女性率真可爱、活力十足，敢于宣示自己的欲望并将这种欲望付诸实践，而人性和真情成为这种欲望的新的伦理基础。这种描写很容易让人产生道德上的不适，但这种道德感正是小说家在叙事时有意摆脱的。乔叶有意识地敞开本心，去复原这种道德灰色地带的生命活力和情感强度，而且她有意识地体贴关爱甚至欣赏这种生存的原色。《紫蔷薇影楼》中的小丫并没有因为自己做过小姐而丧失生活的尊严，反而以自己生存的智慧巧妙地驾驭了这个物质化的时代，进而成为生活的强者。她的小姐生涯乃至婚后的偷情，不仅祛除了耻辱感，而且被赋予一种不容置疑的生命和生活的本然性。这种本然性用小说中的表述就是："白和黑放在一起，格格不入。但当把其间的色彩渐变过程一个细格一个细格地展开，就会发现这个世界其实没有什么让人吃惊的事情。一切都有因可循，一切都顺理成章。"①《我是真的热爱你》也一样肯定了冷红对于物质、对于生活舒适的合理追求，甚至出卖肉体时所获得的生理快感也获得了正面表述；相反妹妹冷紫对于道德感的执着则显得有些原教旨主义，不仅在现实中处处碰壁，而且从根本上来讲也是虚假和虚无的。《打火机》《月牙泉》《妊娠纹》《他一定很爱你》《那是我写的情书》《我承认我最怕天黑》《失语症》的女主人公都是物质丰足、生活安定的女性，但都在情感上有所不甘进而去寻求婚外恋，作为生命的滋养。这种非常态的恋情都充满魅力，真挚浓烈，抚慰着日常生活中的隐痛，令人不舍。乔叶当然知道这种恋情的危险，但依然把它描写得很美。我注意到，乔叶多次论述过女性内心深处的"毒"和"坏"，她强调如果这种"毒"和"坏"长期受到压抑得不到释放，势必会造成女性生

---

① 乔叶：《最慢的是活着》，万卷出版公司，2009，第253页。

命的枯萎，这自然不是理想的状态。因此，这种在传统道德视为“饱暖思淫欲”的现象发生在女性身上，出现在乔叶的笔下，就显得自然真切、生动活泼。

必须承认，乔叶的这种女性书写是真实的，而且是令人触目惊心、刻骨铭心的真实，这是她有意识地敞开本心、去除成见的结果。她所追求的挖掘生活背后“最深沉的悲伤、最隐匿的秘密、最疯狂的梦想、最浑浊的罪恶”①的目标也圆满地达到了。但问题是，这样的真实有何意义？在乔叶之前，陈染、林白在80年代的女性书写大胆而又强烈地表示了女性自我对现实的厌恶和拒绝，对身体欲望的迷恋和守护，这在当时具有明显的反对性别暴力和宏大叙事压迫的意义。而今天，不伦的文化正在以自己荒淫无耻的表象弥漫于社会各个领域中，乔叶的此等书写尽管真实得酣畅淋漓，却只能充当病态消费文化的鼓吹者。反过来说，乔叶的写作也不可避免地受到强势文化的侵袭，她的这些作品其实很像《知音》和《女友》等杂志刊登的女性情感告白，事实上，乔叶和这些刊物的熟悉和牵连使她一时间无法摆脱这种流行的叙述格调。即使是赢得很多人称赞的《打火机》，也不过是添加了精神分析学的内容，而这种添加既没有叙事逻辑上的必要，也没有提升小说的文

① 乔叶：《我承认我最怕天黑》，山东文艺出版社，2010，第4页。

化品质，只不过把女性的性心理更加复杂化了，而女性的偷情多了一个强大的心理因由罢了。“打火机”虽然隐喻了女性内心的“邪火”，是一个值得深入分析的意象，但在文本中却是一个生硬的道具，并不必然出现也无法标示内心问题的解决。比较令人担忧的是，在很多描述女性出轨的片段中，乔叶渲染的笔触显得津津乐道，甚至无法保持应有的价值中性，因而即便是一些具有劝诫意味的篇子也往往在阅读效果上呈现出“劝百讽一”的悖谬情境。乔叶的创作态度无疑是认真的，追求的文学品格是纯正的，但这样的叙事很可能在通俗文化的场域中被粗暴地消费掉。那些看起来很本真很自我的身体欲望描写以及以此为基础的所谓“反身性”写作，事实上恰恰构成了消费时代最热衷的情色景观。

因此，一个真正的写作者，是应该警惕消费文化的侵袭的。对于乔叶来说，在收获文学市场的成功之后尤其要注意这一点。在今天的文化语境中，一个不自觉的没有文化反省能力的写作者很容易成为消费文化的枪手。乔叶的一些小说从某种意义上来说正是消费文化的标本。比如，对“真爱无罪”的宣扬和柔性叙述恰恰成为一些藐视道德者的证词，而在今天，在婚恋关系中处于强势的是权贵阶层，他们对性的占有无疑是霸道而贪婪的，他们作为有力的文化力量十分反感相互忠贞的性道德，反之真诚地欢迎对不伦之恋的粉饰，没有反省力的大众则把这种不平等的性政治作为艳闻和韵事来消费。乔叶小说中的婚恋男女在权力关系中往往是不对称的，女性恋慕的对象往往是权势集于一身的充满魅力的男性，尽管这种权势一度被真诚的情爱追求所遮蔽。比如《打火机》《那是我写的情书》《妊娠纹》《我承认我最怕天黑》《失语症》中的政府官员，《月牙泉》中的成功商人。《我承认我最怕天黑》中的女主人公虽然在黑暗中享受到民工所带来的身体快感，但无法在光明中接纳他；《失语症》中女主人公的丈夫虽然也是一个官员，但婚外恋的对象也不是等闲之辈，有可能发生婚外恋的男性则是丈夫的同僚；《他一定很爱你》中的男性则因为经常借钱而引起女主人公的怀疑，最终这段恋情没有达成，而男性在达成的恋情中则一直是以成功商人的形象出现的。“我们的身体就是社会的肉身”①，约翰·奥尼尔的话提醒我们，看似简单的两情相悦，其实隐藏着丰富的社会政治内容，作为私人空间的卧室，常常是具有政治压迫性的。而一个作家的承担，不仅仅是真实的书写，还应该包括冷静的反思和凌厉的追问。这当然需要作家思考力的提升，但无论如何，放任危险的世俗文化在文本中流动，推卸严肃的伦理责任都是不应该的，尽管我们无权要求作家提供一个完美的社会伦理，但

① 约翰·奥尼尔：《身体形态——现代社会的五种身体》，张旭春译，春风文艺出版社，1999，第10页。

我们可以要求作家不要再为不良的文化主张推波助澜、增添魅惑，不要再软化钝化我们的道德感。因为我们现时代的道德感，实在是太过于松弛了。伊格尔顿对此形象地描述道："规定你应该做什么的道德价值观给人以印象深刻的理想主义色彩，但显然与你的行为脱节；反映你实际做了什么的道德价值观则合理得多，只不过其代价却是不再能提供你行动的合法性。"①我很遗憾地发现，乔叶的这些小说所提供的道德感和伊格尔顿的描述若合符节。乔叶在深刻有力地描写现实的同时，也加重了我们内心的无奈感和悲凉感。

乔叶小说叙事伦理的缺失还表现在对于非主人公人物的生命意识的忽略上。与那些鲜活躁动的女性形象相比，乔叶笔下的男性形象较为模糊。小说中引发女性出轨的男性往往是女性欲望的投射物，或者说是女性心灵动向的对应物，他们所展现的形象只是他们在满足女性某一心理期求时的功能形象，没有自己完整的生活世界和心灵世界。即使是《打火机》中着墨较多的胡厅长，其成长经验和人格特征也没有必然的联系，生活的轨迹也只是呈现片段状，除了蓬勃的情欲作为女性心动的功能符号之外，其身上应有的社会含蕴被男女之欲剥离了。相比之下，作为这些女性丈夫的男性形象就更加模

① 特里·伊格尔顿：《理论之后》，商正译，商务印书馆，2009，第146页。

糊了，他们毫无情趣可言，生活世界相当简单，几乎从来不曾拥有妻子的真爱。这些男性作为被伤害者，形象的暗淡和话语权的被剥夺是一体两面的事情。同样，那些惨败的家庭主妇虽然是女性，其心灵世界也得到了忽视，比如《那是我写的情书》中的“梅”因为不自信而产生对丈夫的怀疑进而疯狂、惨死，但是她的悲剧没有得到叙述者的痛惜。叙述者对那些出轨的女性“万千宠爱加一身”，对守护家庭的女性则弃之如敝屣，不能不让人感慨叙述中隐藏的暴力。这些苍白的形象明显地标识了叙述的单声道特征，巴赫金所推崇的“复调式”小说的痕迹自然不见于乔叶的笔下。这一方面是由于乔叶在写作散文时常见的过于强烈的解释和命意的冲动，另一方面则是因为经验的不足使得她敞开的本心只能朝向笑傲红尘的潇洒女性。

三、面对复杂和微妙

在反映女性情感婚恋危机的小说中，《妊娠纹》《月牙泉》两篇是晚近的创作，显出了较为复杂的经验表达。《妊娠纹》中的职业女性自动终止了渴盼已久即将实施的不伦行为，不是因为“发乎情止乎礼义”，而是因为自己渴望的纯洁恋情遭到了世俗欲望的亵渎，自己因妊娠纹而生发不可能回到从前的焦虑，而婚外情的对象则只是把她当作类似于“公款嫖娼”的艳遇搭档，女主人公的真爱冲动终于在不可改变的生理特征和难以抗拒的功利现实面前崩溃了。《月牙泉》则写了一个在浮华的职业场中如鱼得水的女性，在面对居住在乡村的姐姐的生存情状时所产生的感慨，两位女性在迷乱的现实中彼此温暖，实现真正纯净而又坚实的沟通。值得注意的是，作者对宾馆房间读物上宣传婚外情是月牙泉的文章进行了嘲讽，反之认为女性之间相互关心、相互支援的姐妹情谊才是人情沙漠中一泓清澈的月牙泉。这样的书写呈现出较为明显的反思特征，也显示了乔叶面对复杂经验时的写作姿态。

这种写作姿态主要表现为追问、体悟和悲悯。体现这种写作姿态的小说有《最慢的是活着》《指甲花开》《良宵》《旦角》《一个豫剧女演员的落泪史》《叶小灵病史》《山楂树》《像天堂在放小小的焰火》《家常话》《普通话》《语文课》《深呼吸》《轮椅》《不可抗力》等。这些小说同样关注女性的生存状态，不过视野更加广博，既有当下近景，又有历史远景，既有都市摩登女郎，又有乡村平凡妇女。在《最慢的是活着》中，叙述者二妞对自己祖母的情感认同经历了由怨恨到挚爱的心理过程，与这个过程同时，祖母平淡而又坚韧的一生得以描述，祖母对于苦难的承担以及化解苦难的情感方式、对于女性自我生存和情感爱恋的体验，看起来与叙述者的后现代式的闯荡生涯格格不入，其实却连接了永恒共有的女性生命本真，使得女性的生命“更加简约、博大、丰美、深邃和慈悲”。在这篇散文化的小说里，乔叶的笔墨显得格外洒脱，对祖母秘密和生存真谛的追问、对祖孙隔阂和同病相怜的体悟弥漫在字里行间而沁人心脾，此前的那种女权主义式的欲望释放和主体张扬不见了，乔叶似乎成熟了许多，对世间的一些事情看得十分通脱，对一些事情的复杂因素也都给以深切的理解，通脱和理解之中包含着一份慈悲。《指甲花开》讲述了情感困境和生活困厄中一对姐妹和一个男人相濡以沫的故事，两女共事一夫的世俗传奇在善良淳朴的心灵背景中被书写得凄美而又温暖；《良宵》写了一个女搓澡工在为破坏自己家庭的女性搓澡时的心理况味以及最后的通达，这通达的底色是生命的尊严和生活的勇气；《深呼吸》写了女性之间超越敌我、超越国界的生命沟通，笔触细腻、温婉动人；《家常话》写了大爱无私的母性对于震灾孤儿的抚慰，表现了女性身上平复灾难的信念和力量；《旦角》《一个豫剧女演员的落泪史》写了女性在艺术和人生之间的困顿和挣扎；《叶小灵病史》《山楂树》写了女性正常的生活理想和生命欲求在城乡文化壁垒中的辛酸遭遇；《像天堂在放小小的焰火》写了一个职业女性在生活涟漪中对异性的生命关爱以及由此而来的伦理尴尬；《语文课》《普通话》《防盗窗》写了底层女性幸福感的破碎与重建；《轮椅》《不可抗力》写了生活在出现意外灾难时所展现的令人心悸的残酷，这种人们不愿正视的真实给浮华的生活增添了一份斑驳的不安，给看似纯粹坚固的感情增添一份惘惘地威胁。

这些小说可谓是乔叶迄今为止最好的小说。它们不是简单地类型化地书写女性的情感欲求，而是透视情感欲求生发的语境、所面临的诸种困境、所遭遇的挫折以及挫折之后的生命调整，与此同时，女性的承担意识、责任伦理和现实思考呈现了出来，女性书写也开始获得了自己的社会历史感，有了更为丰厚的经验基础和更为广博的想象空间。

在另外一些小说中，乔叶渐渐从女性视角走出，开始直面更为微妙的人生经验。《取暖》讲述的是一个刑满释放的强奸犯男子在一个大年夜出外躲避家人嫌弃的故事。带着一身寒冷和萎缩的生活信念的男子遇到了一位被强奸之后声名随之又受损的酒店女老板，女老板的丈夫因为给妻子报仇而坐了牢。女老板为男子提供了食宿，也为该男子提供了误导的性诱惑。躁动不安的男子终于被叫醒了，却原来是女老板让他帮助放鞭炮。温暖而又响亮的鞭炮声显示了女老板困厄之中对生活的乐观，也净化了男子的非分的情欲，点燃了其重建生活的希望。小说对男子心理净化过程的描写极为精彩，让人想起郁达夫的名篇《迟桂花》。这种不洁情欲的净化我们不妨看作小说家对以往小说的净化和改造。《解决》则让人想起鲁迅的《故乡》，一群不常见面的亲人怀着各自难以解决的麻烦因为奔丧而聚到一起，相互倾诉、相互排解，倾诉和排解伴随着亲情的再发现。面对已逝亲人对于自我情感欲望的克制，对于生命悲情的承担以及其中蕴藏的生活的智慧，活着的后辈似乎一下子找到了解决所有麻烦的办法。的确，在生命的博大和坚韧面前，一切麻烦都可以在回归生活本原的途中得到有效化解。《龙袍》虽然叙述者依然是一个时尚女性，但是小说的聚焦点则是一位顽固信仰并守护毛泽东时代生活理想的原村主任老忠，他为人正直、大公无私、克己奉公，一直穿着被村民视为龙袍的毛时代上级奖励的中山装；他在改革开放之初依然掌控着村里的权力，坚持不改变农村集体财产制度，为村里留下了一个村办啤酒厂，他严格控制村民对于啤酒的索取，只是在毛主席生日那天免费让村民取用，现在则只能老而不死地偏瘫在床。与老忠形成鲜明对比的是叙述者二妞以及其周围的大哥大嫂、老女婿老李等诸多人物。他们具有这个利益时代典型的人格，他们绞尽脑汁、唯利是图，淡化一切原则和亲情伦理，心甘情愿地成为欲望的囚徒。在这样的世风中，老忠尽管不死，却只能成为一个怪物，没有人会正视他的理想。那件象征权力、荣誉、正直人格和共产理想的龙袍只能伴随着老忠的死化为粉末、随风飘散。这篇小说所触及的话题对于乔叶此前的创作来说是有些突兀的。乔叶没有去试图说明什么、批判什么，只是让两种不同的生活状态互相展示自己的合理和荒诞，以静默的无冲突的方式相互辩诘。这种叙事内容的凸现和叙述方式的选择对于乔叶来言，意味着一种新的可能性，即她有能力去捕捉和把握更为繁杂的社会历史经验。

小说《锈锄头》强有力地证明了这种可能性。故事讲述的是两个不同阶层的男人之间的故事。当过知青的李忠民是一个成功的商人，他在出差的途中折返与情人共居的家，遇到了正在自己家里偷盗的农民石二宝。两人即将发生的冲突被挂在客厅里的一把锈锄头延搁了。石二宝不明白锈锄头为什么会出现在这里，李忠民则在讲述锈锄头来历的时候恢复了成功人士的自信。对于李忠民而言，锈锄头是知青生活的见证，是自己非凡成功经历的佐证，是自己人生丰富内涵的标志，是自己对农民不忘本的道德优越感的表现。而对于石二宝来说，锈锄头则是农民至今还处在被掠夺和被侵害的不公正境遇的象征。尽管两人之间的沟通渐趋深入，但两人都没有忘记自己的真正身份和现实处境，于是这把看似能够弥合阶层差异的锈锄头最终成了完成阶层冲突的杀人凶器。这真是一个深刻隐喻我们社会隔膜、矛盾与危机的悲凉的故事。值得注意的是，杀人者是李忠民，被害者是本来没有杀机的石二宝。李忠民是这个时代的骄子，拥有更多的智慧，对现实也有更深刻的洞悉和更黑暗的体会，他无疑把石二宝想得非常坏，无疑具有杜绝所有危害可能性的强烈企图，他太害怕失去目前的一切了，他同时也不能容忍一个农民用农民的哲学拆穿他成功背后的虚浮和狼狈。李忠民用锈锄头杀人之后的号啕大哭，哭的不仅仅是一个人生价值符号的破碎，还包括所有生活感觉的丧失，他的雄强男人的形象、农民亲人的形象、成功知青的形象都烟消云散了。这是李忠民的大悲哀，也是我们当今社会的大悲哀。

四、走向“非虚构”？

2011年，乔叶在《人民文学》杂志发表了两部“非虚构”文本《盖楼记》和《拆楼记》。两部文本讲述的是处在开发区的农民为了获得征地补偿先盖楼后拆楼的故事。故事很真实，也具有普遍性，深刻地反映了当下利益格局中的矛盾冲突。作家对冲突表象的书写精彩绝伦、生气腾腾。满脑子发拆迁财梦的农民为了获得强大的对政策的抵抗力团结在一起，却又怀着各自的心思消解这种团结，这种各自的心思展现了农民之间不同的政治经济处境和心理状态；政府以及基层的官员承受着上级的督促和政绩的压力，怀着矛盾的心态，使出各种常态的、非常态的甚至是非法的手段去和农民进行利益争夺；

叙述者作为乡村的叛离者感慨农村的急速而又忙乱的变迁，但同时给居住在乡下的姐姐撑腰打气、出谋划策，终于在劳心劳力之后用非常手段为姐姐争取到了有限的赔款。在这个纷乱的故事场中，具有活动能量的都市女性、捍卫正义同时又愿意被利益收买的记者、自私自利而一盘散沙状的农民、上访的群众和接访拦访的工作人员、处心积虑的政府干部和村支书都穷形尽相、跃然纸上。在作者的笔下，这些人并不是大奸大恶，只是在利益的驱使下上演一幕幕人间喜剧，作者对他们不无批判的同时又充满了温情的理解。作者对农民不可能产生“哀其不幸、怒其不争”的知识分子居高临下的悲悯感，但又忍不住对他们利益动物的本质进行嘲讽，虽然嘲讽之中交织着对农民身上新素质的惊喜发现；对于官场中人，也没有简单地把他们脸谱化、妖魔化，很多时候还带着“分享艰难”的姿态同情他们的焦虑和压抑，但是作者还是活画出他们连欺带骗、不择手段地推进拆迁的丑态；叙述者自我作为利益中人也有自嘲，她煞有介事却也难掩内心的虚弱，愤世嫉俗却又犬儒地按照潜规则解决麻烦，叙述语调中带有一种人无法逃遁于利益场中的绝望。

在这两部非虚构的文本中，乔叶笔调粗粝而又细腻，“行于所当行、止于所当止”，随物赋形、收放自如，令人叹为观止。叙述者的介入以及自我心理活动的描写保障了这部文本的真实感。这样的文本虽然在书写的自由方面近于散文，但在经验的浑然性方面却更得小说的精髓。这里有必要讨论一下“非虚构”写作的意义。“非虚构”写作提出的背景无疑是当下现实经验的复杂化和戏剧性，而小说叙述的故事却显出作家经验的虚伪。从哲学上来说，“非虚构”是无法成立的，没有虚构，叙事就无法达成。之所以强调“非虚构”，那就是小说家的虚构出现了问题。这种问题主要表现在面对纷纭多变的现实，小说家丧失了高于现实的强大的理解力、思考力和介入力，以及在此基础上的丰沛的想象力，他们不可能洞悉现实的本质，也无法把准现实的病症进而提出“疗救的注意”。因此，他们越来越沉浸于私人小世界里虚拟而又狭隘的悲欢，对于外在的大世界手足无措，更遑论经验的判别、删选和再建构了；即使偶尔进行勉力的虚构，也很快遭遇“真实感”的破碎。在这种思想和行动的双重困境中，宏大叙事的重构成为一个遥远而迂阔的被遗弃的幻梦，“大处茫然、小处敏感”这种现代文学知识分子作家们的病症再一次发作。

具体到乔叶的创作，最具有真实感的无疑是那些关于女性婚恋的中短篇小说。《底片》《结婚互助组》《虽然但是》虽然是长篇小说，但多由中短篇小说连缀而成，情节的推进虽然有章可循，但无疑是勉强的。《我是真的热爱你》虽然是长篇，但更像长期散文写作积压的素材和情感的一次集中喷发，虽然活色生香，但终究经验的整体性是欠缺的。介入社会历史经验的创作虽然出现了可喜的征兆，但小说的情节维系常常依赖巧合，虽然“无巧不成书”，经验的戏剧性也确实存在，但毕竟让人对小说的真实性心生疑虑。这些讲究情节的更像小说的小说，其真实感并不强烈。倒是那些散文化的小说，比如也带有“非虚构”特征的《最慢的是活着》、比如“非虚构”文本《盖楼记》和《拆楼记》，显示了难能可贵的经验的浑然性。难道“非虚构”才是建构真实性的经验来源？

无论如何，展现在乔叶小说中的经验状态及其写作症候告诉我们，突入生活、介入现实，攫取那些滚烫的情感和焦灼的心理，进而体悟、思考和书写，才是小说的真实感所在，也是小说家的伦理承担所在。在对乔叶的访谈中，我惊喜地发现，她十分认同毛泽东 69 年前《在延安文艺座谈会上的讲话》中对于生活是源泉的论述，这是不是一个可喜的信号呢？

第五章
被“幽灵”召唤出的“罪与罚”
——论乔叶的长篇小说《认罪书》

《认罪书》是青年作家乔叶最新推出的长篇小说，也是她迄今为止最见功力的作品。《认罪书》集大成式地显现了乔叶的才华：灵魂追问的力度、世事洞明的深度、叙事技艺的娴熟、语言表述的精准。如果说在此之前，乔叶的长篇小说《我是真的热爱你》《底片》《结婚互助组》尚存在情节拼接化、现实底蕴不足等问题的话，那么在《认罪书》这里，这些问题都消弭不见了，其经验的浑融性、文化承载的广阔性以及书写的淋漓感都是令人印象深刻的。此时，长篇小说对于乔叶而言，真正是一个适宜的表意空间。《认罪书》之于乔叶创作履历的意义肯定是非同寻常的，这一点自不待言，而且会随着时间的推移而愈加明显地呈现出来。除此之外，我所关注的是《认罪书》在当下文学语境中的征候式意义。在这个意义上，《认罪书》不仅仅是乔叶个体的产品，而是我们现时代精神状况的一个标本。

一、“我们都是有罪的人”

《认罪书》的开篇题记写道:“是时候了,我要在这里认知,认证,认定,认领,认罚这些罪。”罪与罚,这是整部小说的关键词,也是整部小说的叙述的核心动力。“罪与罚”,不是一个新颖的文学话题,但在《认罪书》中,这个话题被书写得惊心动魄,令人叹为观止。

《认罪书》中的每个人都是有罪的,在道德上都是有瑕疵的。主人公同时也是主要叙事人的金金是一个自我道德定位不高因而心灵坚硬、眼光犀利、语言尖刻的女性。这样一个女性人物形象在乔叶小说的形象谱系中具有结构主义理论所谓的原型的意义,出身贫寒、备受屈辱、不甘低贱、勇于奋斗、不受拘束、率性自为是这一形象的人格特征。用乔叶在一些作品中的表述来说,就是这些女性心中积蓄了满满的毒,这毒是由不公平的命运所注入,又必将在命运的挣扎中释放出来。金金也是这样一个蓄毒又放毒的女性,她憎恨令自己耻辱的出身、厌恶虚伪的亲情,她出卖自己、利用别人,却没有什么好的结果,她没有固定的人生理想却也无所忌惮地寻找真爱、不成之后展开疯狂的报复,以至于造成毁灭性的后果。但和以往小说中此类女性相比有所不同的是,金金不仅仅是一个为爱蓄毒又放毒的女性，她同时也是另外一些故事的叙述人，或者更确切地说是这些故事的勘探者、追踪者，她的复仇实践、恶的释放带来了更为繁复、更为幽暗的人性经验，这也使得她呈现出和以往小说中此类女性相比明显不同的特征：认罪。“我当然知道自己罪孽深重。而罪孽深重的我，面对我犯过罪的那些人，居然从来没有道过歉，一次都没有。写这本书，就算是一次郑重的道歉吧。是我能够做得最认真的道歉了”，一向对自己伤害别人的行为心无挂碍的不羁女性，开始意识到自己的罪，开始道歉，并且以认祖归宗的形式试图从根源上清洗自己的罪孽，这不能不说是一个重要的文本信号和文化信号。

与金金相似，梁知和梁新这一兄弟俩也以自己的方式清洗了自己的罪责，尽管方式有些惨烈，但是他们的罪孽无疑也是深重的。作为名字的谐音，良知和良心也有意思地隐喻了罪孽的无可逃脱，人毕竟要面对自己的本心。张小英、梁文道、王爱国、钟潮、赵小军、秦红、金金的妈妈等都是有罪的，就连作为受害者的梅梅不也要承担着自己因为恋爱而导致的父亲死亡的罪责吗？尽管这罪责是非直接的，是部分的。我们都是有罪的人，即便无辜如婴儿安安，也不能幸免地成为一些罪恶的交集者。我们都是有罪的人，这似乎是人类社会的宿命。在拥有基督教文化传统的国度里，人生来是有罪的，是罪恶的产物，这是人的原罪，而导致罪恶的因由无疑是欲望。当然，《认罪书》不是要讲述一个西方式的原罪与救赎的故事，恰恰相反，其讲述的是一个地地道道的中国式故事。在《认罪书》的诸多故事里，我们看到的更多是中国式的情节模式，其中比较重要的是因果报应。金金因肺癌而死，梁知自杀而死，梁新因车祸而死，安安因白血病而死，一直坚信自己应该“享受好的寿数”的张小英在顽强挣扎之后还是无奈地因绒毛癌而死。在小说的最后部分，这些非正常死亡接踵而来，文字的氛围无疑是黑暗、压抑和沉重的。唯一的亮光是有罪者进行自我救赎的努力。金金的认祖归宗、梁知的放弃仕途以便活得“更有人样”，张小英对金金母女的悉心照料，如此等等，展示了人性的暖意。

救赎并不是每一个有罪者的自觉行为，更多人对自己的罪是逃避、是掩盖、是讳莫如深。“文革”中参与凌辱梅好的那些当事人，要么避重就轻，要么矢口否认，要么推给历史和抽象的集体，但无论如何，这些罪责是无法逃逸的，只要良知和良心存在。在《认罪书》的叙述中，这些深埋的罪孽迟早会打开，罪孽的臭味迟早会散发出来。小说对罪孽的呈现采取的是金金追问、他人讲述的方式，但这一方式的根本前提在于，金金如何进入到追问的程序中去。小说向我们提供了一个巧合般的情节——金金和梅梅长得极为相像。这又是一个中国式的情节，即投胎转世。本来，梁知、梁新、张小英一家可以安稳尊贵地在既有的生活中幸福下去，但梁知偏偏遇到了和梅梅相似的金金，或者在隐喻的意义上说，良知被触碰了。这虽然是极其偶然的，却也是必然的；虽然是个别的，却也是典型的。张小英和梁文道在“文革”中的静悄悄的晚上放任梅好投河的事情看起来似乎没有人看到，但是白信封的到来还是提示了“要想人不知，除非己莫为”；而小说结尾那个一袭白裙的靓丽女孩之所以被叙述者确定“那就是我”，不过是在揭示金金作为典型的“这一个”，其实在生活中有很多个，因为“我们都是有罪的人”。既然我们有罪，那么认罪就是必须承受的事情，这种认罪几乎就是自我救赎的一种本能，不管我们是否愿意，是否明确地意识到。这似乎是小说所要表达的主题。小说也一再通过诸如“洗屁股是为了自己干净”、赵小军所说的“我的心就净了”等表述来强化这一主题。

《认罪书》的主题并不含蓄高深，值得思考的是乔叶为什么要讲述这样一个故事。在我以前的阅读印象里，乔叶有许多作品是张扬那些火辣辣、赤裸裸的欲望的，至少在客观上是如此的，这些被很多人解读为70后作家的文化符码。我也曾在一篇关于乔叶的评论中不知深浅地说：“无论如何，放任危险的世俗文化在文本中流动，推卸严肃的伦理责任都是不应该的，尽管我们无权要求作家提供一个完美的社会伦理，但我们可以要求作家不要再为不良的文化主张推波助澜、增添魅惑，不要再软化、钝化我们的道德感。因为我们现时代的道德感，实在是过于松弛了。”①因而，《认罪书》的出现不能不使我感到一些惊奇。我当然不是期待作家简单地进行道德批判，并因此而对之褒扬。事实上，在《认罪书》的字里行间尤其是以“作者自注”出现的文字中，自我批判和道德审视虽然相当地明显，但并没有给人以简单僵硬的感觉。叙述者放弃居高临下的道德姿态是一个原因，“从低处才会感受到升起的刻度和力道”②；更为重要的原因则是这种认罪的表达符合我们当下时代的人们的心灵状况。我们所处的时代，很多时候被定性为转型期，伦理失序、文化失范成为对文化精神图景的惯常描述，人们迷乱焦躁，无法心安，除了不得不做欲望的囚徒之外，可能还与自己内心的不洁有关，这不洁其实也是一种罪恶感。在大众文化场域中，我们可能较多地知道企业家因“第一桶金”的不正当性被视为原罪，其实从更广泛的意义上来说，每一个人尤其是成功者都可被视为原罪。谁没有托关系、走后门，做过一些违反公平正义的事情呢？《认罪书》中的叙述，当然都是典型的、触目惊心的认罪与救赎的故事，但对我们当下的精神状况而言，不能不说是一个恰当的标本。而且，从

① 吕东亮：《乔叶论》，载《小说评论》2013 年第 3 期。

② 乔叶：《人民文学》2013 年第 5 期卷首语。

《认罪书》里，我们也可以看到作者乔叶思考并书写一个时代的雄心。这种对整体性或者借用西方马克思主义的术语总体性的追求，时常在男性作家的长篇小说里可以看到——比如李佩甫先生的《生命册》，就试图对时代进行长时段、总体性的把握，试图对人物形象作盖棺论定的分析和书写，试图对社会人生有一个确定性的结论——而在女作家那里，我们更多地看到人物的未完成性和生活的碎片感。在这个意义上，乔叶的《认罪书》不能不说是一个突破，她在小说中写了生生死死几代人，也借助传统中国因果报应、投胎转世等想象的伦理资源，试图为整个时代心灵状况立此存照，并展现出“滑落的人世保藏向上的认知、蒙尘的生命等来清高的认领”的美好情愿，不能不说是一件有抱负的事情。而且，这样的书写并不脆弱，其展现的生命情状是那样的丰沛，因而其追求的总体性和确定性并不像后现代论者所先验地认为的那般虚假。

二、作为“幽灵”的历史

《人民文学》的编者在卷首语中写道：“曾经有过一段时间，新潮书写的标志是断裂‘个人’与‘历史’的逻辑联系，考掘隐秘，规避共识。这样的趣味，渗透在乔叶这一代作家最初的文学成长背景之中。”是的，相比于前代作家而言，70 后作家对历史缺乏兴趣，即便是书写历史，也往往呈现出解构或戏说的意趣，不具备严肃的文化含义。不过，情况正在改变，情形也似乎不可一概而论。乔叶或许就是一个例外。在此之前，乔叶创作过一篇中篇小说《龙袍》，讲的就是一位“文革”遗民在物欲横流时代的难堪处境。《龙袍》的叙述者是一位类似金金那样的新潮女性，但文本的焦点是一位正直无私、克己奉公甚至有些僵化的毛泽东时代的村干部老忠，老忠的那件上级奖励的象征权力的龙袍中山装则随着老忠的死或者老忠时代的逝去化为粉末，随风飘散。这样的故事在乔叶的小说创作历程中是富有意味的，而且作者不是戏说这个故事，而是让老忠的生活状态和当下的生活状态各自展示自己的合理性和荒诞性，以静默的方式相互辩诘。关于这篇小说，我在《乔叶论》中说：“这种叙事内容的凸现和叙述方式的选择对于乔叶而言，意味着一种新的可能性，即她有能力去捕捉和把握更为繁杂的社会历史经验。”这种可能性在《认罪书》这里成为现实。

对于关注70后创作的读者而言，《认罪书》中最值得注意的是关于文革的书写，尽管这些书写在篇幅上甚至占不到三分之一。大概是关于“文革”的话题虽然尚属自由言说的禁忌，但还是具有讨论的吸引力和价值吧，《认罪书》的文本焦点很可能被误判为对历史劫难的深度反思和灵魂叩问。从大历史的角度来解读《认罪书》，不能说没有道理；但《认罪书》毕竟不是“正面强攻”地进入历史书写，而且关于历史书写的实际笔墨也实在不多。《认罪书》关注的是历史照进现实后的情形，是活在现实中的历史，这种历史不是博物馆中的历史，也不是封存在原有时空中的历史，而是生长进我们生命、怎么也摆脱不了的历史，是小历史，是个人史或者个人的身前史，也是个人对大历史承担的历史，这种承担是一生一世的事，在《认罪书》中具体地表现为罪与罚。

《认罪书》中历史的呈现是通过当事人的回忆完成的，回忆则是由心灵的触动、良知和良心的发现启动的。但是这启动有一个契机，那就是金金的介入。金金和这些历史的中心人物梅梅长得极像，从而遭遇了梁知，这成为开启历史大门的第一把钥匙。进而，金金一次次地打开或者撞开历史的一扇扇门，进入到历史的内核。在这样一个过程中，金金不仅仅是一个机智而又凌厉的追问者，单凭这些她是无法完成打开历史的使命的，具有决定性的是她和梅梅、梅梅的妈妈梅好极为相像。她是她们的幽灵，至少在当事人心灵的层面上是如此。“幽灵”这个概念在中国文化中是个很容易理解的概念，它和“鬼魂”近似，成为我们日常生活不仅仅是精神生活中常常触碰到的事物，尽管它在现代科学的意义上是迷信，但事实上在我们的生活中却一直是不在场的“在场”，影响着人们的生存。对此，法国哲学家雅克·德里达阐释得最为到位也最为深刻。

他在《马克思的幽灵》一书中说:“幽灵不仅是精神的肉体显圣,是它的现象躯体,它的堕落的和有罪的躯体,而且也是对一种救赎,亦即——又一次——一种精神焦急的和怀乡式的等待。”①德里达此番论述的深刻之处在于既揭示了幽灵的存在是源于精神的有罪和堕落,又指明了幽灵所象征的救赎进而安顿灵魂的诉求。《认罪书》中对于故事情节的设置和人物心灵状态的呈现是颇为契合德里达的此番论述的。原本处于仕途事业上升期的梁知,压制了内心深处的罪感,本来可以风风光光地持续自己的成功和幸福,但幽灵还是不期而遇地降临了,作为梁知罪感的投射物,作为梁知的“堕落的和有罪的躯体”的金金,引发了梁知强烈的救赎愿望,进而展开一系列的认罪实践。同样,梁新也是如此,张小英也是如此。张小英试图抗拒幽灵的逼近,一直顽强挣扎在认罪与避罪之间,但还是选择了救赎,这归根结底是心灵的需要,是精神还乡的需要。事实上,即便金金不出现在婆婆张小英面前,张小英还有梁文道还是无法逃避幽灵的追踪,那些神秘的、按时来临的白信封虽然没有人的躯体,却同样具有幽灵的效力。说到此,不能不提及《认罪书》有悬疑的成分,虽然我们不能把《认罪书》视为悬疑小说,但其中悬疑感甚至惊悚感却是分明存在的,这

---

① 雅克·德里达:《马克思的幽灵》,何一译,中国人民大学出版社,1999,第190页。

使得《认罪书》的灵魂叩问有一种辛辣的刺痛感。因此《认罪书》对悬疑元素的借用是值得肯定的一个尝试。

《认罪书》对于历史的处理就是这样以幽灵化的方式完成的。而事实上,幽灵化可能是历史显形最为有效的方式,尤其是对历史的个体承担者而言。它诉诸每一个个体的成长历史,也携带着丰富的大历史的信息。凡是在历史中发生过的事情,总会在人的内心中留下印迹,以罪恶形态出现的历史情形,必然会在人的内心留下罪感。历史过程中有很多对于美好的事物进行毁灭的事情,虽然在当时通过强力或者其他非正常的手段得以解决,事后又强加掩盖,但总有一天,幽灵会显形,会困扰、影响我们的生活感觉和幸福设计,历史也会被重新打捞、重新认知。《认罪书》中有一个不雅的意象:冰箱里冷冻的一坨屎。它隐喻人的罪行尽管被强行封冻而变得了无声息,但它毕竟是罪行,迟早会发出臭得让人窒息的气味。这个意象可能会使一贯风雅的正人君子们感到不适,但对于罪感的尤其是那种对于罪恶的呕吐感的形容却不能不说是恰切的。而幽灵的出现,则可能使得这个让人感到不适的比喻以更为让人接受的形象出现,但实质是一样的。

既然历史和在现实中的个人无法断裂,既然历史以幽灵化的方式存在于我们每个人的精神生活中,那么对于历史的书写就不一定采取煞有介事的正面强攻的姿态。历史的幽灵化对于写作者而言，实际上是一种敞开，是一种契机。写作者可以很自然地顺着他们熟悉的当下个体，“考镜源流”，梳理出他们的前史、前前史，进而深入地体验和呈现他们此下的焦虑以及焦虑的历史根据。如此一来，我们会发现历史并未离我们远去，我们会确认身边游荡着无数历史的幽灵。而历史书写也会因此而变得复杂和具体，以自身的差异性打破任何既往的宏大的、封闭性的历史叙述，历史的幽灵化所打开的广阔的叙述空间足够所有的写作者尽情驰骋。而反过来，因历史的幽灵化而去蔽的现实、被历史照亮的现实，也会生动得令人惊诧。

三、如何讲述他人的故事

在乔叶以往的小说中，叙述的故事多半是关于一个女性情感爱欲的故事。作者讲起这些故事来，也常常显得本色当行、笔墨纷飞。这在《认罪书》中尤其是关于金金形象的叙述中同样可以看得出来。这些故事在女性主义理论解读逻辑那里常常被视为近似作者自己所经历的故事或者说作者有共鸣的故事。作者一再讲述这些具有同构意义的故事，也反映了作者心理上的情意结，而这些都是原型理论的重要元素。作者在讲述“自己”的故事中所表现出来的彻底和淋漓是令人印象深刻的，以至于故事中的“他者”形象较为暗淡和模糊，往往是作为女性情感爱欲的投射的功能化形象，自身生活世界的完整性是有所缺失的。但是，这样一种创作征候在《认罪书》中没有表现出来，这是令人欣喜的。这表明乔叶所拥有的社会经验和人生认知有了较为重要的发展甚或说突破，原来单一依靠个人化经验进行的表述已经不再成为小说的支撑了。乔叶已经开始了“如何讲述他人的故事”的探索。

五四新文学小说名家郁达夫曾说“小说都是作家个人的自叙传”，这种论断是有一定的指称效力的，尤其是在主体解放的五四新文化语境中。但从毛泽东的《在延安文艺座谈会上讲话》发布始，新文学一直在顽强地进行从“讲述自己的故事”到“讲述他人的故事”的转变。从新文学内在的话语逻辑来看，“讲述他人的故事”的出现有一个政治上的前提，即平等主义的承诺，尤其是对于底层卑微的他者的尊重。除此之外，如何讲好他者的故事，对于写作者还提出了生活经验和叙事能力的挑战。贯彻“讲述他人的故事”的文化主张的左翼文学传统，从解放区文学到新世纪的底层文学，一直面临着重重的困扰，有些甚至是难以克服的困扰。西方马克思主义学者雷蒙德·威廉斯在分析西方社会主义倾向的文学创作所面临的困境时曾遗憾地指出：“作品中的人物并没有直接与‘资本’本身进行对抗。资本的控制在现实中仍然是抽象的，这个问题涉及社会构成和工人阶级总体经验中的某种更为普遍的局限性，工人阶级通常直接接触到的社会权力的最外层，是它在当他面对面与之冲突的那个层次。如果某种致力于政治观点的小说将会采取的策略是着眼经济和社会中的最高决策层，那么你能前进到何种程度呢？大部分人对现实中的统治阶级的了解目前仍是通过阅读来实现。然而，创造出你没有从内心深处有所感受的人物是极其困难的，在某种程度上，如果你不了解他们是什么样的人，可能你就没有足够的激情去表现他们。工人阶级只能把工厂作为社会统治秩序的替代来对待。”[①]雷蒙德·威廉斯的论述虽然针对的是西方的具有新左派倾向的文学创作，但对于任何一种对总体性有所追求的文学都是值得思考的。在当下中国的文学场域中，从个人有限的经验出发的创作颇为流行，作品也多是碎片化的社会场景，所反映的现实也多是“最外层”的现实。而试图对时代、社会作整体性思考的创作则因为题材来源的知识化和人物形象的缺乏感受，往往呈现出抽象化的状态，这对于文学创作当然是极为不利的。因而，致力于此的作家们必须要解决理解他者进而成功讲述“他人的故事”的问题。这也诚如小说《认罪书》里所说的：“也许，只有先去真正地理解，才有可能抵达真正的

① 雷蒙德·威廉斯：《政治与文学》，樊柯、王卫芬译，河南大学出版社，2010，第298页。

遣责。同样，想要真正地遣责，必须要先去真正地理解。不然，所谓的理解和遣责，都只是表面功夫。”对于小说中的人物是这样，对于写作所处理的现实中的人物也是这样。

乔叶的《认罪书》已经表现出了对时代总体性的兴趣，基于个人不断扩大的视野和逐渐丰富的经验，乔叶在《认罪书》中表达的似乎是对“罪与罚”这一整个时代心灵状况的理解。小说以“我们都是有罪的人”为建构逻辑和叙述自信，借助中国式的或者说佛教式的“众生有罪”“众生平等”的精神理念，完成了平等主义的叙事前提。即你我都是有罪的，也都怀有救赎的愿望，“人同此心，心同此理”，因此主体之间的彼此进入也就不存在根本性的障碍。而借助一个个具有共通性的个体灵魂，小说绘制出整体化的时代精神图景。小说的叙述也是以叙述者的自叙传尤其是心灵自述完成的，金金是叙述人，由她而追问出一个又一个叙述人自述自己的故事，小说的结构也得以水到渠成。值得注意的是，以人物自述形式出现的叙事，有效地规避了作者过于强烈的主观干预，这些干预在很多作品中很有可能是潜在的，作者意识不到的。因而人物形象的生长就都显得相当的自然和饱满。以往在乔叶小说中较为模糊的他者形象在这部作品中得到了切实的改善。一个突出的例证是，不仅金金形象夺人眼球，梁知和梁新等男性形象也塑造得较为成功。当然，这不是说，叙事人对叙述没有干预。事实上，恰恰相反，金金作为后来的叙事者不断地对自述者进行提问，并且在内心里发表看法，并通过作者注的形式进行深度分析和评论。但这是另一回事。作者设置的叙述人的干预首先不同于作者在创作时潜意识的干预，这种干预是为了凸显现实的复杂性和人性的幽暗，而且也的确没有影响自述者的自我塑形。因而，从整体上说，“讲述他人的故事”这个任务在《认罪书》中是完成得不错的。

《认罪书》设置了一个套盒式的多重叙事结构，以编辑管静为最外层的笼罩性叙述人，金金是内层比较核心的叙述人，既叙述自己，又叙述他人；在叙述他人的一部分里，他人又成了最里层的叙述人。这样的结构说不上巧妙和新鲜，但用在这里，却显得最为妥帖。而且，作者有效地调动和发挥如此结构的长处，尤其是赋予金金这个叙述者以较多的话语权力和叙述能量，不仅使得自我灵魂叩问显得自然，而且使得最里层的叙述人的叙述相互辩驳、相互印证、相互补充，在矛盾冲突中完成既具有整体性又存在诸多裂隙的叙事，具有强烈的现实逼近感。值得思考的是，编辑管静这一叙述层面的设置有何深意？事实上，这一叙述层面所费笔墨不多，文中的编者注也并非存在微言大义。如果小说删去这些客观性的笔墨，似乎也不会影响文本的质地。作者设置这一叙述层面，可能出于一种退守的考虑，即对于这样的叙事以及叙事背后的总体性追求既没有真实与否的判断，又没有确认、赞同或质疑的能力。的确，在这样一个碎片化、个人化叙事成为根本主导的时代，讲述他人的故事进而讲述时代的总故事实在是过于迂阔、荒诞和不可思议了。

四、乔叶与70后作家的文化认同

乔叶从事小说创作之后不久，就被冠以70后作家的文化身份。但其实在她写作小说之前甚至在她大量写作散文之前，“70后作家”这一概念就已经产生了。因而，文坛给予乔叶的是早已制造出来的、现成的帽子。这样的帽子当然会存在合适与否的问题。不过，所谓的文坛命名本来就存在粗暴的问题，不仅仅对于乔叶这样自身创作完全没有参与命名斟酌过程的作家是如此，即便对于那些深度参与“70后作家”命名和文化界定甚至被称为代表作家的作家来说，也还是存在着诸多削足适履之类的问题。这大概是一切概念都存在的问题。我们所需要做的，是暂时悬置这一概念，发掘和呈现富有差异性的个体。乔叶无疑是其中一个。

和其他70后作家相比，乔叶的创作之路呈现非专业、非中心、非主流的特点。乔叶没有读过大学的文学院，没有接受正规的、完整的文学教育，创作起步阶段没有受到专业性的指导，是谓非专业；乔叶的文学起步是在县城，发表作品的刊物多为大众文化类读物，远离文坛中心，不了解文坛形势，是谓非中心；乔叶很晚才进入作协系统，之前一直依靠市场途径维系写作，而且写作的主要是情感散文和生活随笔之类的亚文体，在主流文学界几乎没有影响，是谓非主流。乔叶也自称“野路子出身”，这样的“出身”，自然不大可能与其他70后作家分享太多的文化认同。因而，用70后作家来界定和描述乔叶的创作，会有更多的格格不入之处，这是显而易见的。

但也正是因为“野路子”出身，乔叶创作中的“教条主义”气息十分淡薄，尽管她的作品中也常常有经典的意味，《认罪书》中关于灵魂的分析和沉思就很有欧洲一些大师经典的感觉。乔叶的创作给人印象最深的，还是其海纳百川的吸收力和变化多端的可塑性。70后作家比较令人瞩目的可能是生活的不确定感和经验的碎片感，以及感知上的细腻和书写上的精准，这些乔叶都十分到位地掌握了。但乔叶毕竟不是从纯文学的文坛氛围中成长起来的，她有自己的现实负累和文化承载，也因此有较为斑驳较为纷乱的生命感知。和其他作家所擅长描写都市青年女性的欲望碎片不同，乔叶的作品书写了很多乡村女性，徘徊在城乡之际的女性，底层的女性，在城市找不到感觉的女性，对城市没有主宰意欲的女性，应该说她为文坛女性形象画廊里提供了不少新的样本。在一些作品里，她也表现出了对于历史文化的兴趣，对于现实考究来龙去脉的喜好，这些都是既往的70后作家所较少着墨的问题。这些独特的创作倾向到了《认罪书》这里，发展得十分成熟，使得《认罪书》成为一个瓜熟蒂落的文本。

当然，最为重要的是，《认罪书》表现出了对于总体性和确定性的追求，这和较多70后作家根深蒂固的后现代感觉和信仰迥异，显示了乔叶的较为广阔和深沉的文化认同，也预示了一条更为艰难、更具挑战性的创作前路。

第六章
市场、文坛与可塑性

——试论青年作家成长机制中的乔叶

2010 年，乔叶的中篇小说《最慢的是活着》获得鲁迅文学奖且排名居首。这是一个标识，标识了乔叶的成功，也标识了当代青年作家成长成功的新路径。这种标识是意味深长的。

一、散文背后的市场支持

乔叶开始写东西是在 1993 年，那时她中等师范毕业，正在乡下的一所初中教书，日子过得无聊透顶。“无聊才写作”，是乔叶起步时的状态。当时的乔叶离文坛很远，也没有强烈的作家梦。而那时的文学早已失去轰动效应。但文学的生机并没有萎缩，而是换了一种方式继续蓬勃地发展。文学市场化是这种发展方式的鲜明特征。市场化打破了政治以及附属于政治的种种森严壁垒，给每一个热爱写作并渴望成功的人提供了机会。乔叶就是这些人中的一个。在最开始的写作生涯中,乔叶经营的主要文体是散文,她所获得的最大成功也是在散文方面。这种成功除了乔叶的聪慧和勤勉之外,还和散文当时的文体状态有关。

市场化状态下的文学消费讲求短平快,散文是最适合快节奏的文学消费的文体。相对而言,小说的技巧性要求较高,发表空间有限,阅读需求有限,产量因而也不高;诗歌虽然有很多人在坚持,队伍近年来也有扩大之势,但总体来说诗歌的公共性丧失殆尽,诗界的共识也不复存在,狭隘的圈子化生存状态和对于修辞的过度迷恋,使得消费者自觉疏离这种文体;戏剧创作由于无法摆脱剧场体制,也不可能真正地走向大众。如此文体格局中,散文显得“风景这边独好”。不仅专业文学杂志刊发散文,大量的社会性报刊也都为散文提供了发表的空间。散文成为真正的大众消费性文体,需求量自然是庞大的。在供不应求的情况下,报刊编辑们也慷慨地向默默无闻的写作者敞开了发表的大门,提供的稿费对于普通作者来说也颇为可观。当时偏居豫北乡村从事小学教育的乔叶,有着大量的业余时间需要打发,她在读书看报时敏锐地意识到了这是一个机会,于是散文创作一发而不可收地展开了,成功也如期而至。乔叶在《我和小说》的创作谈中如实描述了这种成功的景象:“散文的反响比较强烈。读者来信和编辑约稿纷至沓来。1994 年，我在几十种社会期刊上发表了大量散文，其中很多篇什被《读者》和《青年文摘》这些发行量数百万的文摘杂志频频转载。还被时尚杂志《女友》评为‘十佳青春美文作家’，《文学报》也进行了相关的报道。再接着就是开专栏，出书……。忙忙碌碌，兴兴头头，虽然是野路子出来，却也颇有些少年得志。直至 2001 年，我共出版了七本散文集。靠着散文，我成为了所谓的专业作家，并且获得了首届河南省文学奖。”①就这样，乔叶从一个平凡的写作者成为知名的散文家，为人们所注意。

但同样值得注意的是，乔叶发表散文的阵地几乎都是社会性期刊，比如《中国青年报》《辽宁青年》《时代青年》《文友》《女友》《知音》等，被转载也只是在《读者》《青年文摘》等综合性人文期刊上。代表文坛纯文学导向的《人民文学》《十月》《散文》等期刊则很少刊用她的散文。乔叶在这些刊物上发表的散文，以自己有限的人生经验为底气，以对生活的美好设计为依托，以理性而又柔和的语调为转型期社会浮躁慌乱的人们提供了情感的引导和抚慰，极受大众读者的欢迎。“她的文字简洁优美，故事深入浅出，她在山水田园和寻常巷陌之间流连忘返，去发现诗意和生活中的美”②，这是她的同事、小说家

① 乔叶:《我承认我最怕天黑》，山东文艺出版社，2007，第 2 页。
② 同上书，第 3 页。

李洱对她散文的描述，贴切准确，是很多人都认同的。但这种准确的描述并没有凸显出乔叶散文的个性，反过来恰恰说明了乔叶的散文是一种类型化写作。这种类型化写作拥有为数众多的写作者，大量的社会性期刊、晚报副刊是他们驰骋的沙场。如果乔叶只是满足于做这些写作者中的一个，恐怕至今也不会为文坛所接纳。乔叶的独异之处在于，她写得又多又好，而且幸运地得到了文坛及时的接纳和帮扶。

所以乔叶称自己"野路子出身"，虽是谦逊，但是也说明了一代青年作家脱颖而出的典型路径。这路径"看似寻常最奇崛"，既有作家本人顽强的坚持，也有市场潜在的强大支持。

二、文坛新人培养机制的有效性

新中国所开创的"一体化"的文学时代，视文学为社会主义事业的一个重要部分，成功地创设了一种文学新人培养机制。在 20 世纪 50－70 年代，文学新人成为无产阶级文化大军的主要依靠力量，一批文学创作上的新人涌现出来，比如刘绍棠、王蒙、浩然、高玉宝、万国儒、胡万春等人，创作出了无愧于时代的好作品，这不能不说是拜新人培养机制之所赐。80 年代作为文学的黄金时代，继续健全了这套新人培养机制，作协、杂志社、出版社，文艺领导人、老作家、出版家、编辑家、评论家以繁荣文学为使命，自觉地奖掖提携文学新人的创作。大批青年作家脱颖而出，不仅在创作环境上得到了极大改善，物质生活方面也得到有力保障，他们精力丰沛、作品丰富，水到渠成地成为80年代文学新潮的主力。

乔叶开始创作的90年代，文学和与文学相关的体制均已走向边缘。一个在写作上取得一定成绩的青年，已经不可能获得专业作家的身份以及相应的物质生活保障。但文学体制的力量依旧存在，政府对文学的投入还在继续，专业作家的岗位仍然保留，相关的文学讲习机构仍在运行，只不过对青年作家的遴选和支持变得十分严格。乔叶获得河南省文联和作协垂青的凭借是，“不到三十岁，出版了七本散文集”。进入作协、成为专业作家后的乔叶，创作发生了全面的转变，不仅主攻方向由散文转向小说，而且美学品位渐渐由市场化、大众化转向纯文学。这种转向渊源有自，从外部方面看，作协中优秀作家的识见使乔叶对文学的理解别开生面，而乔叶在鲁迅文学院和上海作协研究生班的进修学习则使她直接领略到国内文学创作的前沿景象；从内部因素来看，长期的散文写作使她的散文创作激情有所退却，内心长期积累而又被散文写作所遮蔽的丰富材料和深刻经验被小说唤醒，在美学上也逐渐吸收了自己自觉学习的经典文学的元素和风格。这种转变在她的小说中是很明显的。

小说《最慢的是活着》《指甲花开》和《爆米花》中的内容，在早期的散文《没有什么会不见了》《透骨草》《最后的爆米花》中分别写过，但复杂性已截然不同。多元人性经验的融入、不再执着于一个完美的生活哲理是小说明显的文本品格。《打火机》《紫蔷薇影楼》《月牙泉》《我是真的热爱你》《妊娠纹》《他一定很爱你》《那是我写的情书》《我承认我最怕天黑》《失语症》《叶小灵病史》等讲述女性婚恋情感危机的小说，虽然题材和乔叶早期在《知音》《女友》等期刊发表的关注女性情感婚姻方面的文字一脉相承，但情感意蕴、叙事张力已不可同日而语。《叶小灵病史》的女主人公叶小灵天生丽质、心高气傲，一心想把自己嫁到城里去，脱离农村做一个文明卫生的城里人。虽然未能如愿，但一直坚持靠近城里人的生活习惯，有意识地与同村的农民拉开距离。但随着城市化进程的来临，同村农民因为土地被征一下子全部成为市民，叶小灵的梦想得到了猝不及防的实现。但这对她来说则显得残忍，她的城市梦背后的在差异中获得优越感的生存信念一下子坍塌了，她的存在武器一下子全部被收缴了，叶小灵一下子沦为庸常，那种寻求差异、自立不俗的病症也消失了。小说中流露出来的淡淡的沧桑感，以及对生活微妙性和无奈性的叹息，令人挥之不去。小说的品位当与王安忆、铁凝等女性纯文学作家笔下的世情小说相近。《打火机》对女性成长过程中身体创伤体验的描写，对体验造成的内心的毒及其释放方式的大胆表现和淋漓书写，则让人联想到陈染、林白所开创的女性文学写作风潮。凡此种种，都呈现了乔叶在体制中对文坛的亲近、对纯文学创作方向的认同和皈依。

不仅如此，乔叶还有意识地拓宽自己的书写范围，她渐渐从女性视角走出，开始直面更为多样的人生经验，作品中也氤氲着更多的经典气息。《取暖》讲述的是一个刑满释放的强奸犯男子在一个大年夜出外躲避家人嫌弃的故事。带着一身寒冷和萎缩的生活信念的男子遇到了一位被强奸之后声名随之又受损的酒店女老板，女老板的丈夫因为给妻子报仇而坐了牢。女老板为男子提供了食宿，也为该男子提供了误导的性诱惑。躁动不安的男子终于被叫醒了，却原来是女老板让他帮助放鞭炮。温暖而又响亮的鞭炮声显示了女老板困厄之中对生活的乐观，也净化了男子的非分的情欲，点燃了其重建生活的希望。小说对男子心理净化过程的描写极为精彩，让人想起郁达夫的名篇《迟桂花》。《解决》则让人想起鲁迅的《故乡》，一群不常见面的亲人怀着各自难以解决的麻烦因为奔丧而聚到一起，相互倾诉、相互排解，倾诉和排解伴随着亲情的再发现。面对已逝亲人对于自我情感欲望的克制，对于生命悲情的承担以及其中蕴藏的生活的智慧，活着的后辈似乎一下子找到了解决所有麻烦的办法。的确，在生命的博大和坚韧面前,一切麻烦都可以在回归生活本原的途中得到有效化解。如此格调,也显示出乔叶成长为大作家的潜能。这大概是乔叶积极地向文学经典汲取养分进而提升自己的结果。

三、关于可塑性的思考

青年作家无疑是中国文学的生力军。因为正处青年,人生经验和写作路径方面都存在着较多的可能性。这种可能性也是一种可塑性,即青年作家容易受到外在力量的影响,写作状态也容易被塑造。乔叶作为一个青年女作家,在可塑性方面表现得尤为突出,创作活力也因之显得汪洋恣肆。如上所述,她既敏感于市场化框架下的散文写作,又很容易调整自己的写作方向,在另一种文体上获得迅即而又扎实的成功。她的学习能力和自我生长的能力是不可忽视的。虽然可塑性在某种程度上是不成熟的表现,但对于青年作家来说,过早地成熟、定型未必是好事。真正关键之处在于,一个具有较强可塑性的作家在其走向成熟的过程中所遭遇的塑造性力量是好是坏,以及作家对这种力量的应对。乔叶在这方面的表现也存在可议之处。

“长篇焦虑”是每个作家都会遭遇到的创作心态,长篇小说长期以来被视为作家水平的典型表征,许多优秀的短篇小说家一生都会为没有写出一部长篇小说而耿耿于怀。乔叶在成为体制内的专业作家之初，即怀有这种焦虑。《我是真的热爱你》作为乔叶从事小说写作之始完成的长篇，其单薄和粗率是十分明显的，虽然整体上的成功也获得了文坛的肯定，但写作水准无疑是不高的，整部长篇只是一个被拉长的短篇小说，支撑篇幅的是其中充斥的大量散文化议论文字，结构也存在过于机巧的问题，编织的痕迹太过明显。尤为值得注意的是，这部作品中的情节在后来的创作中不断得到使用。这种几个模式化的情节在不同篇幅的小说中相互借用的现象十分普遍，让人怀疑作者经验的困窘和作品的真实性。比如，《底片》《因为所以》和《结婚互助组》三部长篇则均由几个中短篇小说拼合而成。这种现象除了来自纯文学界的“长篇焦虑”之外，恐怕还有出版社、杂志社约稿催稿所带有的市场化力量的催迫。市场化也是一个不可忽视的塑造性力量。乔叶早期的散文的成功，来自她对于大众读者的关切和呼应，在转型成为体制内专业作家之后，这种关切和呼应也仍然存在着。她的一些书写女性情感欲望方面的小说，浓墨重彩地渲染女性的不伦之性和不伦之情，情感态度暧昧、描写尺度大胆，起到了软化钝化人们道德感的作用，也迎合了不良的阅读需求。无论这种书写有多么充足的纯文学理由，都不能不作为一个问题提出来引起注意。

可喜的是，乔叶更多接受的还是文学界正面的塑造性力量。比如，她对于“底层文学”写作潮流的介入，就取得了明显的成绩。《良宵》《锈锄头》等小说极为成功，在艺术上也显得炉火纯青。《良宵》写了一个女搓澡工在为破坏自己家庭的女性搓澡时的心理况味以及最后的通达，这通达的底色是生命的尊严和生活的勇气；《锈锄头》则以一个意象“锈锄头”连缀出纷纭而又怪诞的世相，呈现出我们社会历史和现实的交错、拆解和掩饰的对立、分化和交集的变换，故事饱满、叙述精巧、余味悠长。

2011年，乔叶响应《人民文学》的号召，投身于“非虚构文本”的创作中，在《人民文学》杂志发表了两部“非虚构”文本《盖楼记》和《拆楼记》。两部文本讲述的是处在开发区的农民为了获得征地补偿先盖楼后拆楼的故事。故事很真实，也具有普遍性，深刻地反映了当下利益格局中的矛盾冲突。作家对冲突表象的书写精彩绝伦、生气腾腾。满脑子发拆迁财梦的农民为了获得强大的对政策的抵抗力团结在一起，却又怀着各自的心思消解这种团结，这种各自的心思展现了农民之间不同的政治经济处境和心理状态；政府以及基层的官员承受着上级的督促和政绩的压力，怀着矛盾的心态，使出各种常态的、非常态的甚至是非法的手段去和农民进行利益争夺；叙述者作为乡村的叛离者感慨农村的急速而又忙乱的变迁，但同时给居住在乡下的姐姐撑腰打气、出谋划策，终于在劳心劳力之后用非常手段为姐姐争取到了有限的赔款。在这个纷乱的故事场中，具有活动能量的都市女性、捍卫正义同时又愿意被利益收买的记者、自私自利而一盘散沙状的农民、上访的群众和接访拦访的工作人员、处心积虑的政府干部和村支书都穷形尽相、跃然纸上。在作者的笔下，这些人并不是大奸大恶，只是在利益的驱使下上演一幕幕人间喜剧，作者对他们不无批判的同时又充满了温情的理解。作者对农民不可能产生“哀其不幸、怒其不争”的知识分子居高临下的悲悯感，但又忍不住对他们利益动物的本质进行嘲讽，虽然嘲讽之中交织着对农民身上新素质的惊喜发现；对于官场中人，也没有简单地把他们脸谱化、妖魔化，很多时候还带着“分享艰难”的姿态同情他们的焦虑和压抑，但是作者还是活画出他们连欺带骗、不择手段地推进拆迁的丑态；叙述者自我作为利益中人也有自嘲，她煞有介事却也难掩内心的虚弱，愤世嫉俗却又犬儒地按照潜规则解决麻烦，叙述语调中带有一种人无法逃遁于利益场中的绝望。在这两部非虚构的文本中，乔叶笔调粗粝而又细腻，“行于所当行、止于所当止”，随物赋形、收放自如，令人叹为观止。叙述者的介入以及自我心理活动的描写保障了这部文本的真实感。这样的文本虽然在书写的自由方面近于散文，但在经验的浑然性方面却更得小说的精髓。乔叶小说中一直存在的经验单薄和困窘的问题在这里得到了彻底的解决。

对于具有可塑性的青年作家来说，经验问题或许是一个根本性的问题，也决定了相应的写作理论和美学风格。如何填补具有可塑性同时处于空白状态的经验场域，是当下文坛青年作家最为紧迫的问题。“非虚构”或许是这个问题的一剂对症良药。这里有必要讨论一下“非虚构”写作的意义。“非虚构”写作提出的背景无疑是当下现实经验的复杂化和戏剧性，而小说叙述的故事却显出作家经验的虚伪。从哲学上来说，“非虚构”是无法成立的，没有虚构，叙事就无法达成。之所以强调“非虚构”，那就是小说家的虚构出现了问题。这种问题主要表现在面对纷纭多变的现实，小说家丧失了高于现实的强大的理解力、思考力和介入力，以及在此基础上的丰沛的想象力，他们不可能洞悉现实的本质，也无法把准现实的病症进而提出“疗救的注意”。因此，他们越来越沉浸于私人小世界里虚拟而又狭隘的悲欢，对于外在的大世界手足无措，更遑论经验的判别、删选和再建构了；即使偶尔进行勉力的虚构，也很快遭遇“真实感”的破碎。在这种思想和行动的双重困境中，宏大叙事的重构成为一个遥远而迂阔的被遗弃的幻梦，“大处茫然、小处敏感”这种现代文学知识分子作家们的病症再一次发作。对于青年作家来说，这种病症尤其致命。他们没有曲折坎坷的人生经历供他们勘探、挖掘创作资源，唯一的出路恐怕是像著名理论家胡风所倡导的那样，抛弃观念的定势，拥抱现实，从奔突的生活浪涛中获得生命的内在的力，真正做到对生活的审美移情，为自己的创作做独立的经验准备。如此，可塑性方会成为青年作家的聚宝盆，而不是危机四伏的漏洞。

第七章
乔叶名篇细读

一、意象与世相

——乔叶《锈锄头》细读

乔叶的小说《锈锄头》在其创作历程中有着非同寻常的意义。从这篇小说开始，乔叶显示出对于复杂经验的把握能力。从直观的层面来看，这部小说的主人公不再是女性，主要的故事情节也和女性的生命体验较为疏远。这种关于男人的叙事和叙事背后对社会秘密的勘探，使我们不得不更新关于乔叶的阅读印象，也让我们对其产生一种“大作家”的期待。《锈锄头》通过一个意象的考证式叙述，让我们领略了吊诡的世相，故事饱满，意蕴丰厚，余味悠长。

（一）历史与现实

毫无疑问，《锈锄头》讲述的是一个现实感很强的故事，故事的内核是阶层或者阶级之间的冲突，这已经是当下中国最为深刻的现实。因而，这篇小说完全可以归属于目前文学界热议的底层叙事，也完全可以激起知识分子的愤怒或悲叹。但《锈锄头》不是一个容易用意识形态倾向概括的叙事，它的超拔之处在于把今天的冲突与历史的恩怨勾连了起来，在历史与现实的交错中描绘出主人公真实而又斑驳的情感轨迹，让人一下子无法拥有明确的道德态度，这大概也是好小说的一种品质。

主人公李忠民和石二宝，一个是成功企业家、一个是收废品同时从事盗窃的农民。由于城市化进程的加剧，作为失地农民的石二宝与李忠民在城市相遇了。这是随处可见的现实，现实背后却是历史的力量。如同李忠民由城市到乡村再到城市的人生际遇是由历史造成的一样，石二宝的进城也是大历史的一个小结果。如果细细推绎，就会发现城与人之间的联系往往有具体的因果，《锈锄头》为我们捕捉这些因果提供了一种凭借。

李忠民作为知青下乡时怀着一个崇高而且真实的理想，即在贡献农村的同时使自己锻造成为无产阶级新人。但这样一个崇高的理想在经历了历史的戏弄之后彻底被遗弃了。农村依然作为愚昧落后、艰苦封闭的所在，在为中国现代化做出了类似牺牲的贡献之后彻底被忘却了。城乡差别不仅没有缩小，反而急剧地扩大了。知青作为知识精英在新的时代获得了成功，这成功来自对知青理想的遗忘，这种遗忘已经成为普遍的社会心理素质了。那种张扬城乡无差别、人人平等的知青理想的确没有存身之地。小说告诉我们，李忠民并没有遗忘知青生涯，为此他把这段记忆具体化为一个形象——锈锄头。对于李忠民来说，这是一个含蓄蕴藉的意象。它一方面展示自己不忘本的道德感，另一方面也是自己奋斗精神和生命智慧的象征，是自我生命力量的确证。历史就这样以意象的方式突入了现实。李忠民做的是食品生意，这又和农民相关，小说好像是在给我们提供一个隐喻，农村哺育了城市，哺育了这个城市的成功占领者。李忠民有一个年轻、漂亮、时尚的情人，也有一个同甘共苦的老婆。情人为自己的故事而感动，是对自己生命的肯定，是诗化自己苦难经历的必要情节，李忠民需要一个情人来重述自己曾经苦难的历史，来保持自己在心理上对现实的掌控能力。小说有一个细节，李忠民在和自己老婆相亲的时候，看到她哭泣的样子非常不雅，内心里有几分嫌恶。这个细节非常有趣，这嫌恶暴露了李忠民内心的精英情结，他一回到城市就开始与乡村诀别了，尽管他还不能从道德上开脱自己。这个时候，农村经验从负面意义上开启了李忠民的城市想象；到了今天，农村意象又成了城市成功者生命能量的确证。李忠民帮助农民的行动、回归田园的冲动尽管是真诚的，但根源还在于置身事外的自我确证。石二宝说得对，“你要是还在农村你他妈的就不觉得有意思了”①。

石二宝身上的历史和现实被叙事者缝接得较为自然，自然的背景是农民一直想摆脱农村，一直没有改变不公正的命运，从前被迫待在农村是不公正，现在被迫出走农村、游离城市也还是不公正。这背后是不大容易变革的机制和文化。既然改革的成果不可能公正分配，就得有人不劳而获、有人劳而不获，有人少劳多获、有人多劳少获，少获、不获的最理所应当的承受者是农民，农民就应该处于底层，这是文化及其背后的机制决定的，而对文化的革命是极其艰难的，甚至是无望的。

（二）掩饰与拆解

《锈锄头》的结构设计有一种喜剧感，两个主人公一个在努力强化自己的成功、掩饰自己内心的窘迫，而另一个却在用自己的惶惑去拆解这种成功背后的虚弱。建构与解构的过程是两位一体、同时并进的，这有类于中国古代戏剧史上的“参军戏”，也让人想起河南地方戏《屠夫状元》的那种喜剧趣味。但《锈锄头》毕竟讲的是一个现实故事，故事虽然精妙，但和现

---

① 乔叶：《我承认我最怕天黑》，山东文艺出版社，2007，第220页。

实贴得很紧，很真实。因而，这种喜剧感的来源在更深层次上是现实生活本身。有时，我们会发现，现实比小说更像小说，比戏剧更像戏剧。

小说中，作为成功人士的李忠民很注意自身的包装，名牌衣服、POLO 拉杆箱，这不仅仅是掩饰自己的衰老，更多的是一种成功的表征。这是社会法则，无可厚非。在名牌衣饰的鼓励下，在最初面对偷窃的石二宝时，李忠民充满了成功人士的底气，可谓颐指气使。但石二宝的健壮和手中的工具，很快拆解了李忠民的虚张的声势，使他明白此时自己的弱者处境。在李忠民被绑着腿笨拙地跳向卫生间时，石二宝看着他那狼狈的样子甚至笑了。这种笑是征服者的笑，是带有优越感的笑。这笑和石二宝在楼梯口初次碰到他时的“卑怯”大相径庭。石二宝的原始暴力拆解了李忠民成功人士的傲慢，逆转了社会文化上的强势和弱势对比格局。在暴力面前，以经济为基础的文化势能隐遁无形，只留下身份平等而力量有别的躯体。这令一直处在强势力量掩护下的成功人士深感焦虑。

李忠民拥有一个“小”，这是成功人士的标准配置，见怪不怪。但李忠民和“小”之间有着充满诗意的感情基础，似乎和俗见的骄奢淫逸、利益交换迥然有别，李忠民享受的也是这份“纯粹”。但石二宝那双老练的手，翻出了掩藏很久很深的秘密，李忠民的“小”竟然私自存钱、私自泄欲，有自己的考虑。

李忠民看到后，勃然大怒。他自信的值得“小”为之以身相许、从一而终的个人魅力顿时消失了；他自信的作为男人的生命能量顿时遭遇了尖刻有力的嘲讽；他对纯粹感情的迷信也顷刻间崩溃瓦解。石二宝的那双手，拆解的不仅仅是现实中被掩藏的秘密，而是心灵深处被掩饰的秘密，是成功人士不愿意见到、甚至是故意隐藏的人性真相。其实，李忠民不可能不意识到自己魅力的限度，他没有把房子的主人改成小青就是证据。他只不过不愿意正视这个问题罢了，而石二宝的出现则逼他正视这个问题，一旦正视，李忠民会吃惊地发现自己心灵的创伤鲜血淋漓。而作为农民的石二宝则抛给心灵破碎的李忠民一句拯救性的话：“到老了还是老婆贴心。”①拆解之后的拯救，更加意味深长。难道作为文明象征的现代都市人，需要农民来提供新的价值理想？

小说最动人的关于掩饰和拆解的情节是围绕着锈锄头展开的。锈锄头是一个核心意象，也是小说情节的一个枢纽。没有锈锄头，就不会引起石二宝的好奇心，他就不会想和李忠民聊聊，也就没有后来扣人心弦的故事和结局。如前所述，锈锄头是李忠民道德感、成就感、炫示欲的体现。正是这个在城市居室中显得颇有些怪诞的意象引起了农民石二宝的追问

① 乔叶：《我承认我最怕天黑》，山东文艺出版社，2007，第228页。

欲。石二宝的追问使得李忠民滔滔不绝，充分展示了自己的道德感和成就感。但石二宝的追问同时又是一种拆解。石二宝对知青的回忆和评判拆解了知青的牺牲自己的崇高感，指出了他们不择手段急于返城的不光彩，对知青理想的背叛，以及今天感念怀旧的虚伪；他以自己作为农民始终得不到改善的命运暗示了成功人士阶层对于农村的利益盘剥。而李忠民作为食品行业的成功商人，和农民的利益似乎牵涉得更密切。他在发展壮大自己事业的过程中，有没有对农民的利益进行过巧取豪夺呢，这个问题在“原罪”成为普遍现象的今天，大概不是一个不值得讨论的问题。李忠民想做一些事帮助那些被坑害的农民，但整体上讲，农民的被坑害，包括李忠民在内的食品商人恐怕也难辞其咎，李忠民的义举恐怕有愧疚心在内。石二宝的拆解可能加重了李忠民的羞愧感，但更重要的是，石二宝对农民境况的诉说、对现实不公的愤懑有意无意地拆解了他们之间诗意般的对话氛围，提醒李忠民诗意是假的，现实中不可跨越的鸿沟、无法弥合的矛盾才是真的，他们属于两个阶层。对话的诗意和行将发生的义举是掩饰，掩饰被拆解之后的冲突才真正触目惊心。李忠民自我生命的象征符号被拆解，留给他的只能是再也找不到生存感觉之后的“号啕大哭”。

（三）分化与交集

社会的分化已经是当下中国显而易见的事实，与此同时，美学趣味的分化也愈演愈烈。圈子化生存表面上满足了人们群体性的需要，事实上证明了并加剧着从伦理到情感的社会性分裂。文学也是这样，“底层叙事”“中产阶级叙事”等等并不仅仅是纯文学场域的话语制造，而是和日渐成熟的文化市场密切相关。中产趣味、小资趣味成为最强大的文化生产的推动力量，而底层不仅在物质上一贫如洗，在文化上也得到了漠视。所谓“底层文学”，除了一些真正关心民瘼、勇于承担道义的有良知的作家和知识分子之外，很多人是在欣赏和玩味苦难，表达的是一种居高临下的美学。分化的趣味有交集，如同现实生活中的不同阶层一样，是无法避免利益的交集和冲突的。《锈锄头》讲述的便是分化的两个阶层中的人物的交集，其叙述的伦理是中性的，作品中表露出来的美学趣味也呈复杂化状态，没有义愤填膺，没有孤芳自赏。这是乔叶的聪明之处，她在提醒读者，简单的道德态度是没有现实依据的。

小说的两个主人公在现实生活中分属不同阶层，距离较远，不大可能发生深入的交集。交集的推动者是农民石二宝。但他是抱着不发生交集的极大可能性进入李忠民的居室的。李忠民的意外返回使得交集不可避免。交集中，分化的两个阶层首先发生的是冲突；然后，随着锈锄头的出现，戏剧性出现了，交集带来了沟通，这无疑是深入的交集、真正的交集。借助于历史，借助于曾经的同病相连，处于分化中的两个人开始互相同情、互相抚慰，这是个几乎令人感动的场景。但感动并没有持续多久，分化的现实使他们彼此都未能彻底放松警惕，在生死攸关的误会（也可以说不是误会）中，李忠民举起锈锄头杀死了石二宝，亲手破坏了自己苦心经营的生命符号，也昭示了真正交集的不可能性。现实的惨淡逼迫他们将利益分化的社会本质刻入内心，渗透每一个细胞，现实告诉他们交集带来的只能是冲突，只能是你死我活。石二宝也许认识得不那么深刻，也许还有些为李忠民感动，但历经风霜、闯荡有年的李忠民是彻底地认识这个社会了。在情理中，两个人的沟通是不错的，也可能实现利益的共同化，石二宝走人，李忠民活命，类似双赢的交集结果是可能的。李忠民不是大奸大恶的商人，石二宝也不是穷凶极恶的歹徒，但问题在于他们都丧失了沟通的环境，不仅是作为犯罪场景的环境，也包括大的文化环境。小说对两个人眼神的描写十分细致、十分到位，他们的眼神是容易引起彼此误读的眼神，这种眼神无疑是当下文化状态培养出来的眼神，无疑是社会状态的“传神写照”。正是这种眼神，使他们从相互沟通的良好状态中清醒过来，冷静地体会自己真实的社会处境，于是血案发生了，分化的社会现实再一次得到强有力的巩固。小说的深度就在于此。分化的文化已经是强势的文化，它强化人们关于分化的认知，即使现实中有着真诚交集的可能性，也在这种分化的文化中得到扼杀，想超越这种文化分外艰难，李忠民也许想超越，但也不敢、不愿拿自己的性命做赌注。这真是令人悲哀的文化、令人悲哀的现实。

《锈锄头》的叙述非常高妙，显示了作者的灵心与秀手。作者书写的是阶层的分化，但从交集处写分化，这样分化就更为分明、更为深刻、更为绝对。作者还把这种交集状态提炼成一个具有叙述推动力的意象，以此连接历史与现实、乡村与都市、底层与富人，呈现了现实的繁复，也揭示了社会的秘密和生命的病态。作者的写作思维大概是发散式的，联想大概起了很大的作用，结构不能不说是巧夺天工。但是，这样的写作却给人以迫近的真实感，除了作者营造的浓郁的生活气息之外，现实本身的戏剧状态可能是小说世界的一个支点。这诚如乔叶在《创作之外，小说之内》的创作谈中所说："成功人士最后把锄头砸向了民工。锄头由寻常的农具、装饰的器具、交流的道具，直至成为杀人的凶具，其间的凛冽与曲折，让我面对自己的作品，也无话可说。"①

① 乔叶:《薄荷一样美好的事》，江苏文艺出版社，2010，第156页。

二、化俗成雅的书写

——乔叶《卡格博峰上的雪》简评

乔叶的短篇小说《卡格博峰上的雪》，从题目上容易让人联想起美国作家海明威的名作《乞力马扎罗的雪》，但乔叶讲述的是地地道道的中国故事，且叙述的格调是热闹喧腾的，和海明威《乞力马扎罗的雪》中的冷峻可谓是大异其趣。乔叶就是乔叶，《卡格博峰上的雪》也是典型的乔叶个人标记式的作品。

《卡格博峰上的雪》讲的是当下男女的婚恋传奇，这是乔叶最拿手的题材。小说中的男女主人公耿建和尤秀（可以视为"优秀"的谐音），均为大龄未婚的都市青年，面对家人的催迫，两人都无法从容地持续自己的情感生活。两个人在一个并不浪漫的情境中相遇、畅谈，进而在匆促中做出了假装结婚以逃避家人，同时互相不干涉对方继续寻找恋人的决定。两人的"假婚"给双方带来了世俗的解脱，也带来了对人世、对情爱的重新认知，"假婚"最终成为"真情"的奠基。整篇小说情节曲折、细节饱满，对人物的拿捏十分到位，散文化的心理分析也有掐臂见血之力道，再加上作者铺张扬厉的行文风格，小说的可读性甚至可观赏性无疑是较强的。但这种可读性和可观赏性也潜藏着一种危险，那就是俗套。

大概是新世纪以来，中国现代化程度快速提高，现代性的社会分工愈加细密，社群形态日趋缩小，个体交往面日益狭窄，再加上消费主义意识形态对于强大个体（实质是不断涌现消费欲望的马尔库塞所谓的“单向度的人”）的文化塑造，还有推波助澜的网络对于“宅男宅女”式生存的技术支持，青年男女的婚恋问题逐渐成为社会关注的热点，也成为文化生产的重要领域。男女婚恋传奇，虽然很容易呈现为叙述的张力，但在目前泛滥的大众文化中，这种张力已经耗尽其自身携带的美学能量，媒体上铺天盖地的婚恋故事在文化场域中也已堕为一种恶俗。即便在更具审美性的文学以及影视领域，关于婚恋传奇的叙述也显得重复、过剩。因而，对于选择这类题材进行叙述的作家而言，便利和危险同时存在。《卡格博峰上的雪》和乔叶的其他同类作品一样，在好看而畅销的同时，也面临着被低俗化消费、被亚文化定位的尴尬。这可能是乔叶所左右不了的，但她可以做到的是，化俗为雅，赋予一个俗滥的题材以精醇的文学品质。《卡格博峰上的雪》即是如此。

《卡格博峰上的雪》的结尾相对于全篇来说，是“曲终奏雅”。“卡格博峰上的雪”是一个象征，象征纯粹的爱情，而耿建和尤秀登顶的愿望可以视为对纯粹爱情的向往，不管是否登顶，关键在于他们相信“最重要的是卡格博峰还在那儿，卡格博峰上的雪还在那儿”。从这个结尾往回看，我们就会发现，前面叙述的耿建和尤秀的那些不懈的、竭尽心力的折腾就有了意义，他们的荒诞不经也就不再是对生命的轻率，而是对真爱的持守。所谓婚恋传奇中惊世骇俗的一代新新人类实际上也不过是“衣带渐宽终不悔，为伊消得人憔悴”的旧人而已。这里面有乔叶对于当下社会的独到观察和领悟。对于当下中国的婚恋乱象，以电视为代表的大众文化只是迷恋其热闹的景观和取之不竭的世俗叙事资源，不去深思其间的真正问题所在。这也无可厚非，电视文化本身即是平面化、均质化、拒斥深度的文化形态，要求其透过现象看本质不免有些南辕北辙。而文学正是在这里大显身手。乔叶所观察到的这些“很乱”的男女表面上放荡不羁、玩世不恭，内心里却异常在意情感的品质。即便那些不相信“真爱”的人，其前提却是确认了真爱的存在的。“真爱”的永恒魅力在这里就不单单是一套说辞，而是故事的原生力、情节的推动力。也就是说，“卡格博峰上的雪”，相信纯粹的爱情之存在，是他们所有情绪和行动的发动机。这有点儿像王十月获鲁迅文学奖的《国家订单》。表面上是讲述小工厂主和工人之间的人情恩怨和利益纠葛，但那个在开头消失、在最后出现的美国商人查理才是小工厂主和工人们情绪的发动机，他的隐现就是东南沿海打拼者的生命开关。美国遭受恐怖袭击后高涨的民族国家情绪产生了短期供货的高额订单，进而导致小工厂工人日夜劳作、透支健康，而美国又反过来指责中国缺乏劳动保护、缺乏人权。这就是“国家订单”的意味。这里面是有理性的逻辑回转的。《卡格博峰上的雪》里面也有。男女主人公都有对纯爱的信仰，但在现实压力和社会文化面前，却只能采取极端的甚至相反的方式去保持这种信仰。在一系列的反向探寻中，男女主人公开始剥离现实营造的情感幻象，一步步走近纯粹的爱情。

乔叶在《卡格博峰上的雪》中对于纯粹爱情之重申，在今天的文化氛围中似乎显得有些矫情。今天的人更愿意强调社会之变，以便为所有的变尤其是不伦之变、道德水准的降低寻找心安理得的借口。强调“变”也是社会向度的现代性的核心内涵，不过在很多层面上，现代性是饱受质疑的。钱锺书先生就曾强调过人性变化的极其缓慢甚至于没有变化。钱先生在1946年9月10日一封致当时的《观察》杂志的主编储安平的信中说：“浪漫主义者主张屏弃物质文明，亦误以为物质文明能使人性堕落，不知物质只是人性利用厚生之工具，病根在人性，不在物质文明；石斧石箭杀人之效果不如原子弹，然而用石斧石箭之原始人与用原子弹之文明人，其存心一也。”他进而谈道：“古人有言：‘明体达用’，用之学问（所谓technology），日进千里，体之学问（humanities），仍守固步，例如亚里士多德之《物理学》，无人问津，而亚里士多德之《伦理学》，仍可开卷有益。”文学是人学，当然以书写人性为指归。不少作家迷信“若无新变、不能代雄”，致力于书写新人类、新人性、人性的奇异形态，钱先生的话值得深长思之。《卡格博峰上的雪》在大众文化竞新为尚、标新立异之际，别有会心地在世情之变中寻找并确认人性之常，可谓“自成高格”。

初读《卡格博峰上的雪》，让我想起张爱玲的名篇《倾城之恋》。《倾城之恋》里的男女范柳原和白流苏也是迫于现实情势在无爱的状态下虚与委蛇，结果遭逢香港陷落之际彼此在地老天荒的虚无中互相成全而结为夫妻。《倾城之恋》无疑是对历史上流传的真爱传说的解构，里面有张爱玲式的对于纯粹爱情的绝望。《卡格博峰上的雪》可以视为对《倾城之恋》的重写，其间的“世事洞明、人情练达”一脉相承，但格调、趣味、信念则大为不同。乔叶没有张爱玲那种来自没落贵族的孤傲与悲凉，却有着来自平民烟火的体贴与温情，以及内在的对生活的信心。乔叶就是乔叶。

下编　新世纪中原作家观察

第八章
“黄泥地”归去来

——论刘庆邦的长篇小说新作《黄泥地》

刘庆邦的长篇小说新作《黄泥地》叙述的是二十世纪八九十年代一个普通村庄的各色人等所生发的寻常故事。故事虽然寻常，其间蕴含的来自生活深处的乡村存在感觉以及作家牵动肝肠的省思却不同凡俗，这使得《黄泥地》在乡土书写热度不减、佳作迭出的当今文坛，具有深入讨论的价值。

一、作为乡土中国隐喻的“黄泥地”

书名“黄泥地”，很明显具有隐喻的意味，而且这一意象，很容易让人联想起 80 年代文化热时对中国文化反思的浪潮中所经常使用的“黄土地”等意象群，也自然地让读者接续起 80 年代甚至是鲁迅以来的现代文化传统中对于国民性的思考。在小说中，作者花费许多笔墨对“黄泥地”的特性作了隐喻性的描写，特别是小说对于村民们看客心理的透视及呈现直追鲁迅，令人拍案。作家刘庆邦在接受采访时也不否认自己对国民性的关注和思考："我们向鲁迅学习，对国民性中负面的东西也应当有清醒的认识。也许不少人都发现了，我们的国民性中有一种泥性，也就是纠缠性、构陷性。这种泥性一旦爆发，会形成集体性的、无意识的人性恶，有着极强的攻击性和破坏力。回顾过去遍地涌起的匪患，还有后来的多次所谓群众运动，都与国民性中泥性的泛滥不无关系。"①从"黄土地"到"黄泥地"，刘庆邦所强调的就是国民性中这种"泥性"，即所谓"纠缠性"和"构陷性"。和鲁迅的国民性表述相比，"泥性"似乎强调了动态的或者说是能动的因素，而非鲁迅所强调的冷漠的、一盘散沙式的国民心理。发现国民性中的泥性，很难说是作家刘庆邦的一个创见。而且，所谓"国民性"话语，只不过是中国在现代民族国家建构中为确认自我身份而舶来的一种文化表述而已，其间的文化转译和国族的隐痛交织在一起，长久以来成为一种近似本质化的文化事实。无论如何，今日的思想文化界已经不再会把"国民性"话语本质化和客观化了，但这不妨碍作家用泥性来描述他所认知的乡土中国的存在状态。

---

① 舒晋瑜：《刘庆邦：我们的国民性中有一种泥性》，《中华读书报》2015 年 7 月 8 日第 11 版。

《黄泥地》中所描写的名叫“房户营”的村庄，是一个普通的中国北方村庄。里面的人物也都是普普通通的村民，村庄权力的掌控者村支书房守本也是一个普通的乡土精英，没有超乎寻常的能力和权威，不像李佩甫《羊的门》中所塑造的呼天成那样的拥有强大心力、宗法权威和驭人之术的卡里斯玛型人物，这使得房户营更具有乡土中国的典型样态。刘庆邦在《黄泥地》中用大量的看似与主体情节相疏离的片段呈现了房户营村村民鲜活的生存场景，叙述描写从容有致、心理刻画体贴入微，不能不令人赞叹。通过这些浮世绘式的描写，我们不难发现房户营的权势格局的构成及其影响因素。房守本的权力是大集体时代自然过渡的，这有历史的合理性，但他把支书的位子传给自己儿子房光民时，这种合理性得到了村民们的质疑，这无疑显示了现代民主精神的普及度，尽管村民们的心理不是那么阳光。房光民的高调强势耗费了他权力继承的合法性，增添了村民们对既有权势格局的反感，也使得反对派的力量迅速汇合起来。房守本、房光民一方捍卫自己权力的方式是一方面通过行贿获得乡镇政权的支持，另一方面则利用现有的权力和能量对反对者进行攻击。对于后者，值得讨论的是房守本老婆宋建英这一形象。作为一个有着权力支撑的泼妇，她的铺天盖地、气势汹汹的骂街是权力的示威，同时又是权力真正掌控者的策略性的替代性的出击，泼妇的语言暴力巧妙地撕裂了权力的温情假面，暗示了权力的杀伤力。

汇聚起来的反对派房守现、房守成、房守彬、房守云以及高子明并没有高尚的动机，各自谋求也都是并不见得正当的利益。这些反对者就其个人而言，都没有力量也不愿承担风险去直接反对房守本、房光民父子。在乡村知识精英高子明及富有政治经验的房守成的指点下，他们集体利用了房国春的虚荣心，把房国春推到了乡村权力斗争的一线。坐收渔翁之利的房守现同样用行贿手段获得了乡镇政权的支持，从而把自己的儿子房光金推上支书的位置，开始了新一轮的乡村统治，同时也在生产新的反对的力量。小说的叙述似乎告诉我们，房户营村经过一番波荡，乡村权力格局似乎没有得到大的改变，房国春所做的牺牲似乎是没有意义的。但轮回之感并不能支持关于国民性的本质化的想象，农民利益的分子化、个体化也并不总是历史的常态。透过小说中的不经意之笔墨的叙述，我们可以发现，这不过是改革开放以来的乡村形态，在此之前的大集体时代，乡村权力格局及利益分配并非如此。虽然自私自利是人性之常，但安顿并塑造人性的社会结构场域却因时而变，仅此一端就足以消解关于国民劣根性的本质话语的言说。

小说的笔墨除了聚焦于乡村权力斗争之外，还描绘了乡村礼崩乐坏的生存图景。比较突出的是对于男女关系之混乱的描写。老一辈的房守现、高子明都有“相好的”，房守现甚至认为一个男人没有相好的就是没有出息的表现，后来则寡廉鲜耻地进行妇科病的非法诊治并借机猥亵妇女；而新一代的支书房光民肆意与村主任房光和老婆偷情，继任支书房光金则公开去村里外地女人家里嫖宿。男女关系是传统乡村伦理之大防，作者用笔于此，显然也有着深远的文化关怀。

无论如何，以“黄泥地”为意象对乡村进行隐喻式的书写，反映了作家整体化地透视乡村的文学抱负。如果我们悬置关于国民性的宏大叙述话语，会发现对于一个时期内相对稳定的经济社会结构中农民利益分子化、个体化的农村现实而言，“黄泥地”的隐喻还是比较合适的，虽然这个隐喻还可以无限扩大化，只要一个社会共同体中的成员利益个体化、分子化，不管这个共同体处于何种时代、何种国度，这个共同体都可以视为“黄泥地”，不独改革开放以来的中国农村使然。

二、现代乡绅的“归去来”

《黄泥地》和现时代的其他乡土小说最明显的不同在于，是其塑造了一个独特的现代乡绅形象房国春。用乡绅来定位房国春，来自小说中的人物房光东之口：“房国春之所以热衷于管村里的事，是他有乡绅情结。乡绅情结房国春的父亲就有，到房国春身上反应更强烈。他在外面当不上官，管不了别人，就只能回到村里找话语权，希望能当一个乡绅。”这其实是作家对乡村文化的一种思考，也反映了近年来中国乡村文化讨论中的一些意见。传统社会的乡绅，大部分集文化伦理权威、经济政治优势于一身，有的还是告老还乡的高官所化成，在乡土社会的伦理维系中发挥着重要作用。即便如此，绅权发挥作用的空间还是有限的，绅权与政权相得益彰时，就会发挥得淋漓尽致，但当绅权与行政权力相冲突之时，绅权往往会受到打击和削弱。关于此，《白鹿原》中白嘉轩与鹿子霖的冲突就是绅权与政权的一个冲突，我们从其中可见一斑。

房国春作为从房户营走出的大学生，毕业后在县高中教书，虽然拥有不少有出息的学生，但也只能算是只具有文化上的权威，并不具有真正的政治经济优势，他在农村的家庭并不富裕，他的家族儿女并不强势。他所发挥的作用，无非是帮助村民们在县城做一些辅助性的事情，而回到房户营村，只能与村支书房守本相配合至少是不冲突时才能显现自己的作用，比如他在过年时组织村民慰问军属，帮助村里联系修桥，帮助村里矿工家属向煤矿索要抚恤金等，这些作为村级政权的辅助和延伸，在一定程度上可以视为绅权的显现。村支书房守本也很注意维护与房国春的关系，这能够增强其行政权的合法性，而且还能够巩固其利益，更何况尊重房国春并不需要多少成本。这是房国春在村里享有尊崇感和优越感的重要原因。但当房国春的意志和村支书房守本父子相冲突时,他所仅有的辅助性的文化功能就显得虚弱了,而且这种虚弱的文化象征资本被宋建英的辱骂击得粉碎。房国春在谋求学生帮助的道路上也同样遭到了惨败。在一个以物质利益为基础而建构的社会关系网络中,房国春所拥有的象征资本如果不能兑换为物质资本,就只能是一个空壳,如同房光民所说的那样是一个泥胎。房国春站在了拥有权力的既得利益者的对立面,就无法将自己的象征资本与行政权力拥有的物质资本相协同以顺利实现价值的兑换,他只能孤身上路,为其所仅有的文化信念而斗争。在传统中国,由于伦理礼俗在村民社会生活运行中的协调作用比较重要,绅权在基层社会治理中显现得比较充分,它常常和宗法权力融为一体,替代了行政权力的发挥。但到了现代中国,政治经济的变革对传统社会的绅权、宗法权力几乎荡涤殆尽,行政权力成为覆盖性的权力,绅权或者说文化象征资本只能成为行政权力征用的对象。正是在这样的新的权力结构中,房国春所拥有的文化资本不可能得到真的尊重,只能处于被敷衍或者被打击的命运,无论是在村里还是在其学生担任掌控者的乡镇政权。

房国春真正的身份是一个中低级知识分子。当他通过自己的奋斗跳出农门走进城市之后,本该继续在城市打拼或者安于自己的小市民生活，就像房光东兄弟的生活一样，与乡村彻底隔开。他之所以与乡村难分难舍，上演一番归去来的故事，一是可能确如房光东所说在城市里境遇不佳转而在乡村寻求话语权来满足自己的虚荣心，二是在对自己能力认识不足的情况下割舍不掉知识分子的淑世情怀。对于房国春的虚荣，小说进行了绘声绘色的描绘，尤其是通过侧面描写，活画出一个自我感觉膨胀的小知识分子形象。对于房国春自恃文化优越感而形成的对妻子、儿女生命灵魂的威压，以及对高子明等曾经受难者或道德卑贱者所形成的歧视，作者也作了批判性的书写。这令人想起《白鹿原》中腰杆硬挺的白嘉轩对鹿三及黑娃的威压。这其实是文化象征资本的权力压迫，对于掌控行政权力者构不成伤害，而对于连文化权力都不曾分享的人来说，则是一种压迫。小说留意于此，是对知识权力异化的一种批判，这种权力如果与行政权力沆瀣一气，则无疑将乡村的空气变得令人窒息。

所幸或者所不幸的是，房国春还有自己的坚守，面对邪恶势力敢于进行一个人的抗争。小说的后半部分主要写的是房国春不断上访、不断斗争的故事，虽然谋求的是个人的公平正义，但个人的受难无疑是为全体村民利益而起，虽然他受难的崇高性在获利者房守现乃至多数村民等人那里几乎受到完全消解。小说写房国春最后返乡时的形象在村民那里就是一个类似鬼的形象，这又接续起了鲁迅以来的先知先觉者“狂人”形象的书写传统。但也正是在村民的不理解和疏离中，房国春才显示了知识分子的担当所具有的可贵意义，如果说最初房国春的挺身而出还带有出于虚荣而跳进房守现构陷的圈套的话，那么在洞悉了这一切之后的不懈抗争则是纯粹地为公平正义而战，为知识分子所认同的价值观而战。正是在这一点上，房国春和乡村知识精英高子明区别开来，回乡后的房国春也由此鄙视并驳斥高子明的劝说：“你少在我面前耍小聪明，中国的很多事情就坏在你们这些爱耍小聪明的人手里。”①鄙视“小聪明”，体现了房国春对自己文化使命的自觉，也支撑了自我生命的顽强存在。怀着文化使命回到乡村，决定了房国春是乡村的异端，不可能认同乡村的利益逻辑并与之同流合污，也不可能真正融入乡村，尽管他无可奈何地终老于此。房国春之于房户营的归去来，实质上是无法忘怀乡村却也无法改变乡村、无法融入乡村的悲喜剧。这悲喜剧既寄托了作家的知识分子省思，又牵系着作家乡土改造的梦想。

三、乡土之变与文学书写

在小说中，与房国春形象有可比性并被作者对照着写的

① 刘庆邦：《黄泥地》，北京十月文艺出版社，2014，第302页。

人物有三个:织女(张春霞)、高子明、房光东。织女的形象是当代文学中一个值得注意的形象,也是作者应该进一步深入挖掘和书写的形象。她作为“大跃进”落潮时被淘汰疏散到农村的纺织女工,对自己的城市生活经历一直无法忘怀,她珍视着自己的一张在城市时拍摄的容光焕发的纺织女工的照片并希望带入坟墓。可是,曾经的城市生活带给织女的只是虚荣心态和贪图享受的生活作风,她虽不甘于农村生活,但内心缺乏积极的力量,只能被乡村生活的黑暗面所吞噬,进而沉沦于乡村。高子明曾经在县城中学读书,因为被打成右派而遣返乡村,他所拥有的知识和智慧虽然不曾丧失,却无法生成一种健康的力量,只能转化为自我生存的精明,或者在适宜的情况下为投机者贡献计谋。而房光东则洞悉乡土生存的逻辑,认为自己不但无力改变房户营,而且与房户营保持联系只能给自己带来难以摆脱的困扰,因而在成功离开乡土之后则始终把自己与乡土隔绝。房光东身上有作者自己的影子,这个人物一方面寄托了作者自我作为知识分子的无奈,另一方面也隐含了对包括自我在内的知识分子利己主义的批判。总的来说,这三个人物显示了乡土中国的强韧的运行逻辑,一个人只要进入乡土,就如同深陷泥泞,难以自拔,最终遍身泥污。

但房户营村真的就只能是一个亘古不变、自行其是的泥泞式的或者说是“染缸”式的存在吗?只要我们考究现实,就会发现不是的，作者虽然对房户营的生存样态进行了活灵活现的描绘，但并没有对之进行非历史化的定位。作家拈出“黄泥地”作为乡土中国的隐喻，但并没有对乡土中国进行本质化的书写。他笔下的房户营村，并非像鲁迅笔下的未庄那样与时代大潮相隔膜，而自成一个独立不变的小天地。在小说的叙述中，房户营村是越来越深入地介入到时代变革中去。房户营的乡村权力结构虽然难以被房国春所改变，但外在力量的强势侵入还是会带来一些新质。比如乡镇政权领导者的作用，乡党委书记杨才俊和分管副乡长尹华的作为就深刻影响了房户营村的权力更迭，杨才俊提醒房守本“房户营村不是孤立的”，讲的就是外在力量对房户营村的影响，至于这种影响能到什么程度，则只能根据时代的发展而定。房国春多年坚持上访，所带来的对房户营的改变就是证明。小说中还讲到房守良不满父亲的作为，对自己的被动处境感到无奈进而出外打工，也讲到房光民被免去支书之后在村里觉得没意思于是带着自己老婆出外打工，而打工之后的他们几乎没有在小说中再出现过，这可视为时代发展的力量已经召唤年轻人疏离村庄。被年轻人所疏离的村庄，逐渐丧失活力，虽然房守现等人享受着礼崩乐坏所带来的狂欢，但这种狂欢总是带有末世的意味。小说的结尾写了房守本、房守成、房国春、房国坤、皇甫金兰等人的相继死去，尤其是对于皇甫金兰的死以及其所象征的传统善良柔美的妇德的消亡，作者充满了痛惜。与此相对应，泼妇宋建英虽然没有死去，但也衰病缠身、卧床不起，凌厉的骂声也不再具有力量，注定要成为“绝唱”。这些人的死去或衰病代表了一个时代的远去，一种乡村的生存样态的销声匿迹。小说中被作家寄托自我情怀的人物房光东返乡时寻找到房国春遗留的笔记本，上面记载了房户营的村史。这个情节可能也暗示了作家刘庆邦的一个冲动，即记录下这个村子的历史，为它的行将消亡做一个永恒的纪念。小说叙述至此，似乎一下子赋予整部小说以伤感怀旧的气息，不管黄泥地如何让人憎恨，一旦消逝，还是让人感慨不已。由此反观整个小说对于乡村场景的精彩绝伦的描摹，倒有一种存留风景的意味，这些场景里所隐藏的作者的目光似乎是欣赏式的，作者的批判锋芒暂时隐匿了，倒像是欣赏一幅绝版的民俗风情画卷，尽管欣赏的心情可能不是愉悦的。这种对于乡土的情绪可能不独刘庆邦所有，其他作家比如贾平凹的乡土书写也被批评家认为“不仅是在为日益衰败的乡土中国唱一曲文学挽歌，更重要的，他是在为乡村历史保存一个肉身”①。

的确，在乡土变革愈来愈剧烈的当下，回望二十世纪八九十年代相对平静的乡村，不免有些追忆的意味。作家刘庆邦

---

① 谢有顺：《乡土的哀歌——关于〈老生〉及贾平凹的乡土文学精神》，《文学评论》2015 年第 1 期。

在接受访谈时对此也坦诚相告:“故事是从上个世纪 80 年代切入,时间的跨度将近 20 年。我写长篇都是向后看,是一种回忆的状态。越是熟悉的事情,越不能急着写,须放一放,沉淀一下。”回忆作为叙述的视角,能够给叙述者带来相对裕如的心态,也使得叙述者能够自信地展开自己的思考。相对于刘庆邦以往的作品来说,《黄泥地》中所展现的作家的思考是比较明显的,也是比较充分的。尤其是刘庆邦长期以来作为一流的短篇小说作家,作品并不以思力见胜,近年来逐渐转向长篇小说写作,长篇小说的结构设计会向作家提出思辨方面的要求,即便如此,《红煤》等长篇小说的格局依旧不够阔大,往往着眼于一个人的人生进退来展现城乡的纠葛,对时代的整体性思考是不够自觉的。而《黄泥地》则树立起一个核心意象作为一个时代乡村生存样态的隐喻,无疑展现了作家整体性书写的抱负。而这种抱负,在叙事碎片化、感官化成为书写时尚的今天,则显得不合时宜。但不合时宜,并不意味着整体性书写的价值消解,相反,它可能以不容置疑的生活真实来拆解那些关于整体性之虚妄的碎片化论述。著名批评家陈晓明在讨论 2014 年度诺贝尔文学奖获得者法国作家帕特里克·莫迪亚诺的作品时,曾对盛行的碎片化论述做出反思:“今天我们说碎片,还为时过早。也许在局部上、在我们可感知的视野范围内,它是碎片式的、分裂的、琐屑的;而在更大的背景上，今天的世界被重新整全，已经是我们所意想不到的形式，更具有深度性和内在性的整全。用齐泽克的话说，或许那是重新生成的大他者，宏大的崇高客体。”①陈晓明的论述提醒我们，当流行文化逐渐把时代定义为碎片式的、分裂的、琐屑的“小时代”时，可能对自我的感知过分沉迷，同时也可能放逐了对时代生活的深入体察和艰辛思考。刘庆邦是有生活实感的作家，他也因此能够跳脱流行的论述，直面自己熟悉的生活并以此为基础，展开独立的思考。

当然，肯定刘庆邦在《黄泥地》中所做的思考，并非意味着认同他的结论。如前所述，“黄泥地”的隐喻很容易使作家的思考落入本质化的国民性话语的窠臼。但好在刘庆邦始终对生活有一种直面的态度，这决定了他既洞彻乡村生存的逻辑并深感绝望，同时又通过房国春形象捕捉到了乡村的抗争性、疏离性力量以及这种力量的外在来源。当下乡村在现代化进程中逐步被蚕食的状况，刘庆邦不可能感受不到。在这种情况下写作《黄泥地》，如果仍然保持对乡村权力格局绝对化、恒定化的想象，无疑是不切实际的。事实上，《黄泥地》的写作在某种意义上是犹疑不决的，刘庆邦既感受到非正义、去道德化的乡村权力结构的稳固并对之充满忧虑，同时也意识到多重

---

① 陈晓明：《文学的时代难题与碎片化的疑虑》，《读书》2015年第5期。

力量冲击下乡村变革的到来并对之无法做出确定性的褒贬。因而,《黄泥地》与其说是对乡村文明进行批判的作品,不如说是对于二十世纪八九十年代的乡村生态的一曲挽歌抑或是“为乡村历史保存一个肉身”的写作。面对乡村之变,面对“黄泥地”的归去来,刘庆邦在沉淀经验之后将会开启新的或许是更精彩的文学书写。

第九章
“他者”消逝后的心灵风景
——评刘庆邦的长篇新作《黑白男女》

《黑白男女》是刘庆邦的长篇小说新作，题材是关于矿难后遇难者家属的生活状态的。这一题材是煤矿工人出身的刘庆邦十分熟悉并且多次书写过的题材，因而《黑白男女》的创作是十分顺利的，艺术质地自然也属上乘。和刘庆邦以往的煤矿书写不同的是，《黑白男女》聚焦于遇难者家属的“后矿难”的生活，而且这种生活中缺乏了作为克服对象的“他者”力量。书写对象的特点使得刘庆邦所擅长的曲尽其妙的心理描写彰显了难言的艺术魅力，而小说由此所呈现的心灵的风景则值得慢慢欣赏、细细品味。

一、生活重建中人的“自性”

在20世纪90年代以来的文化场域中，煤矿的文化存在很多时候是以矿难为符号标记的。矿难所造成的大面积死亡冲击着日益被幸福感所包围的国人的存在感，成为喧嚣的盛世繁华幻觉中的刺破性力量。矿难也因此成为媒体报道以及报告文学等类新闻性写作关注的重点。因为文体功能所限，这些写作多半注重挖掘矿难的新闻性价值，救援、追责或拷问体制等成为这些写作的诉求——这自然无可厚非，但其有意无意地遮蔽也是明显的，比如《黑白男女》所关注的遇难矿工的家属对灾难的承受问题。《黑白男女》之前，刘庆邦写过一篇两万多字的报告文学《生命悲悯》，写的是遇难矿工的家属，关注的就是矿难所带来的生存状态的变化，也取得了良好的反响。《黑白男女》是刘庆邦在掌握更丰富的材料的基础上所创作的《生命悲悯》的升级版。对于自己矿难题材创作的指向，刘庆邦有清醒的认识："那时煤矿出了事故老算经济账，比如说经济损失了多少？我说，人的生命这么宝贵，怎么能换算成经济损失？其实就没算过人的生命账，没算过人的精神和心理上的账。"①算"人的生命账、精神和心理上的账"是《黑白男女》的创作旨趣，也铸就了小说的人文品格。

"人的生命账、精神和心理上的账"是怎样一种算法呢？它自然不同于经济损失的汇总式的最终成为一个冰冷的抽象

① 田超：《刘庆邦：每个人都会面对生离死别》，《京华时报》2015 年 9 月 3 日。

的数字的算法，而是分散开来，一个一个生命具体地算，在生活中展开地算，无法概括、无法抽象。正所谓“幸福的家庭都是相似的，不幸的家庭各有各的不幸”，对于矿难的承受，每个家庭、每一个人都会有不同的遭逢，尽管导致不幸的根源是相同的。《黑白男女》中，作者重点写了三个不同的家庭：老矿工周天杰的儿子矿难中丧生，他强忍悲痛，向母亲和孙子隐瞒消息，他努力地维系原有的生活局面，他为了不让儿媳郑宝兰改嫁，千方百计地讨好儿媳；卫君梅则决心守寡，一人把儿女带大，但她一方面遭受丈夫弟弟和弟媳的欺凌驱赶，一方面还要避免不怀好意的男人的骚扰，面对综合条件较好的青年矿工蒋志方的追求，又畏惧人言和世俗的压力，不敢贸然答应；秦风玲不愿意守寡嫁给了矿工尤四品，但境遇的改善也并不理想，他既担忧尤四品好赌的陋习，又为儿子陶小强的叛逆和暴戾而伤心，尤四品和陶小强之间的潜在冲突也意味着这个新组建的家庭的脆弱。这三个家庭是具有典型性的。三个家庭之外，小说还写了蒋妈妈、王俊鸟、杨书琴以及郑宝兰的娘家一家人，他们都是矿难的承受者。从小说对他们生活的呈现中，我们不难看到矿难对于正常生活的残酷地撕裂性破坏。

坍塌的生活无论如何都是要重建的。小说书写的卫君梅、周天杰等人对于灾难的承受实际上也是他们重建生活的过程。卫君梅无疑是作者所欣赏并倾心塑造的人物。她柔韧中不乏果决，明理晓义、落落大方，在处理与蒋志方、蒋妈妈、郑宝兰、秦风玲及弟媳的关系中都显现了生命的尊严和风采。她的所作所为体现了“压力下的风度”。她爱自己的丈夫陈龙民，怀着顽强的心劲儿把日子往好里过，对于突如其来的灾难，她悲痛过后就毅然投入生活的重建中，一个人承担起建设幸福生活的使命。卫君梅形象最动人的就是她的自尊、自爱、自强，小说在专章写卫君梅时就用了“挖掘自己的力量”作为标题。“挖掘自己的力量”是卫君梅基本的生存信念，正如小说中卫君梅自己在内心意识中对于蒋志方所说的那样：“我跟你说过了，我不需要你帮，也不需要别的任何男人帮我。我就是要试一试，靠我自己的力量，能不能继续活下去，能不能把两个孩子养大。”①这种生存精神令人想起中华文化中的“自性”观念。所谓“自性”，本是佛家的一个概念，“是自己作、自己成、自己有的意思，是不从缘起的（独立的）、不变化的（永恒的），因而也是绝对的实有本性”②。在近代以来的文化变局中，章太炎、鲁迅等人曾借用“自性”观念进行文化抵抗和文化重建，并对西方现代资产阶级文明进行反思，他们所注重的即是“自性”所强调的“独立生成、实在不变”的事物的原初的、恒

---

① 刘庆邦：《黑白男女》，上海文艺出版社，2015，第41页。

② 方立天：《佛教哲学》，中国人民大学出版社，1986，第176页。

常的状态。[1] 文化重建中需要直抵本心、直面本原，摆脱对次生的繁复缠绕的意义的依傍，生活的重建也需要讲求“自性”，从自我本体的生命实在出发，“自己作、自己成、自己有”，既不依傍固有的意义，也不依傍外力的协助，毅然地不假思索地奔赴存在之途。小说中，卫君梅的生存态度是认真的、严肃的，这种态度中尽管也包含对丈夫的承诺、对儿女的责任或者对美好现世生活的认同，但从根本上而言是基于没有外在附加意义的生存本身。因而，她活着既不想当周天杰所谓的楷模，靠荣誉感活下去；也不想借助别人的力量从而卸下存在的重担，寄生式地活下去。她要挖掘自己的力量，在内心里一空依傍地活下去。周天杰进行生活重建的方式就是绞尽脑汁防止儿媳改嫁，这一方式注定是艰难的，为此周天杰真是竭尽了自己的智慧和心血，他虽然也谋求工会的帮助，但更多地求诸自身。小说中所描写的周天杰的一面讨好儿媳、一面瞒过老母亲和逐渐长大的孙子、一面又要说服妻子配合自己的具体行为细节，不仅可怜可叹，而且从一个丧子的日益衰老者的生命状态来看，又不能不说是可歌可泣的。这也是生命之自性的显现。秦风玲以及褚国芳、杨书琴等遗属的生活境遇或如意

① 孟庆澍《“自性”与“中迷”：理解青年鲁迅的两个关键词》，《鲁迅研究月刊》2005 年第 9 期。

或不如意，也都从正面或侧面显现了“自性”在生活重建中的根本性作用。

二、原有的“他者”消逝之后

在当代文学中，书写人的去除所有意义附着的生存状态的作品，令人印象深刻的大概是余华的《活着》。《活着》中的福贵，面对纷至沓来的灾难以及灾难中亲人的一个个离去，逐渐达到了存在主义式的释然，他的生存只是基于活着本身，或者说也是遵循“自性”。存在主义揭示了人的被孤独抛掷于世的原初境遇，强调存在先于意义，也先于情感，在令人无限悲凉之余反而激发人本原性的生存欲求。所谓“置之死地而后生”，所谓萨特式的“存在主义是一种人道主义”，大致和佛家的“自性”有着异曲同工的意义含蕴。

和余华《活着》中对于苦难的集中式、极端化的寓言性书写不同，《黑白男女》对于灾难的书写是充分现实化的，人物所承受的苦难也并不呈现为堆砌式的。和《活着》书写的简洁冷静不同，《黑白男女》的书写是繁复细腻的，也充溢着对人物形象的温情。但这些并不影响《黑白男女》对于人物“自性”的呈现。余华的《活着》虽然删繁就简地描写一个个苦难，而且最终冲淡社会历史的痕迹，但其所呈现的苦难却不可避免地带有历史讽喻色彩，福贵的身上也寓言化地交集着深陷于政治波动中的20世纪中国人的苦难。福贵的“自性”也因此获得一种对抗历史政治的意义，或者说个体难以左右甚至难以逃逸的历史政治成为“自性”的他者。而在《黑白男女》中，“自性”的他者是消逝了的。这种状况其实也契合“自性”的本义，“自性”原无他者可言，是“不从缘起”的。矿难虽然是造成卫君梅、周天杰等人不幸的根源，但很难说是“自性”的他者，也很难说是“自性”要不断克服的对象——卫君梅们不大可能再承受另一次矿难，这和福贵显然不同。

矿难不是“他者”，卫君梅们的“自性”似乎也找不到另外的他者，如此方才有真正的“自性”显现。不但“自性”没有他者，生活重建的过程中也没有他者。卫君梅当然有敌对者，丈夫的弟弟、弟媳，还有不愿看到蒋志方追求卫君梅的好人蒋妈妈，但这不足以事实上也没有成为卫君梅所努力克服的东西，也不可能从根本上制约卫君梅的生活。周天杰也一样，没有根本上的需要克服的东西。“他者”的消逝成为《黑白男女》在内容架构上最为突出的特色。在刘庆邦之前的煤矿书写中，对立性的冲突成为小说结构的基础和情节张力的来源。这些冲突有的是黑煤矿主和矿工之间的构陷争斗，比如《神木》；有的是底层矿工对体制阶层壁垒的抗争和突破，比如《红煤》；有的是矿工之间爱恨情仇的发展和决断，比如《走窑汉》。到了

《黑白男女》这里，原有的冲突弥散了。煤矿的形象既不是狠毒的利益榨取者，也不是森严壁垒的设置者，在矿难中煤矿和遇难者家属一样是受害者，矿难后也是生活重建的携手者。尤其是代表煤矿管理层介入生活重建的工会及相关部门，是颇有人情味的，也确实为遇难者家属提供了许多有力的帮助。显然，获得正面形象的煤矿管理层不是卫君梅们生活重建的“他者”。卫君梅与蒋志方、蒋妈妈、丈夫弟弟弟媳的关系中，周天杰与妻子、儿媳、孙子的关系中，包括秦风玲与尤四品、儿子陶小强的关系中，都有并将继续发生一些波折，但这些波折都是日常化的，是岁月人生的常态，和《走窑汉》中你死我活、爱恨情仇的冲突不可同日而语。小说对这些关系的描写虽然细致入微，但到最后也没有给这些关系一个收束和完结，而是赋予其开放性的形态，也是将这些关系视为如流水般永无止息的寻常岁月之自然状态。因而，人物关系中的波折也不是生活重建的“他者”。“他者”的消逝之时也正是“自性”完全显现之时。

文本建构中原有“他者”的消逝是一个值得注意的文化征候。这大概和新世纪以来中国的发展态势相关。经济的高增长、民生水平的提升、社会综合体制的完善，使得国人的生存境遇得到极大的改善。旧有的尤其是横贯于20世纪的政治变动、阶级斗争等结构性冲突渐趋消隐，使得生存的问题越来越个人化。而且在全球范围内，这种趋势似乎正在急剧发展和蔓延。乐观的同时也是饱受争议的美籍日裔社会学家福山已经宣称历史的终结，他认为自由民主制度是全人类所找到的最理想的不可能再向前发展的制度，历史也因此终结。而在历史终结阶段出场的人被福山界定为“最后之人”。所谓“最后之人”，福山阐释道：“自由民主国家最典型的公民是‘最后之人’，一种由现代自由主义缔造者塑造的人。他把自己的优越感无偿献给舒适的自我保存。自由民主制造了由一种欲望和理性组合而成但却没有抱负的人，这种人经过对长远利益的算计，很巧妙地以一种新的方法满足了一大堆眼前的小小需要。‘最后之人’没有任何获得比他人更伟大的认可的欲望，因此就没有杰出感和成就感。由于完全沉湎于他的幸福而对不能超越这些愿望不会感到任何羞愧，所以‘最后之人’已经不再是人类了。”①《黑白男女》中的卫君梅们等诸多男女，当然不是沉湎于幸福的“不再是人类”的“最后之人”，但从整体的生命精神来看，确实不再是于大历史中纵横激荡的人，确实和“没有任何获得比他人更伟大的认可的欲望”“没有杰出感和成就感”的“没有抱负的人”较为相似。卫君梅们对于生活的认真和努力，不是追求成为超越凡俗的英雄的，也不想

① 福山：《历史的终结及最后之人》，黄胜强、许铭原译，中国社会科学出版社，2003，第13页。

与固有的体制和观念抗争，只是在没有他者的境况下对于自我的完成。随着社会的发展，卫君梅式的生存气质将会成为我们生活的主导气质，“他者”的消逝也不仅仅存在于刘庆邦的《黑白男女》中，而是会弥漫于反映当下生活的文学书写中。

三、心灵的风景及其文化意义

心理描写的细致入微，是刘庆邦小说的一大特色。在这部“他者”消逝、情节淡化的小说中，刘庆邦心理描写的特长得到了最大程度的发挥，小说中的每个人物也都以其心理形象而跃然纸上。刘庆邦自承心理书写的师法对象是沈从文，尤其是沈从文“贴着人物写”的经验之谈，成为刘庆邦写作的不二法门。应该说，刘庆邦对沈从文的师法是成功的，是可以被视为沈从文的传人的。批评家张新颖在其获得鲁迅文学奖的名文《中国当代文学中沈从文传统的回响——《活着》《秦腔》《天香》和这个传统的不同部分的对话》中，分别谈了余华的《活着》、贾平凹的《秦腔》、王安忆的《天香》与沈从文传统中不同部分的对话。对于余华的《活着》，张新颖解释说：“在坦然承受命运的生存中，福贵和湘西的愚夫愚妇一样显示出了力量和尊严，因为承担即是力量，承担即是尊严。正是这样的与命运之间的关系，才让我们感受到了温暖——那种动荡里的、苦难里的温暖，那种平凡里的、人伦里的温暖，最终都融合成为文学的温暖。”①这种温暖，和《黑白男女》的男女们由“自性”而出的温暖是相通的。不过，刘庆邦对温暖的书写和传达不像沈从文和余华那般内敛，而是洋溢着情感的光焰。他掩饰不住对笔下人物的爱憎，也不吝于表达对人性的信心。因而，刘庆邦的《黑白男女》以及之前的小说，虽然也因长于心理描写而带有抒情风味，但和沈从文小说不一样的是，其情感色调是散发着暖意和光亮的而非哀伤沉郁的，其情感的质地也是饱满的、结实的而非散漫缥缈的。

和沈从文小说典型的静态的、虚化的心灵书写也有所不同，《黑白男女》中所呈现的诸多男女的心灵状况是动态的，内蕴着行动的力，有的人物内心还相当激烈，比如秦风玲心灵的悲苦、恣肆和烦扰，就令人想起路翎名作《饥饿的郭素娥》中的“郭素娥”形象。动态的心灵、纠葛中的心灵构成了一幅幅心灵的风景图，这图也是动态的。正是心灵的动态展开生成了小说的张力，也启动并支持着情节的发展。卫君梅要生活，就要面对被帮助、被骚扰或是被驱赶，她有一条好走的路，即认可蒋志方的追求，却又面对世俗的质疑以及无法超脱世俗的好人蒋妈妈的不情愿的内心。周天杰顽强地维系现状，不愿

① 张新颖：《当代批评的文学方式》，广东人民出版社，2014，第178页。

看到儿媳改嫁，但儿媳的改嫁似乎是早晚之事。改嫁的秦风玲则要面对儿子陶小强和新丈夫尤四品的潜在对峙以及双双逃离的尴尬局面。问题接踵而来，虽然不能说环环相扣，却也使得内心的波折难以止息。小说对此种种内心的风景的描摹是到位传神的，不仅贴着每一个人物写，而且还别出心裁地运用了隐喻的方式。小说第十五章“黄鼠狼把公鸡的脖子咬断了”写得意味深长，这一章的主体讲的是雪夜里黄鼠狼侵害周天杰饲养的鸡的事，虽然叙述得有声有色，但似乎游离于小说主体情节。但作为隐喻看，则耐人寻味。周天杰可以视为保护母鸡的公鸡，公鸡被咬断了脖子，周天杰也得了食道癌。周天杰处心积虑、严防死守地保护鸡窝，还是被黄鼠狼钻了空子，那么他顽强维系的儿媳不改嫁、母亲孙儿不知情的现实会不会终有一天出现破绽呢？

心灵的纠葛或者说心灵的潜在冲突靠什么来纾解呢？刘庆邦在小说中也隐隐地做出了回答。那就是对话和沟通。小说第十六章标题就叫作“蒋妈妈和卫君梅谈话”。这个谈话是两个善良的人都感到需要的一次谈话，也可以视为一次交锋，但是这交锋太过于温软了，两个人都没有说服对方的欲望，反而是站在对方的立场上表白自己。这场谈话是让彼此都感到欣慰的，尽管它没有解决问题，这缘于对话者相互的尊重和理解——蒋妈妈尊重卫君梅的人格，卫君梅理解蒋妈妈作为一个妈妈的心理。所以,尽管这场对话从实效上说是无价值的,但对话的成功决定了事情的走向无论导向哪里都不可能造成伤害性的后果。周天杰和儿媳郑宝兰之间没有进行直接对话,这可能缘于身份障碍,但最后周天杰的想通(即放郑宝兰去工作)以及郑宝兰心境的改善(她对公爹一直以来的心思当然有所体会)等实际行为已表明沟通效果的良好。小说写了秦风玲和尤四品初见时沟通尤其是卫君梅代为做出的关于安全生产的强调性表白,无疑也是一次有力量的沟通。而秦风玲与儿子陶小强、陶小强与尤四品的不沟通则严重影响了家庭的和谐,也造成了问题少年,这可能也不是秦风玲家庭所面临的问题。郑宝兰的嫂子褚国芳和郑宝兰父母的不沟通以至相互嫉恨则造成了家庭的残破。沟通效果的良好达成在于相互的尊重,既包括利益的尊重,也包括情感及人格的尊重。刘庆邦的《黑白男女》描绘了这一对话沟通的心灵风景,这是新的风景,也是"他者"消逝之后个体之间消弭纠葛的良好的社会心理愿景,对于日下戾气渐盛的世风当有补救之益。小说体现的这种对沟通的重视令人想起当代德国著名哲学家哈贝马斯的交往行为理论及话语伦理学,即:"强调以语言为核心的交往活动及其三大有效性要求(真实性、正确性、真诚性)在社会规范建立过程中所起的重要作用,将生活世界合理结构的整复定位于交往理性的重建,并将此提升到'话语伦理学'

的高度，视其为社会伦理的根本原则，主张以此来约束人的行为、人与人的关系乃至整个社会实践，使人际关系和社会交往中，权力和暴力的使用成为非法，从而建立一种‘无统治’的社会秩序。”①哈贝马斯的交往行为理论及话语伦理学虽然被福柯、布尔迪厄讥讽为“交往的乌托邦”，但事实上，本着真实性、正确性、真诚性原则进行的对话、交往，确实产生了优美的人性风景。刘庆邦的《黑白男女》或可作一证明。

刘庆邦在创作谈《〈黑白男女〉构思意向》中说：“实际上，失去亲人是每个人都必然遇到的问题，对失去亲人后怎么办，都要做出自己的回答和选择。从这个意义上，我想超越行业，通过这部小说弘扬中华民族坚韧、顽强、吃苦、耐劳、善良、自尊、牺牲、奉献等宝贵精神。写这部书，在境界上，我对自己的要求是：大爱，大慈，大悲悯。在写作过程中，我力争做到日常化，心灵化，诗意化，哲理化。想达到的目标是：心灵画卷，人生壮歌，生命礼赞。”②应该说，刘庆邦的目标达到了。同时，这部小说也呈现出一些新的文学问题，即如前所述的，在一个旧有“他者”消逝的时代，或者说在国家走向崛起、民族逐渐振兴、民生不断改善的新世纪，我们该如何面对现实、如何思考生活进而如何组织我们的叙事。因为不再把个人的苦难归咎

① 章国锋：《哈贝马斯访谈录》，《外国文学评论》2000年第1期。

② 刘庆邦：《〈黑白男女〉构思意向》，《人民日报》2015年11月11日。

于整体性的社会历史，也因为小说对体制力量的叙述是正面化的，《黑白男女》也容易被视作为体制代言的主旋律作品，从而在嗜好悲剧、陷于“不满的文化”中的批评者看来，小说具有“主流新闻的腔调”，“叙事牢牢地限定在政治安全的边界之内”①。这种批评虽然有误读的嫌疑，但毕竟无可厚非，在某种意义上也确实是一种提醒——提醒作家警惕堕入主流意识形态的幻象。但问题又有另外一个方面，即是不是作家只有和主流话语保持距离甚或处于对立面上，才可能写出高尚的作品？当作家的理想在现实中得到实现或者所批判的现象逐渐消除时，他究竟该如何调整自己的写作姿态，是无视现实的改善和发展，还是在肯定确认现实的改观之后致力于发现新的问题？刘庆邦写作《黑白男女》时，想必也会有这种思虑。值得肯定的是，刘庆邦在“他者”消逝的新时代发现了个体承担的意义，进而呈现了生命自性所绘就的心灵的风景。单单就此而言，《黑白男女》也足以成为新世纪以来中国当代文学中的重要作品。

---

① 方岩《当前长篇小说的现状与可能——从一场小说家的对话谈起》，《当代作家评论》2016年第3期。方岩在这篇文章中说：“整部小说像是关于受难者家属日常生活的流水账，这或许只事关作者描述经验时的才情和技巧。”如此审美判断，显然是粗率和偏执的。方岩文章所问的“意欲何为”，也是由于其对于作家叙事缺乏“理解之同情”所致。

第十章
激活先锋的能量

——评墨白的“颍河镇”系列中篇小说

作家墨白将他的“颍河镇”系列中篇小说命名为“谋杀与终结”。这一系列小说包括《霍乱》《三兄弟》《奇死》《谋杀者》《弑父者》《终结者》和《幽灵》。七个中篇讲述了七个结实饱满、相对独立的故事，七个故事有一个相同的发生地——颍河镇，这是连接七个故事的唯一链条。以小镇作为文学故乡，作为情节和情绪的源生地，在当下的写作中并不鲜见。但“谋杀与终结”所建构的颍河镇，并不是一个格局完整、人物毕现的质实真切的小镇。在小说的书写中，颍河镇虽然有河流，有码头和仓库，有医院和光荣院，有酱菜场和药铺，但这些景观并没有呈现出一种结构性，只是作为虚化的背景参与了故事的生成。如此处理，和作者的创作抱负以及相应的小说艺术品质有关系。作者致力于精神空间的探询，实存的物质空间自然不用着意描绘，只需赋予其感觉气息即可。七个故事时间跨度六十年，在作者看来是一个轮回，“轮回”的观念是作者压在纸背的东西，这也使“谋杀与终结”迥异于惯常的史诗性写作。在小说中，也有一般小镇叙事中屡现的仇杀、阴谋、疯狂、倾轧、情欲甚至乱伦，但弥漫在文本中令人挥之不去的是对存在的复杂莫名的感觉，正是这种感觉使颍河镇如无物之阵，围困着我们的灵魂。

整体来看，“谋杀与终结”的先锋小说的气质是浓郁的。这缘于作者长期以来对于先锋写作的坚守。先锋小说异军突起于 20 世纪 80 年代中期，90 年代趋于衰落。当年的代表性作家马原、余华、格非等或者长期辍笔，或者转向“与现实和解”的常态写作。这一转向是深刻的，有着多重的意识形态背景和纷纭的文化逻辑。但先锋小说的衰落是作为一种文学思潮的衰落，先锋的气质和精神则已注入这些作家的写作，也改造了并继续改造着文坛的写作生态。在一时显得浩浩荡荡的转型潮流中，墨白以坚守先锋的姿态而显得格格不入。墨白的坚守有其刻骨铭心的生存经验作底，在创作上也表现得自立不俗、风骨凛然。这一坚守不是没有代价的，先锋小说所面临的困顿也一样会在墨白小说的创作中表现出来。比如先锋小说叙事形式在 80 年代所携带的革新能量已经耗尽，先锋小说 80 年代所崇尚的理解现实历史的方式也渐趋固化并因此而丧失解释现实的效力①,也就是说先锋小说初生时所面临的他者、所攻击的敌人已经不见踪影了,先锋小说的持续成长就成为一个尴尬的话题。在关于墨白的许多访谈中,我感到这些问题事实上对墨白的写作也构成了压迫。这使得墨白的坚守以及坚守中的写作显得艰苦卓绝,他需要克服先锋意义的溃散,需要在新的现实文化语境中激活先锋的能量。"谋杀与终结"反映了墨白克服这种文化窘境的努力,也显示出他为先锋写作寻找新的契机的旨趣。应该说,这种努力和寻找是有成效的。

一、新历史主义的余韵

"谋杀与终结"中的《霍乱》和《三兄弟》是典型的新历史小说,那种糜烂、颓废、阴霉的南方气息是先锋小说特有的。尤其是《霍乱》,让人想起格非的先锋小说名作《迷舟》。孱弱的知识者回到颓败的故家,本想获得片刻的喘息,却被异样的气

---

① 对于先锋小说的转向,2015 年在北京师范大学召开的"通向世界性与现代性之路——纪念先锋文学三十年国际论坛"上,格非、余华、苏童等人表示:"那个时代转眼就没有了,支持你写作的那个氛围已经没有了";"那个时代的中国的文学好比一个人的血管 99%被堵住了,需要装上几个支架了,先锋文学在中国文学所起到的作用就是装了几个支架而已"。参见《北京青年报》2015 年 12 月 5 日的报道。

氛和病态的人物包围着，陷入亲戚纷争与战事阴谋相交织的危险境地而不自知，最终成为强者欲望的牺牲品。权力、阴谋、情欲既存在于微末的家族的历史中也存在于略显宏大的战事中，既遥远又迫近，构成了小说内在的张力。《三兄弟》也是如此，小说中那个妖娆的女性荷花成为叙事的聚焦点，左右着三兄弟的归去来，归来的老二、老三在寻找化解疑惑的答案的过程中逐渐揭示了家庭内部的隐秘和腐恶，却最终无法改变占有财产的老大这一阴险毒辣者获胜的结果。

《霍乱》和《三兄弟》中的小说元素是相似的，作者处理这些元素时就像一个贪玩的孩子在乐此不疲地玩弄手中的魔方，翻来覆去的编码确认了胸有成竹的历史观，即历史由欲望而推动，人是欲望的囚徒并因此而挣扎，最终在历史的不可把握中陷入悲剧性的徒劳。这是新历史小说通行的史识，在其盛行的年代，对于瓦解宣扬历史确定性的宏大叙事确有摧枯拉朽的能量。《霍乱》和《三兄弟》也可以放在新历史小说的脉络中去考量。但这样的写作显然是难以为继的，因为以欲望来解释历史的史识是可以穿透一切历史过程的，这就必然造成书写的重复。事实上，很多新历史小说陷入了严重的自我复制，历史背景的更换也流于换汤不换药的俗套。如此的史识和书写到了今天则已被大众文化所转包，在一些宫廷剧及悬疑、仇杀等类型小说中被泛滥性地消费。墨白先生显然及时洞悉了先锋写作在文化场域中被裹挟、被污名化的境遇。他把先锋的注意力投入到普通人日常生存情境的荒谬性发现上。于是有了“谋杀与终结”中的《奇死》和《谋杀者》。

二、生存情境荒谬性的勘探

与《霍乱》《三兄弟》相比,《奇死》和《谋杀者》的现实气息明显浓郁一些,这里的现实更多指的是实存、实在方面的意义。《霍乱》《三兄弟》中的历史时空也是现实之一种,但稍显苦心经营的滞涩,也多多少少带有和先锋小说趣味相异的典型化特征——典型的病态人物和典型的阴郁环境。《奇死》和《谋杀者》的实在感和人物的生命体验是浑然化合的。《奇死》中的陈坤,其振兴酱菜场的生命意志,原本也积极向上,但在被利益异化的亲情的啮咬和自我情欲的沉沦中无法遏止地走向委顿。小说中,环绕着陈坤的空气是沉闷的,相应的情感也是压迫性的,混乱中的躁动、溃败中的挣扎以及由此而来的恍惚之感是陈坤生存的常态,他找不到意义感的稳定来源,也无法获得抗争的力量。小说还有一条副线是关于谭万振的复仇叙事,这一叙事为小说增添了神秘感,但综合地看,并没有为小说增强张力,相反还使得小说有堕入俗套的危险,一些旁逸斜出的细节也因此显得故弄玄虚。

《谋杀者》的故事发生在精神病院，这是现代主义文学偏爱的文学场景。故事的主人公苏警己是一个适宜做精神分析的样本形象。苏警己的童年是压抑的，母亲因偷情而被游街带给他挥之不去的羞耻感，同伴的欺凌则带给他刻骨铭心的创伤性记忆，这使得苏警己在通往成功的途中内心隐匿着一种攻击性的元素。这样一种元素在苏警己满足于现状时是被压制的，偶尔的显现也不足为患——比如凭借医生的权威和技术手段对于姜仲季的制服。一旦他内心的平衡状态被不公正地、难以理解地打破时，这种攻击性就演变为谋杀。小说中，苏警己对于白冰雪母亲的医治是有成效的，在大医院做出的建议是明智的，但遭遇的却是白冰雪对于感情的背叛。这种现实无疑是残酷的、荒诞的，令一度恢复自信的苏警己所不能接受，也唤醒了苏警己的耻感记忆，进而激起他报复攻击的冲动。小说中的另一场谋杀的真相是被悬置的，被谋杀者秋霞是一个美丽的女人，是苏警己和姜仲季共同的同学，也是共同的欲望对象。两人对秋霞的争夺从少年时代一直延续着，当苏警己同样凭借医生的权威和技术手段在争夺中获得绝对优势时，作为病人的姜仲季采取决绝的方法消解了苏警己的优势——这是小说的暗示，真相一直是被作者处理为空缺的。苏警己和姜仲季作为谋杀者，畸形的欲望和生命状态是谋杀的动力。但以欲望作为动力阐释显然是较为宽泛的、不精警的，在叔本华而言整个世界都是意志的表象。小说显然没有停留于此，小说中写到的院长、卫生局长以及拥有城市背景的俘获白冰雪的郑楠，都显示了权力以及与权力相关的东西才是真正的谋杀者，权力不仅压抑人、摧毁人，而且可以书写事实，篡改或诠释一个人的死亡——比如苏警己稍微明智些，秋霞的死就可以被处理成医疗中的正常死亡。苏警己无论生命意志如何强盛，但在权力体制中，最终也不可避免地沦落为和姜仲季一样怪诞的病人。《谋杀者》这篇小说中，可展开的东西还有一些，可能是作者感到暗示、空缺的效果更有助于凸显现实的复杂荒诞吧，小说才没有充分铺陈，留下一些存在的可能性作为小说的余味，这样的处理也自然是好的。

三、底层叙事中的“先锋性”

与《奇死》和《谋杀者》的探索向度一致，《弑父者》《终结者》和《幽灵》中的先锋锐角刺进更广博、更深层的现实。三篇小说中的现实图景是庸常的，但正因为庸常，存在的本相才表露无遗。《弑父者》的信息量极大，架构也可以扩展成长篇家族小说，但作者着意书写的显然不是那种被高度附魅化的文化形态，因而所谓家族也是底层的家庭形态，家庭的黏合没有任何的文化元素，相反家庭是一个藏污纳垢的处所，家庭生活也是暴戾恣睢的生活。家庭的起源是不洁的,过程就更加不堪。乱伦、偷情、殴斗、阴谋、灾祸构成了小说的全部细节,生活的重压以及重压下的愤恨、仇怨最终推进到弑父这一结果。值得注意的是,这些看似汇集而来甚至有堆砌感的黑暗情景并没有任何虚张,处处都有现实的苦难作底,有历史的逻辑作支撑。《弑父者》可以被视为典型的民间书写或底层书写。和文坛一度流行的民间书写相比,它没有张扬民间的那种自由欢乐的生活精神;和新世纪以来的底层书写相比,它也没有刻意申说底层苦难中所蕴含的对非公平非正义的承受以及由此而来的道德优势;它甚至也不好被阐释为鲁迅式的揭示愚昧麻木国民性的书写。这些书写都太过于知识分子化了,投注的都是知识者出于自身生活乏味或是知识学意义上的义愤因而显得一厢情愿的目光。作者与这些书写划清界限,选择直面生存景象的惨淡和生存意义的虚无,呈现了真实的民间生态和底层处境。如此的书写不能不说是独树一帜的。《终结者》讲的是颍河镇光荣院里的故事。光荣院住的都是立下战功的革命前辈,但时光的变换逐渐消解了"光荣"所依凭的意义体系,养老院仓库里并列停放的棺材象征着并催促着意义的溃散。在溃散中,养老院里的老军人都在利用残剩的价值去谋求或交换一点可怜的现实利益;掌控权力的院长以及背后的民政局局长则乐于看到这种溃散并从中攫取利益;身处底层的虾米——名字揭示了他的被损害的底层境遇——则不断地被折磨、被伤害以至于丧失梦想的权利。小说的隐喻意味是深长的，光荣院里居住的老军人曾经是为被侮辱的、被损害的底层人民利益揭竿而起的革命者，但革命成功之后似乎并没有改变什么，具体到光荣院里，虾米依然被欺凌，欺凌者中就包括这些乖张变态的曾经的革命者。小说给人的轮回之感和无意义之感是强烈的。故事的题目“终结者”则点出了小说的“寓言性”，“寓言”是本雅明所推崇的小说形式，墨白也娴于此道，这里则以颍河镇的光荣院“寓言”了曾经固有的宏大象征体系的坍塌。

象征的坍塌之时也是存在真相的裸露之时。这种裸露在《幽灵》中表现得最为彻底。在“谋杀与终结”中，《幽灵》的叙述最为素净，也最为沉实有力，削减了其他作品中过多的以至于令读者有充斥和粘贴之感的梦境、幻象和记忆，素面朝天、单刀直入，在墨白小说中和《父亲的黄昏》的气质相类似，可能是墨白最值得推重的作品。小说写的是颍河镇农村的生活，乡土的贫瘠、生存的局促是昭然的，纷至沓来的生活重压以及重压之下的心灵的积愤沉郁被作者书写得淋漓尽致。小说呈现于表面的情节感并不强，为故事注入张力的是人物心灵的强度。作者叙述的控制力很强，小说的节奏感亦把握得很好，在从容的叙述中，人物内心随着细节的呈现而逐渐积蓄力量，直到最后随着现实的爆炸而毁灭性地爆发。《幽灵》当然也有它的现实背景，比如 20 世纪 90 年代初农民负担的急剧增加，改善生活的途径日趋狭窄，以至于他们冒着生命危险和触犯法规的风险去赚钱养家。当时以及此后，此类叙述是较多的。但像墨白《幽灵》式的重压之下的心灵书写是不多见的，而写出看似平静的生活细流之下累积而成的生活触目惊心的内爆，则更加罕有其匹。这得益于作者犀利的剖析灵魂的先锋视角和营造感觉氛围的先锋艺术。作为“警世通言”来看，《幽灵》自然是有震撼力的，但显然无法道尽小说的含蕴。还是小说的题目“幽灵”一语道破，“幽灵”这一不在场的在场，这一马克思在《共产党宣言》开篇所道出的存在，深刻地影响着甚至雕刻着我们的生活。“幽灵”现身于《幽灵》中，是最后的那场爆炸。爆炸写得实在是好，写出了人物不堪围困、不堪逼压而内心涌现的与生活彻底决裂进而毁灭生活、毁灭自己的冲动。这冲动存在于每一个对生存之逼仄挤压有切身体验的人心中，只不过在小说中发生的那场爆炸更多地发生在我们的白日梦中而已。

长久以来，墨白作为一名守持先锋的作家是孤独的。这既是文坛的风向所致，也缘于他个人先锋探索的偏至。在我看来，他的一部分作品确实存在遗世独立的倾向，这显然不是先锋小说的品质所在。尤其是一些书写个人经验的作品，存在明显的伦理脱身术与美学易容术相交织的问题，一定程度上损害了先锋写作的锐气。这些都曾经被耿占春、李丹梦等批评家指出过。墨白先生理论修养深厚，也是自我阐释能力较强的作家。这是难得的优势，但有时会妨碍对自己创作的审视。在多元化的文化语境中，任何艺术处理都可以获得一套严密的解释，从而具备自足性，但也很容易陷入相对主义的虚无中。“怎么都行”是后现代主义标榜的品质，但作为一种反叛精神尚可，行诸创作，还是无法令人苟同。因而，先锋作为一种值得珍视的品质，首先在于激活自身的能量，去刺破现实，去洞穿现实，虽不同于现实主义的正面强攻，但一定要寸铁杀人、一招毙命。生活永不止息，存在博大无垠。对于思考型的创作，生活同样重要。贾平凹就直言：“生活会给我们提供丰富的细节。细节的丰腴和典型可以消除观念化带给作品的虚张，使作品柔软而鲜活。”①即便是强调作品的超越性，也不能使之与作品的现实指向对立起来，这正如美国作家赫姆林·加兰所说：“为一切时代而写作的最可靠的方法就是通过最好的形式，以最大的真诚和绝对的真实描写现在。”②在墨白的“谋杀与终结”中，“最大的真诚和绝对的真实”得到了最

---

① 贾平凹：《生活会给我们提供丰富的细节》，《当代作家评论》2006年第1期。

② 赫姆林·加兰：《破碎的偶像》，载刘保端等译，《美国作家论文学》，生活·读书·新知三联书店，1984，第84页。

大程度的体现，而“最好的形式”于先锋写作已经炉火纯青的作者而言，显然不是问题。

岁月不居。中国当代文学中先锋小说的发生已经三十年了。中国的这三十年，于文学而言是充满沧桑感的三十年。三十年之后的今天，墨白的颍河镇也一定有新的变化。变迁中的颍河镇也一定有新的故事和经验，也一定会给墨白小说创作带来新的存在发现和先锋体验。因而执着于先锋探索的墨白，也一定会重新激活先锋的能量，写出属于他自己也属于中国文学的新先锋、新新先锋的作品来。

第十一章
写出连通众生的存在感
——2015年河南作家短篇小说创作概观

一、短篇絮谈

先说些老生常谈的东西。短篇小说是个现代性的东西，这个概念以及它通行的典范的形态，来自西方。中国之所以有现代意义上的短篇小说，是晚清以来西学东渐的结果。中国当然也有短的小说，比如志怪志异、文人笔记、三言二拍之类的，但这些在现代性视域中被视为短篇故事，它的现代性转化是一个需要讨论和解决的问题。“五四”时期，从国外归来的胡适之博士给短篇小说作了一个经典的界说，即短篇小说是写生活的横截面的。这个界说，是有道理的，也符合事实。因为“短篇小说”这个词组，其定语只有一个，即“短篇”，篇幅上的短。可别忽略了这个貌不惊人的定语，很多个时期，“短篇不短”成为文坛的难题。很多小说家写着写着，收不了手，奔着中篇甚至长篇去了。短篇小说在篇幅上进行控制，就必然要求创作者讲求构思的精巧、审美的浑融，不可能由着作者在那里絮絮叨叨地叙说。所以，选择生活的横截面进行透视性写作，以小切口呈现大世界，是可行的创作路径，现代文学以来的讲求叙事性的短篇小说名篇，大体上是沿着横截面的创作方法来的。也许是合适的生活横截面不那么容易选择吧，一些作家别开生面，创立了诗化抒情的短篇小说一脉，典型的是沈从文、废名以至汪曾祺等京派的路子。诗化抒情范式的短篇小说，往往树立一个作者钟爱的人物作为抒情主人公，借以表达对于这个世界的观感，叙事则可以随着人物心绪来相对自由地收放，它放松了构思的严谨细密，却苛求诗意氛围的完美营造。当然，短篇小说的叙事一脉和抒情一脉并非双水分流、双峰对峙。在很多小说中，叙事的因子和抒情的因子是可以调剂融合的。叙事性强和抒情性强则是大体而言。尽管如此，短篇小说分为叙事和抒情二脉，在今天仍然是具有涵盖力和解释力的。也是由于篇幅的要求，短篇小说对叙述破绽的容忍度也是最小的，它不像长篇那样可以凭借气势、故事性来遮掩和弥补。可能也是这个原因，很多作者往往一出手就是长篇，长篇容易藏拙，也容易给人以分量厚重的印象。

但实际上,文坛每年盛产千部长篇,值得讨论和细读的往往不过二十部。短篇小说看似容易操作,其实最容易泄露功力和段位。文坛上有“长篇小说是体力活,短篇小说是手艺活”之说,这话对于优秀的长篇小说有些不公,但也揭示了短篇小说的技艺要求。因而,一个有抱负的作家要想在文坛上站稳脚跟,恐怕必须在短篇小说上有所表现。

短篇小说技术难度高,它的产出量却也一直维持在一个高水平上。一方面是文学期刊版面有限,适宜于短篇发表;一方面是短篇小说已经形成了写作的传统,当下似乎找不到断绝的缘由。但我觉得这些原因都是第二位的。第一位的原因是,我们本心内在地具有把握现实、解释现实、适应现实的需要,这种需要中极其幽微的一部分,必须由文学,由短篇小说来承担。20 世纪五六十年代,也就是新中国成立之初,茅盾等权威批评家大力提倡短篇小说,最大的理由是,短篇小说可以迅速地反映变动中的生活,反映新中国日新月异的建设成就,当时的批评家称短篇小说为“轻骑兵”“侦察兵”,强调的即其及时呈现生活的能力。对于六十年前的宏大叙述,我们今天似乎感到迂阔,但文坛观看短篇小说的眼光及其背后的事理逻辑,似乎没有改变。不要说“深入生活、扎根人民”这些体制导向,即便是我们每个分子化的个体,也存在着被时代抛弃的惶恐以及了解时代、确认存在感的需要。当下的短篇写作,就其生态定位来说,或许就是及时表达存在感的“社会象征行为”吧。

二、细微处的发现与努力

短篇小说写作的技艺性、难度和迫切性已如上述。令人欣慰的是,河南的新进作家在短篇小说的创作上也表现不俗。收集在这个选本中的篇子,呈现了一年来中原作家群新力量对于现实的捕捉,对于人性的发现,对于存在的省思。

李清源的《守夜》写的是基层警察的故事。基层警察所连接的大多是芸芸众生,《守夜》呈现的也自然是百姓人家的生存样态。作者的构思不能不令人叹服:弱势者任泉为了反抗欺凌,谎称身患艾滋病对强势者进行报复,凭借人们包括敌对者对艾滋病的恐惧取得完胜。末了又通过住过牢房的象征资本来维持长久的安全感。生活的悖谬就这样展开了,其中的真实性又毋庸置疑。但这不是小说的主线,主线是那个叫作余越的从警官大学毕业的副所长的故事,这个踌躇满志的青年警察在处理这一案件时开始对生存的复杂性有更深刻的体认,也开始把没有警号、整日里似乎冷漠世故的老警察贾城视为成长中的他者。余越被艾滋病人咬伤的焦虑愤恨、贾城的尴尬心酸以及二人关系的微妙调整,都被写得十分到位。《守夜》中的故事从时间上来说，不过两天，作者却穿插进不少的人与事，而且人物性格凸显，事件场景真切，相互的交织则有条不紊。从整体上看，小说有些应制之作的嫌疑，有些理解警察甚或赞美警察的意思，难得的是应制之作也写得这样精彩。也可能是因为应制而作吧，小说似乎写得稍显拘谨。在我看来，小说还可以放得开些，把那些酸楚的、无奈的东西写得更有力些。墨柳的《糖》关注的也是底层的困顿，小说的抒情性很强，破败的乡村、离散的家庭、孤独的老人、恣睢的男子、无助的孩童杂糅在一起，“悲凉之雾、遍披华林”。小说以“糖”作为连接叙述的意象，隐喻性是有的，但“糖”的叙述功能并没有发挥，整个小说的叙述虽然场景感较强，但缺乏节奏感，叙述的推进似乎也不讲章法。作者设置了不少的人物和细节，但缺乏经营这种多头绪小说所应有的打磨的耐心和匠心。尚伟民的《苣荬菜》讲的是农村留守妇女和儿童的故事，和墨柳的《糖》有些相似。所不同的是，《苣荬菜》设置了一个亡故的儿童作为全能的叙述人，打通了“俺爹”“俺娘”的生活间隔，应该说是有效的。小说聚焦的实际上是农民工和留守妇女的性需要问题，虽然采取了对照式的书写，但重心无疑是偏重留守妇女。对留守妇女的情欲状态的审视，小说没有提供比流俗文化更具关怀的认识和悲悯，这是小说品质的要害所在。也就是说，作者对写这样的题材究竟想表达什么没有从更深的层次上想明白、想透彻。还有一点必须要说的是，作者设置一个“孩童”作为叙述人，让其绘声绘色地讲述“俺娘”最终逾出轨道的情欲纠葛，从叙述伦理上来说是一个瑕疵。关键是，“孩童”作为叙述人是否必要，是不是给这个小说增添了新质。在我看来，不是的，就这个故事而言，用常规的叙述手法进行书写，可能会抵达得更深更远。事实上，求新求变早已不是中国文学的主潮，叙事形式的花样翻新如果落实不到存在经验的丰富传达、幽微情感的真切呈现，是没有任何先锋意义可言的，只能是真正“虚伪的形式”。傅爱毛的《非常病人》和它所处理的题材一样，稍显另类。小说的叙述人申说论辩的欲望太过强烈，以至于盖过叙述本身。虽然小说揭示的存在之虚无让人混混沌沌中有寒意凛冽之感，但这样的内容直接写成散文可能会更好。富有意趣的是小说对文学本身的质疑和解构。这种质疑在牛红丽的《绿萝先生》中也可以见到。《绿萝先生》也是审视病态的人的生存状态，但小说写得并不均衡，前半部分和后半部分有些不搭，主题的迁移和小说味道的变异都显得有些唐突，就像小说中追求完美的女人和瘫痪的丈夫的组合一样。可以感到，作者的叙述是有野心的，但和野心匹配的构思、构思背后的存在沉思一定要有。张艳庭的《遇》有些别致，有点像“分成两半的子爵”，但还是单薄了些，对存在可能性的勘探也仅仅是弗洛伊德式的被压抑的恐惧的另一个自我的再现而已。那个女孩儿太幸福了，她太害怕丧失了，这种难以言传的恐惧郁积在心，释放为白日的一个幻梦。女孩儿的内心还可以丰富些，她的恐惧和担忧其实也是有缘由的，即使找不到现实中的蛛丝马迹，但天天上演出轨故事的社会现实不也是女孩心思的一个遮挡不了的背景吗？柳岸的《聋婶》和张中民的《蚂蚁》都有些诗化抒情小说的风味，后者还在结尾吟了一首诗。但相比而言，《聋婶》更好一些，伤感的意绪和着岁月的光晕，让人感慨粗粝生活中人性的斑驳支离，但细想一下，这也不过是浮生遭际中的人性之常。《蚂蚁》写生活困窘中人性尊严的丧失及无奈，也是较为深刻的。两篇小说的弊病都在于叙述人过于强大，从头到尾叙述人垄断了一切细节，没有给人物以自我展现的机会，场景的完整性也受到了损害。

三、技艺的能量

丁晨的《婚宴》采用的是典型的横截面的写法，一个场景有效地调动了相关的时间和空间。和前夫一起参加儿子婚宴的白秋芳面对旧人，坚强而又机智地展现生命的风姿。对于脑海中连绵而来的旧事，白秋芳百感交集，对儿媳说的“既然在一起了，就好好过”一语无疑是其人生体悟的浓缩，虽然平淡却让人唏嘘不已。《婚宴》选取的场景是平常的，主题也显得不那么精警，读后却让人回味再三，由此也可见出，好故事并不都是惊天动地的，家常情愫也一样沁人心脾。值得赞赏的是作者“贴着人物写”的语调，叙述人隐藏得很深，却不动声色地把特定场合一个女人、一个母亲的心机、心思、心灵表现得淋漓尽致。赵瑜的《谈书法》写的也是一个女人的故事，具体说是一个女人和真心恋人“只差一层窗户纸捅破”的情感状态。女孩儿李宛若和书法家于是之互相心仪，也具备结合的条件以及伦理道义上的合法性，岁月间隔后的几番接触同时也是各自在别处增添了情感经验之后两情相悦的程度逐渐加深，但最终抵达不了最后的境地，只能在谈书法中实现自然的情感交流。这种经验无疑是新异的存在经验，说文化束缚人性似乎大了些，说是心理障碍似乎也证据不足，“这次第”，怎一个暧昧了得。作者的叙述是娴熟的，笔下人物的心理性情是可感的，令人掩卷兴叹的是作者对那种情感氛围的恰到好处的呈现，这里面用笔的分寸感很重要，就像小说中谈论的名帖临写一样，稍一峻急便会煞风景。值得一说的是，在今天的文化场域中，上床被视为和嗑瓜子一样轻易，作者却耐着性子写“只差一层窗户纸捅破”的珍稀奢侈情感的故事，一定是别有会心的，当会刷新时下被消费文化所绑架的情爱想象。赵瑜“谈书法”，孙青瑜则谈国画，这从一个侧面反映了中原作家群文化含蕴的深厚。孙青瑜的《羊头案始末》关于国画以及美术圈的叙说很多，知识密度也相对较高，初看此篇会觉得是关于雅人深致的文化小说，但看到最后，觉得小说的思维结构是小小说式的，叙述上虽然显得千回百转，但套路不能不说是简单化了的。从小说内部来看，可以生发的叙述空间是很大的，甚至可以生发另一条线索，使之与单一情节的反转作参差的对照，映现存在之难与烦。目前的看似精巧实则老套的结构对小说的生长反而形成了一种限制、一种封锁。小说使人难以释然的是那个叫作程一品的女孩，她有理由自赏自怜，也有心机在大雅大俗之间周旋，她的焦虑需要化解，她的困顿的灵魂需要一个妥帖的安放，这应该成为叙述的内在动力。小说中也存在这种动力，但正在聚敛中的力量由于作者被另外的故事所吸引反而消散了，或者说这种力量丧失了可感的力度。赵文辉的《工作记录》也是小小说式的结构，情节也只是一个出其不意的反转，其他的细节虽然繁复，但多是黏上去的，彼此之间并没有形成张力，也没有起到更加立体化地塑造人物性格的功效。在小说的结尾部分，叙述的聚焦点发生了转移，原来的主人公不再被叙述人平视，反而成为一个被动的木偶，这也实在是败笔。作者的叙述能力无疑是较强的，小说存在的问题更多的是对这个世界的理解问题。孙瑜的《伤停补时》是篇好看的小说，叙述流畅、干脆利落。作者采撷的不过是生活中一朵浪花，处理的也是俗滥的偷情故事，但通过主人公唐晓米的心理过程所展现的人性景观则是丰饶的，小说叙写的尽管多是些微不足道的小细节，却有效地折射出存在的微妙与含混。主人公最终与生活达成和解，在随波逐流中掩藏情感的擦痕，蓬勃地绽放生命的华彩。小说所写的普通人的人性传奇不由得让人想起张爱玲，想起张爱玲《封锁》中生活“打了一个盹”的妙喻，但不同于张氏的尖冷，孙瑜讲述故事的调子是热的、暄腾腾的，尤其是小说中唐晓米忘情的独舞，显示了对于生活的沉实的信心。

张运涛的《汉奸本田一郎》讲述的是小人物在错综的历史中被嘲弄的故事。小说对日本鬼子的描述有些接近姜文的电影《鬼子进村》，对历史境遇里各色人等生存情态的叙写是具有原生态意味的。也是因为观照原生态般的人性，小说才能穿越种种固有意识形态化叙述的壁垒，呈现颇具侠义和担当精神的赵本田无处诉说的尴尬和委屈，以及其对于人性的失望和决绝。这些隐没于历史夹缝中的故事，即便被打捞出来，也依然避免不了被歪曲解读的境况。作者对此深有体会，因而一方面讲述一个兴味盎然的故事，一方面又打量这个故事不同版本的叙述者的人性指向，小说的意趣一下子丰富起来，人物的孤愤也由此置于喜剧化的情境中，让人感慨天地不仁、造化弄人才是存在的常态。《汉奸本田一郎》的发表，处于纪念抗战胜利70周年的端口，我们可以由这篇小说感受一下纪念的意味，感受一下历史的悲情和存在的荒谬。王安琪的《分一半给她》中的故事也是关涉大题材的，着眼点则是生活尊严的树立和孩子的成长。当下的小说中，主题严肃的不多见，似乎一严肃小说就无趣味了，得歪歪扭扭才行。《分一半给她》则反其道而行，也由此见出可贵来。小说的缺失在于叙述的支离，这影响了小说氛围的统一。安庆的《老聂瘦猫和我们的气象台》中的人物有的卑微有的玄虚，故事则有跳跃感，颇有随意点染之风，这样的人与事处理成诗化抒情小说最好，但作者偏偏向叙事性上靠，如此情节则显得有些涣散，整体上的结构也显得较为勉强。值得称赞的是作者讲故事的能力，语调诙谐、活色生香，让人忍不住感慨“要有一个好故事就好了”。陈宏伟的《修身格言》具有浓郁的讽喻风味，但作者的冷峭幽默以及支持这种幽默的智性似乎缺乏更宽阔的存在经验的支撑。我指的是小说中缺乏重的东西，缺乏连通更广漠人群的东西，小说虽然写得潇洒，但终究有些漂浮，少了些在地的感觉。需要高度肯定的是作者对第一人称叙述者“我”的生活状态的描画，这种不甘被庸常生活气息包围、想透透气的存在感觉真是写尽中年况味，也触及我们社会中若隐若现的百无聊赖的后现代征候。田君的《泗渡》是典型的中年书写，小说中的男人作为人生的失败者，试图寻找旧日得意时的恋人以便在旧梦重温中获得抚慰，但现实的残酷无情迫使他向现实屈服。小说对于男人心境尤其是虚弱感、失败感的传达是到位的。小说有一个不错的开头，但叙事的推进到后来有些直接、有些简单化，叙述人的介入也显得僵硬了些，应当开放更多的情景和细节让男人呈现自我。尚攀的《脚下的天台》还带有青春写作的气息，文字却是有些老到，开始带有生活的质感了。作者倾力描写的主人公李程碑是叙述人“我”生命成长的一个镜像，小说也因而有些“心象小说”的意味。小说中引述的李程碑的日记，固然起到了替代叙事的作用，也暴露了作者生活经验的不足，这些当然是青春写作普遍存在的问题，相信会随着阅历的增长而逐步得到解决。

生活永无止息，存在博大无垠。回顾 2015 年中原作家群短篇小说的创作，令人底气充沛、期待殷切。只要我们融入生活的热流，便会获得属于自我也能连通众生的存在感，也会使短篇小说的艺术得到扎扎实实的改善。末了，想起 20 世纪五六十年代批评界对于短篇小说的另外一个定位，即把短篇小说当作长篇小说的练笔。他们以为，一个作家只有短篇小说写好了，长篇小说才值得期待、值得看重。这个定位有没有道理，且不去说它，但这么多年过去，文坛还是把短篇小说视为作家取得文学信誉的关键。想想获得茅盾文学奖的佩甫先生，想想他那些结结实实的短篇，我们会说，是的，就是这样。

第十二章
信阳作家作品略论

一、陈有才的意义

——读《陈有才诗文集》

皇皇五卷本的《陈有才诗文集》是陈有才先生在文坛勤奋耕耘五十余年的丰美收获。关于陈先生的诗歌,不少研究者都写过很认真的评论文章,我读过其中一部分,并同意他们的分析和观点。并且,在他们研究的基础上,短时间内我自己提不出新颖的见解。从 2011 年 8 月开始,我介入了信阳文学界的一些活动,对信阳文学增添了一些认识。我愿意在这里谈谈陈有才先生在信阳文学中的意义这一个问题。

"文学信阳"形象的有力构建者

现在,每个城市(或地域)包括我们信阳十分注意自己的城市(或地域)形象。“魅力信阳”的提出、“十佳宜居城市”等荣誉的获得,都让我们的城市形象意识有了大幅度的提升,山水、毛尖、信阳菜等信阳地域文化名片也开始撒向更广大的空间。相比之下,“文学信阳”形象的建构走得比较缓慢。认识不足可能是其中的一个重要原因。事实上,文学尤其是有影响的文学作品对于一个地域的文化形象建构是十分重要的,也是十分有力的。文学作品具有传播的广泛性、影响的持久性和内涵的丰富性等特点,它也很容易转化为旅游资源。比如说,沈从文之于湘西,如果没有沈从文的作品,湘西凤凰古城就不会具有那么大的魅力。沈从文的作品对于湘西形象的建构功莫大焉。《沙家浜》《朝阳沟》等经典戏剧作品,对于当地的文化旅游开发的价值也是很明显的。陕西当代作家的作品中的地域形象,比如路遥笔下的陕北、陈忠实笔下的关中、贾平凹笔下的陕南,恰好完整地建构了“文学陕西”的形象,其文化价值和旅游价值的凸显是早晚的事情。

陈有才先生的诗文集,是信阳甚至是鄂豫皖交界地区文化尤其是民俗文化的一座宝库。从山山水水到花花草草,从春耕冬藏到婚丧嫁娶,从艰难时世到激荡岁月,从黎民百姓到非凡人物,豫南信阳的种种日常与传奇都可以在陈有才的诗歌中找到踪迹。在信阳文学界,热爱家乡的人实在不能算少,他们创作的关于信阳的作品也同样实在不能算少,但像陈先生这样用心、这样执着而又做得极致的人却是罕见的。我在拜读《陈有才诗文集》的过程中,常常发出惊叹,惊叹陈先生的诗歌是那样的博大深沉,惊叹陈先生对旧时生活的记忆是那样的鲜活,也惊叹陈先生对豫南风物的感觉是那样的精细。值得注意的是,《陈有才诗文集》不仅有"乡土、乡音、乡情、林海、山海、星海、野山、野味、野情",也不仅有"山魈与水妖""蜕皮的蛇",更有人生历练中凝聚的沧桑岁月,以及肝胆历练中一次又一次的感觉再生。举凡信阳事件、固始县委书记王正刚事件、农民工劳务输出等豫南大地这片厚土家园中所遭遇的耐人寻味的历史变迁,都在《陈有才诗文集》中有所书写和录存。从这个意义上说,《陈有才诗文集》既是不折不扣的豫南风土志,又是一部个人化的信阳现代史。谁如果想全面深入地了解信阳,那就去读读《陈有才诗文集》,一定会如愿以偿的。

令人惋惜的是,陈有才先生的诗歌之于"文学信阳"形象建构的意义至今未能被完全认知。比如,《鸡公山歌》对于鸡公山文化内涵的挖掘和升华应该说是其他关于鸡公山的出版物所无法企及的,但我似乎没有看到《鸡公山歌》的传诵以及媒体深加工。文学之于地域形象的意义,从根本上来说是附魅的过程。"山不在高,有仙则名",一些名山大川,其所以得名,不在于其自然状态的雄奇秀丽,而在于其历史变迁中所负载的文化内涵，一些名人去过，一些历史事件发生过，就是这些一次次的文化附魅，使得其知名度和美誉度牢固地树立起来。现代作家刘大白先生面对西湖的盛名，颇有些不平地作诗说："故乡多少佳山水，不似西湖浪得名。"这的确是无奈的事情，不过也让人感到文化的力量。西湖之所以成为胜景，不就是无数文人墨客进行形象建构的结果吗？我觉得信阳的一些山山水水，之所以平淡，文化附魅的缺乏大概也是其中的原因。而《陈有才诗文集》，在这个问题上，显示了其非同寻常的意义。

"诗坛常青树"之于诗界的启示

陈有才先生作为一名诗人为人所知，是在20世纪60年代。那时诗坛的情形是民歌体一统天下，在这种环境中成长起来并且崭露头角的诗人，不可能不是民歌体诗人。陈先生在那时勤奋创作，逐渐引起全国诗界的注意，并光荣地参加1965年全国青年业余文学创作积极分子大会，这在信阳是具有历史性意义的。在这一阶段的创作中，陈有才先生和当时许多诗人一样，不可避免地写出了一些具有"赶任务"性质的诗作，但其创作的真诚性是不容置疑的。应该说，陈先生在当时民歌体诗歌的创作中是得心应手的，父辈的熏陶、少时的积淀和学校的学习所得，开始在诗歌创作中喷薄而出，幻化为清新烂漫的诗歌之花。今天看来，那时的诗歌连同陈先生的诗歌在内，有这样那样的不足，但其率真明朗的情感质地、单纯朴素的诗歌追求令人心向往之，尤其是在今日诗界，堪称空谷足音，是弥足珍贵的。

历史变换之后的80年代，民歌体及其诗人在诗坛开始变得落寞。80年代以来的诗坛，开始接续五四新诗的现代性探求，而把“十七年”时期的新诗视为反现代性的谬种。在一浪高过一浪的“pass”声中，新诗变本加厉地走向了精英化的道路。从朦胧诗、先锋诗到后新潮诗，再到知识分子写作，新诗在西方诗歌潮流的影响下不断升级自己的现代品质。与此同时，新诗也远离大众，成为一种典型的孤芳自赏的精英文化类型。我曾在一篇文章中说过：“新诗是现代性十分典型的产儿，从胡适开始，创新、尝试成为其内在的精神传统，新诗界一直有一个信念，就是新诗是不断求新的，是崇尚超越的，因而一直有‘pass’的冲动和声响。但我们今天开始反思现代性了，我们就会发现，新的就一定好吗？后来的就一定比先前的好吗？陈有才的诗就一定会被后来者超越吗？价值就一定会随着历史烟尘远去吗？不一定的。这让我想起艾略特的著名论文《传统与个人才能》，这篇文章强调，传统不是一个提供超越的平台，它是一个标准，一个品质，后来者不是对它的超越，而是一个贴近和丰富的过程，就像体育运动，经典对于后来者来说只是一个达标的问题，而不是一个超越、刷新纪录的问题，不是竞技，而是达标。所以，已经由历史、由时间确认的关于好诗(不仅仅是古典诗词)的常识应该说是有效的。”从“好诗”的角度来看，我们不难发现陈有才诗歌历久弥新的意义。翻阅《陈有才诗文集》，我们很自然地会感到其诗心的跳动和诗美的绽放，这种感觉和我们对诗的最普遍的理解是一致的。

特别需要强调的是，《陈有才诗文集》的主体部分是写于80年代之后的诗歌。我们知道，在改革开放之后的新时期文学中，许多活跃在五六十年代文坛的作家和诗人面临着失语的问题。他们找不到自己发言的位置，找不到属于自己的话语空间，原有的一套话语形式也变得失效了，许多人为此焦虑并最终停止了创作。不知道陈有才先生是否有过这样的焦虑，但事实是他的“感觉再生”很快地实现了。陈先生不是顽固派，他的创作的基点也并不狭隘地简单地附庸在政治旗帜上。他在1965年青创会上的发言《我唱山歌党定音》，虽然有那个年代显而易见的政治色彩，但奠定了其为人民歌唱这样的创作方向，而不论时代如何变幻，人民一直是有效的命题，人民生活则依然是有效的源泉。陈先生的这个方向是淡定的、大气的。也因此，陈先生表现出了不竭的诗情。在陈先生的笔下，信阳人民生活的变动轨迹都成为陈先生的题材，我们也可以从中感受到陈先生对生活的敏感和热情。我特别感慨的是，《我是首都农民工》之类的篇子中所洋溢的那种为底层民众代言的激情，这恐怕是我们时代最可宝贵的情感了。当大多数诗人都在千方百计地寻找自己的灵感和独异体验的时候，很少有人去关注底层人民的丰富情感如何抒发的问题，很少有人去描写和记述这些真切的生活体验。陈先生在意了这些问题，并且耐心地感同身受地书写了这些情感与体验，因而其诗歌也获得了与时俱进的蓬勃的生命力。

陈先生当然也会感受到诗界的纷乱以及诗界对他的冷漠。但他不介意也不气馁，而是顽强地坚持自己的创作主张，毫不讳言“我是吃民歌长大的”。这种坚持成就了他的创作个性，也开拓了他的诗歌的生存空间。如果我们清醒地面对事实进而更新一下我们对诗界的理解的话，那么我们就会发现，诗界其实并不是一个个知名或不知名的小圈子，诗界仍然具有公共性，仍然有许多诗坛潮流之外的诗人和读者在丰富这个世界，陈有才先生的读者大多是这样的读者，无功利地表达自己的诗情，或是不平而鸣，或是引吭高歌，真正地展现了诗歌的常态。在这里，我无意对诗坛的诸多流派作出抑扬和褒贬。新潮诗歌有新潮诗歌的历史合理性和文化空间，同样民歌体也有相应的文化空间。这两种文化空间不是彼此绝缘的。我们从《陈有才诗文集》中可以看到陈先生在坚守之外对于自由体的汲取，这种汲取丰富了陈有才诗歌语言的弹性，也给其诗歌情感带来了一种回旋的品质。陈先生大概是承认这一点的，所以他说“一半民歌体，一半自由诗，这就是陈有才”。

在这里，我所为陈先生抱不平的是，现今学界的诗歌史叙述，往往把新潮诗歌一路作为新诗唯一的存在，而忽略了更为广大也更为活跃的诗歌话语空间。在这些关于新诗的叙述中，似乎除了新潮诗歌一路，其他诗歌的生长和发展是无效无前途无生命力的存在。而陈有才先生，作为一棵诗坛常青树，其意义就在于打破既有的甚至有些牢不可破的诗歌史叙述，让人们正视到，如此的写作竟也有如此旺盛的生命力，而诗歌史叙述遮蔽和压抑的东西是那样的丰厚，以至于诗歌史叙述只能沦为一种单调的叙述而已。

“老师”的意味

陈有才先生不管是私下里还是在公开场合，十分喜欢别人称他为老师。我想，这不是简单的好为人师，而是一种对于诗歌传承者使命的自觉。在陈先生迄今五十余年的文学生涯中，奖掖提携新人成为一项重要的工作。在《陈有才诗文集》中的文章部分，有很多是陈先生为后来的文学爱好者所写的序言，其中所包含的殷殷之情，是每一个阅读的人都能体会到的，而获得序言的当事者恐怕会有更深切的感受。这种来自个体的感受汇聚成了推动信阳文学繁荣和进步的力量。与此相类似的是，陈先生多年主编《报晓》，推出了许多新作品，同时也推出了许多新人。信阳文学界的很多有所成就者，第一篇作品都是在《报晓》上发表的，他们从这里开始为更广大的文学界所知。莫言先生获得了诺贝尔文学奖，在许许多多的消息报道中，我注意到这样一条，就是莫言第一篇发表的作品《春夜雨霏霏》是发表在保定市文联主办的刊物《莲池》上，我不知道这份刊物有没有刊号。但我想莫言发表第一篇作品时的兴奋，是不亚于获得诺贝尔文学奖的。而《莲池》仅仅依此就可以被历史所记忆。我们的《报晓》和《莲池》是地位、级别、功能都相似的刊物，它也会拥有和《莲池》一样的光荣。多年作为主编的陈先生，一定会体会到这个身份的庄严性，也因此，我们会对陈先生帮扶新人之勤勉而感到释然。

提到陈先生作为"老师"的意义，我们必须面临一个问题，即，许多虔诚地以师礼待陈先生的诗人，其诗作风格和路径与陈先生迥然相异，而且这种相异是伴随始终的。这和我们通常所理解的师生情形是不大一样的。难能可贵的是，陈先生是视野宽广、胸怀博大的人，他理解青年人的叛逆的激情，同时也坚持自己的写作伦理。陈先生清醒地意识到，自己的人生历练和生存体验是不可替代的，因而也会心同此理地尊重别人独异经验的表达。正是这种独立不倚的诗歌精神，成为信阳诗界共同认同进而潜在师法的对象。因此，今天的信阳诗界，虽然有"信阳诗歌方阵"的名头和影响力，但其内在的多元化及其活力是引人注目的，这也成就了信阳诗歌的品质。

陈先生作为老师，还有一个历史性的意味。那就是，陈先生对于“信阳诗歌方阵”的奠基作用是历史性的。在相当长的一段历史时期里，陈有才是信阳文学的主体存在。提到陈有才就会想到信阳诗歌，提到信阳诗歌就会提到陈有才，外界会认为信阳是个写诗出诗人的地方。而对于信阳人来说，陈有才提供了信阳人可以写好诗的自信，提供了此路可通的确证。我想这是信阳诗歌蓬勃发展的一个前提。或者换一种说法，如果陈有才老师是一个小说家，那么今天堪作信阳文学主力军的很可能是“信阳小说家方阵”。在很多地域文学中，我们不难发现此类现象，往往是本地区一个杰出的作家，他的创作的影响力要远远高于其他的杰出作家甚至水平更高的经典性作家，这种影响力连同文体形式本身会顽强持久地存在。因为外面的作家不管如何高明神奇，但总是觉得渺远；而本地作家却缩短了这种心理距离，提供了可行性的自信。比如柳青之于陕西作家的影响，尤其是柳青的经典作品《创业史》那种对历史性宏大叙事的抱负、对长篇小说文体的追求，至今依然沾溉陕西文学。再比如我们河南的李凖，在“十七年”时期以《不能走那条路》和《李双双》等一批农村题材短篇小说风靡一时，极大地影响了河南文学的结构形态，从稍后于李凖的段荃法、吉学霈、乔典运直到今天的李佩甫、刘庆邦、阎连科，都不能不说是潜在地受到了李凖的影响。这就是以特殊形式存在的“老师”的意味。陈先生大概就是这么一个特殊的“老师”。

二、寻觅差异的行旅

——陈峻峰《三炷香》评议

陈峻峰先生的新作《三炷香》出版了。这是他三年来行走与阅读的丰美的收获，也是他重启写作以来最用心最用力的一部作品，不可等闲视之。这部书的信息量很大，文化含蕴也较为绵密，思想质地也迥异于流俗。如果非要用一句简明的话来提炼这部书的品格的话，我想说这是一次在同质化时代寻觅差异的行旅，寻觅历史的差异，寻觅生命的差异，寻觅书写的差异。这寻觅见于他的山水跋涉，见于他的书卷徘徊。

来自历史文化边缘的活力

《三炷香》可以被视为一部带有试验性的文本，但就它的主体内容和给人的最大冲击而言，把它视为主题一致的系列文化散文作品是说得过去的。和我们熟知的文化散文一样，承载思绪和情韵的时空主要是历史。值得注意的是，这历史具有显著的边缘性，反映在故事上是鲜为人知，反映在地理上是偏居一隅。如此选择，并不是在信息扩张的时代，倔强地挖掘和提供新鲜的知识，而是深深有感于边缘的活力。

《三炷香》的文化叙事主要和中原人南迁历史有关。移民史在中国历史体制里一直是边缘的，这边缘不仅仅缘于移民活动本身的复杂、历史记载的错乱，更重要的恐怕还在于对于移民历史建构本身的不重视乃至有意的威压。这种威压，我们在《三炷香》的叙述中时时可以感觉到。比如被民间尊为"开漳圣王"的陈元光，在新旧《唐书》中竟然无传，这的确值得本书的作者深长思之、纵笔写之。也因此，作者笔下的山河地理，也大多不为我们所熟悉，譬如周口，譬如韶关，譬如赣州，譬如漳州、泉州。在作者笔下，我们会感叹造化的神奇，会想起刘大白那句有名的感叹："故乡多少佳山水，不似西湖浪得名。"作者的发现之眼显然不止于崇山峻岭、茂林修竹，先人行迹才是作者的关怀所在。因而，在作者的笔下，山川大地都附上了人文的光魅，都承载着中原人数次南迁途中的悲怆与欣慰、犹豫与决绝、困顿与挣扎。"怅望千秋一洒泪"，作者的泪，是对先人的同情之泪、感念之泪，更是骄傲的泪。作者的游踪所及，看到的多是先人后裔的欣欣向荣，留在内心的也多是对于生命的礼赞和敬畏。

作者寻根问祖的一路，也是手不释卷的一路。在先圣时贤所建构的文字世界中，作者更具体地感知到了生命的绚烂与悲情。他写陈州淮阳，写羲皇故都，感慨于祖宗创世的神奇、子孙繁衍的不息；他写陈元光，写陈元光的父亲、祖母、家将，感慨于筚路蓝缕的壮怀、开漳创业的艰辛；他写郑成功，写郑芝龙，写施琅，感慨于海洋时代的时变，感慨于英雄处变的抉择。如此等等，写南雄珠玑巷，写广州陈氏祠堂，写江州义门陈，写泉州洛阳桥，都写出了正史压抑下的边缘的活力。伏羲、女娲，长期被正统儒家视为“怪力乱神”，但依然发挥着解释生命原始的效力；陈元光，即便正史不载，也难以阻止其寺庙遍东南的精神伟力；郑成功等海上枭雄，虽然曾被视为乱臣贼子，至今仍时遭苛议，但其称霸海上的生命华彩终究不会褪色。这就是边缘的活力，它以生命为底色，以生存为源泉，以生活为状态，任凭你政治的力量、历史书写的力量怎样弹压，都不会因之而无声无息。在方志中，在方言中，在族谱中，在祠堂中，它都顽强地存在着、表现着。作者的书写给了它一个正面的亮相，给了它一个出声的机会，它一亮相，就耀眼夺目，它一出声，就振聋发聩。

作者对于边缘历史及其活力的发现不是偶然的。这源于作者存在的惶惑，源于作者对世界同质化的忧虑。和作者心仪的法国诗人米肖的旅行日记《厄瓜多尔》一样，《三炷香》的聚焦点在于对单一性的厌恶和抵抗。不是在于寻求所谓的并不存在的异国情调、异乡情调，而是在试图打破单一的文明成规，事实上或者说本质上是对抗马尔库塞所谓的单向度的消费社会，乃至在多元化的表象之下连同感官都被全球化市场意识形态所塑造的“单向度的人”。但和米肖绝望而又愤怒的反抗有所差异的是，陈峻峰选择了温情的路线进入，他从提示自己生命来源的姓氏出发，带着类似莫言的“我爷爷”“我奶奶”的亲切而又豪迈的期待上路，希望认祖归宗的庄严旅途能够平复自己生命确定性的焦虑。

生命确定性的焦虑

陈峻峰在《三炷香》中多处真诚流露出他对生命的关切：“我是谁？我从哪里来？我到哪里去。”毫无疑问，这是一个存在主义的命题。不少哲人追问过，绝望过，因为最后的认识只能是“存在乃是虚无”，或如鲁迅所言，“唯虚无乃是实有”。但这结论毕竟太过阴暗，以至于萨特作《存在主义是一种人道主义》为之正名，期待人们勇于自为。既然存在先于意义，意义是后天自为获得的，那么人的自知自为就是意义获得的前提，鲁迅先生也同样走向了“反抗绝望”的英勇之路。这些贤哲的姿态对于我们理解《三炷香》想必是一种有益的参照。

陈峻峰在山水与书卷之中的行旅并不全是慷慨激越，他有怀疑困惑，有嘲讽戏谑，有黯然神伤，有清冷寂寞。他行走他乡，本意是重履祖迹，却处处敏感于现实的浮躁和凛冽，男人的一烟一茶，女人的一笑一颦，都会在他的心灵和笔墨中留下痕迹。男人的豪爽和睿智，女人的体贴和敏感，除了给身处异乡的行者带来温暖，也带给他关于人性的新鲜而复杂的体认。这是不是行旅的一得，是不是生命焦虑的一点点平复呢？

但事情完全可以反过来，这些感受也完全可以称为生命焦虑的又一次证明。因为那些友善的男男女女，同样感应着生命的单调。作者从这些友人那里了解到的信息，一方面令人欢欣鼓舞，一方面又令人心生尴尬。比如所谓的恳亲大会，完全没有亲情的味道，到处散发着铜臭；比如喧嚣一时却很快被人遗忘的客家纪念堂，成为我们这个功利社会的深刻嘲讽；比如江州义门陈那重修的豪华精美却漏洞百出的家谱，不正是金钱对伦理道德的深刻解构吗？

借助于学者的研究，作者理清了陈氏渊源衍生的谱系，把握了先民南迁的大致情形，但也同时产生了强烈的疑惑：迁移的成功者多是权贵阶层，那么底层百姓的死活是何情状？广州陈氏祠堂的营建究竟是血脉深情还是经济利益、政治功利？江州义门陈的仁义传说如何辨明真假？这些追问不能不说是有力的。这词与物之间的追问显示了作者思想的犀利，当然也得益于学者的历史爬梳和描述。但我还是要褒扬作者的这份努力，特别是他对学界的自觉认知和靠近。这极大地影响了书写的文化品格。作者在理解学术的同时，自身也在自觉不自觉地学者化，叙述也获得了较为明显的学理性。我得说，这使我看到了陈峻峰写作的前景。王蒙先生多年来倡导作者学者化，但由于公共世界对于学者的隔膜，学者的研究成果长期以来并不为作家所珍视，以至于作者学者化只能成为一个遥远而迂阔的设想。其实，把学者的成果和劳作视为畏途，实为大谬。学者压在纸背的温情并不少于一般人，甚至更为深切。这种学者的温情，在《三炷香》里得到了呈现。在陈峻峰的笔下，德里达、福柯、拉康等哲人的心智睿思闪烁于字里行间，黄典诚、罗香林等学术大家的慎思明辨令人心折，陈耕、汤漳平、周宁、曾祥委等知名学者的形象跃然纸上，相关的研究成果也自然地融入了作者的表述。这是散文写作的新气象，以前恐怕非张承志、贾平凹等大家莫办，现在出现在陈峻峰的《三炷香》里，怎能不让人欣喜呢？

陈峻峰的"三炷香"分别敬献给"人祖"伏羲、陈氏先祖和"开漳圣王"陈元光。面对祖先，作者敞开了自己的内心。在缕述陈氏先人南行播迁的同时，作者讲述了自我家族的具体历史和自己的成长经历，虽然两种讲述是穿插进行的，但对接的意愿很明显。面对先人苦难中的辉煌，作者不能不骄傲振奋，尽管有些顾影自怜，尽管有些炫耀血统高贵和优越的嫌疑；面对先人辉煌中的苦难、冷漠、残酷，作者也会有深深的犹疑。终究，那种流传于陈氏血脉的类似葵花宝典式本质性的文化特征是不存在的，所谓"民性"，所谓"客家性"，等等，都不过是历史建构的产物，真正的存在本体只有历史，而历史是无本体的本体。这就又回到了存在主义的命题。人的生存意义，生命的确定性终究是在历史中建构的；一个个体总是在他者镜像中映照出自我，一个具有主体性、具有方向感、寻找差异也即新的镜像以便更新的自我。陈峻峰寻找差异的行旅也可作如是观。他在历史中穿行，在他乡访问，在日常生活中细察，在内心里搜检，核心命题是发现差异，寻找一种突破世界的单调更接近生命本质的活法。于是，窗台的缀网劳蛛、黄柏山的草木细民、霍邱的李家圩子都成了更新经验的镜像，从而被作者赋予了自己的款款深情。但作者免不了有些失落，因为这毕竟是心造的幻象，经不起现实的拆解。的确如此。但既然历史才是生命存在的本体，那么我们为什么不通过坚韧的自为来展现生命的意义呢？为什么不像我们的先贤那样通过抉择、克制、隐忍、创造来建构我们生命的确定性呢？这个话题并不大，其实连同写作本身，就是对生命意义虚无的一种抵抗，就是对生命确定性焦虑的缓解与平复。这些话不一定恰切，姑且说与峻峰先生商榷。

杂语的文体及其相关问题

前面已经提及，《三炷香》是一个试验性的文本。我指的是《三炷香》文本的开放性。把它简单视为一部文化散文作品，多少遮掩了此书的性情。墨白先生说，这部书里有“诗人的情怀”“批评家的锐利”“小说家的智慧”。这是不错的，也是可感的。就散文文体自身来说，《三炷香》含有现代抒情散文的两大传统——“闲话”和“独语”，也有杂文的因子，还有文化散文的腔调。因此,我称之为杂语的文体。但在文本所创设的杂语沟通的空间中,诗人的思维恐怕是主导性的。峻峰先生本色是诗人。本色者,主要指的是一个作家深层的创作心理结构,是个体的精神原型。《三炷香》的内容,换一个人来写,比如余秋雨,比如余秋雨不愿意认同的文体模范秦牧,肯定会写成标准的游踪加文化加感慨的文化散文,但陈峻峰不这样写,他还是不愿意把自己的注意力控制得太紧,很多时候对一些和文化主题无关的事物表示了流连,并随物赋形,任由诗人的洒脱,“止于所当止,行于所当行”,不去计较文本的起承转合、前后呼应。这种书写是自由的,不落俗套的,在某种意义上形成了对文化散文模式的解构,也打破了读者惯常的阅读期待。这大概是寻找书写差异的作者有意为之,也和他反抗单调的写作的使命一致。作者的文体试验基本是成功的,“生长化收藏”的结构设置也是极为妥当的,书中的很多章节都有一种浑融的诗意氤氲其间,让人游目骋怀、低吟遐思。

文体的试验总是带有风险性的。《三炷香》也不例外,它也带来了一些值得讨论的问题。杂语的文体成功的关键是气韵。气韵恐怕是散文的普遍要求,但对于杂语的文体则更为关键。如果没有给读者提供一个能够沉浸其中的大体一致的氛围,而是让读者跟着诗人的思维到处跳跃,眼花缭乱,则可能会造成入宝山而空手归的阅读印象。这可能也是散文写作的误区。说实在的,《三炷香》中的有些篇目就给我留下了这样的印象,虽然这些篇目较少,印象也说不上强烈。事实上,作者也意识到一些书写对于氛围的破坏,比如对于一些史料的大规模罗列性引用和穿插,作者也说:“就书写而言,真是无奈;就阅读而言,必是郁闷。”是的,特别是当一些文化知识并不精警和新奇的时候。除此之外,作者在各种文体之间的转换有时不那么从容,往往沉浸于历史的传奇而纵笔写之,到结尾才发现应该有所约束,从而只能“曲终奏雅”,在文末增加几句感慨和议论调控。这些其实就是一个气韵营造的问题。作者感受到了“书写的无奈”,这无奈的背后隐藏着哪些创作的征候呢?

我分析,大致有两个方面的原因:一是因为作者的统驭力不够,没有在史料学术文字的处理上花费足够的心思,而是用衔接、穿插这样类似制作的简单方式营构,结果成为较为触目的败笔;或者是因为作者太想敞开文体了,太想表征书写的差异了,造成在度的把握上出现偏差。言及此,我还想与作者商榷的是,作者为了更新语言的表现力,一度只读外国名家的文字,如此取径,确有不凡之理,但语言表现力的生成,除了语言本身,还有语言所在的氛围场域的影响,甚至后者是更关键的。而且,在文化殖民主义普遍存在的今天,所谓“必读”的诺贝尔文学奖获奖作家作品并不必然提供一种高度,也并不必然保证一种品质。二是因为作者的文化功能定位和读者定位出现偏差。在中国文学史上，唐传奇是杂语文体的典型，所谓“文备众体”，“可以见诗才、史笔和议论”，其实有着特殊的政治承担，因为唐传奇是进士考试前士子用来行卷的产物，是读书人想在朝廷重臣面前通过一篇文字展示自己全面才华的无奈的创造品。《三炷香》可能也有过多的文化承担，比如宣传根亲文化，比如普及根亲知识，因而读者设定也就不限于文学读者。这些当然是臆测，但就文体而言，确实有些部分写得太过丰腴了，这对于以诗性、思想性、文化性见长的文字来说，是有几分不相宜。在我看来，此书还可以薄一些，有如删繁就简的三秋老树一样，骨节毕现，气韵天成。

三、《我的城》和“我们的城”

——胡亚才诗集《我的城》读后

胡亚才的诗集《我的城》一如其名，是一部非常个人化的诗集，但其所呈现的关于城市的文化记忆和诗意沉思无疑是具有共享性的，尤其是在城市化进程浩浩荡荡而城市人焦虑感加剧的今天。因此，在我而言，阅读《我的城》，并不仅仅是一次对于雅人深致的精神探访，而且是一次难得的对于“我们的城”的人文主义省思。

城市地标与文化记忆

《我的城》的诗意书写涉及的八十余座城市，皆为作者的游踪所及，更是作者的精神行迹的见证。八十余座城，在城市建设模式化、同质化的今天，其中能够让人产生诗意体验的其实并不多，而为每一个城市都写上并非附庸造作的诗篇，实在是一件极其繁难的事情。历史的理解力、文化的感知力就成为诗歌写作的前提。无疑，胡亚才是胜任的。在《烟花三月下扬州》《提起苏州，就会想起那个女孩》《在南京》《最忆是杭州》中，带有永恒意味的古典之美宛如清茶幽香沁人心脾，而诗人对城市文化意蕴的捕捉也十分准确，我隐约地感到写作时的诗人仿佛是一位写意画家，随意点染即出灵韵，不俗不腻地画出人们心中典型的江南——中国城市美学的重要载体。如果说已有的关于这些城市的书写太多太泛，而《我的城》又不可能"语不惊人死不休"地非要写出一个令人惊艳的江南从而无法完全更新人们的文化记忆的话，那么在关于一些为人所忽视的城市的书写中，诗人丰厚的文化素养和深沉的历史感则展现得较为充分，比如《瓷声如花》《不解之缘》《风水深处》《触摸与穿透》《报酬》《龙飞之地》《向海》《示形》《咸阳，山水俱阳》等篇。在这些辉煌逝去或者隐忍沉默的城市中，诗人凭借自己的人文想象力打开了历史空间，"那些人和那些事显然不会流走/哪怕与一些事物一起/搬离原来的住所/也会被夹在岁月深处/明丽朗澈/抑或安静下来/任由心灵的触摸和穿透”。在诗人的“触摸和穿透”之后，每一个城市都焕发出自己的文化性格。《瓷声如花》写诗人对瓷都景德镇的感悟：“沿着一杯青瓷绿茗/就能走进西郊湖田的笑声与忧愁/柔情与烈火一直在古窑中热血飞扬/传说与期待一直在大有大无中跋山涉水。”《报酬》写南阳的文化姿态：“屈草自覆随江河之便/幻化成晴朗的大气、谷物、房舍、磐石般耐心/夜以继日的躬耕和走街串巷的书声/即使情节被篡改/依然保持南阳的行走与坐姿/从容携带自己的表情。”《咸阳，山水俱阳》则发现了历史的意味深长：“执着于兴盛，常忽略于凋零/而凋零往往是一段时光最有力的部分/遥远的咸阳塬上/遥远的埙声/带着眼睛与厚土的灼热/正一遍遍打量你。”

在以上的随意例举中，我们可以管窥诗人对于城市个性的传神描绘。我们也可以认识到，支撑这些个性的，是城市所携带的文化记忆。城市个性，“其异如面”，这不单是一个比喻，因为城与人本身就是一个关联体，人成就了城，城也成就了人。城市个性或者说文化记忆最终的创造者是人，那些作为一个城市文化符号的风物人情，也多半是该城市最具有智慧的人们在最适宜的时代最杰出的历史创造。俱往矣，历史的选择抑或馈赠造就了城市的差异，个性随之也生成。所以，在胡亚才的《我的城》中，诗意的来源只能是历史所造就的文化记忆。历史的丰富也造就了胡亚才才情纵横的城市书写。

我所担忧的是，在城市化进程如火如荼的现时代，这样的书写能否持续。如果时光向前推五十年，我不知道后来的诗人能不能找到感知城市差异的凭借，我担心到那时，唯一能够携带文化记忆的城市名称也将变为一个文化密码需要破译了。即令是今天，又有多少人会对城市的文化性格有所认知呢？我们所熟知的场景，可能只是一些跨国企业所营造的一模一样的繁华陷阱，城市的地标也只能是现代性迷思下"更高、更贵、更亮"的楼盘。至于标识文化差异性的城市的真正地标只能是残存的文化碎片，甚至连文化碎片也在"文物挡道"的口号下化为烟尘。那时，我们的城该是多么贫瘠！从这个意义上说，胡亚才的《我的城》是难能可贵的，同时又是难以为继的。《我的城》有可能成为新的文明的碎片。

意到笔随的现代性忧思

我所欣慰乃至欣喜的是，我的忧思《我的城》中一样有，而且十分深广，尤其不是像我那样情绪化的，也不是理念化的。它来自作者的人生感喟，是有根的忧思。作者在后记中如此表达自己从乡村进入城市后的心态："真正一头扎进城中，与城市同甘共苦荣辱与共时，心里总是有许多的不甘、不愿，有许多的不忍和不能。"这种"不甘""不愿""不忍""不能"可以视为《我的城》的背景，这背景也是诗人城市隐忧的来源。

诗人的忧思集中体现在对家乡小城的回望中。我特别注意到诗人书写故乡固始县城的一首诗《最有力的部分》:“一座线装书一样的城市/一丛蓬勃的野草,一个人/空空的,在一截灰黑的城墙上伫立　太执着于新,忽视了遗存/而遗存才是固始最沉稳有力的部分/譬如望京门、文星阁、玉皇台、楚相楼、状元府/大码头　史河继续流淌,流过许多嘈杂的风景/倘若内心安宁/它还流过身体中我的城市　一直,我一直找寻着城中的古老/像在厚书里翻阅先贤的思想/可眼前只有干瘪的乳房　我只能在一棵树的眼光无法企及的地方/低着头,怀抱心事祈求/我的家园,漫长而不结束。”这首诗的忧思是具有典型性的,也比较真切,诗人的心灵敞开得比较彻底。来自诗人故乡的这种心绪也氤氲在《我的城》中的每一个诗篇中,尤其是在关于那些相对远离现代繁华的城市的书写中,诗人的心灵往往呈现为一种栖息的状态,安然恬静、淡泊自适是这些诗篇的调子,比如《走向雪域深处》《金花》《命运深处》《阅读银川》等等。这种忧思在遇到现代化程度较高的城市时表现得格外强烈,比如在组诗《曾经广州》中,作者表达了“再去三元里”的“心愿”,而这样的历史遗迹在今天的广州恐怕早已被忘却了,谁也不会在想到广州的时候想起三元里;而写广州的《中秋之夜》,作者几乎是有些愤慨了:“谁能将所有的灯关掉/哪怕一个小时/10 分钟也好/只要一分钟/月光一定会汹涌而来　广州的夜晚/站在街头/我们眼见得/斑斓与喧嚣/将中秋之夜，弄得/杯盘狼藉。”的确，“城里的月光”在现代文明的排斥下已狼狈得羞于见人，但“杯盘狼藉”又何尝不是对人类自身精神状况的一种隐喻和冷嘲呢？

忧思是一种心态，是不确定的惶惑的心态。诗人尽管对城市文明颇有微词，但恐怕只能流于无奈。对此作者认识得很清楚：“我们回不去了。”《在北京·牛街》诗中，诗人意识到在现代文明的霸权中，试图寻找“一条名叫牛街的古老”，必然陷入“一厢情愿”。而诗人所面临的是：“这种现实的物质冲突、思想交锋与心理矛盾，极其需要我们适时冷静下来，理性一些，妥当而平正地加以处理，以便客观地找寻出口，最终实施精神突围，尽管成功的概率很低。”这是难得的清明的理性。诗人“妥当而平正”的精神突围应该说是有成效的，我们也可以看到《我的城》中的一些确定性的理念收获。比如《不与水敌》《淹透漫长的时间》等，都表现了一种对于自然大道的敬畏，而这种敬畏无疑是中国式的，也无疑具有反思现代性的意义。

言及此，我想讨论一下“我们的城”即中国式的城市文明之于现代性反思的意义。上海世博会的主题是“城市，让生活更美好”。这其实是一个中国式的命题，也是中国城市文化的典型阐释。以《清明上河图》为代表的中国式城市景观，虽然极尽繁华，虽然威权重重，但中心只有一个——普天同乐。而西方式的城市是在工业革命的进程中诞生的，定位是工业集中区域，其最大目的是为了追求利润，生活的安逸其实是微不足道的，也因此，西方的权势阶层往往生活在大庄园、大农场中。而现在，我们的城，所师法的恰恰是工业革命的模式，迷信的是以工业化为核心的现代文明。我们的城市文明传统则在这种进程中遭到肆无忌惮的践踏。在这种大的文化语境中，《我的城》有值得我们格外地推崇的理由，那就是通过有根的隐忧所表达的现代性反思，而且这种表达起源于真切真挚的生命感觉，而且表达得意到笔随，不生硬、不张扬，有底气、有分量。

雅正作为一种诗歌品质

因为诗歌关乎严正的文化主题，因为诗人所呈现的是深入骨髓的生存体验，所以《我的城》呈现出一种在今天有些特别的美学品质：雅正。或者用诗人自己的话说，是“妥当而平正”。“雅”源于《诗经》中的“大雅小雅”之说，所谓“雅”音，是指士大夫本着自己的政治文化承担（当时是指周礼所代表的以天道为理念依托的政治伦理秩序）而进行的诗意化的议论或建议，其情感基调是严肃的、平正的、深沉的，尤其是“大雅”；而士人在遭逢世乱时所发的怨愤甚或尖刻的议论，则被视为“小雅”或“变雅”。中国文化传统历来是推崇“大雅”的，我们经常可以在古书上看到“大雅久不作”的议论。在诗歌与政治、与国计民生相疏离的当下诗坛，“大雅久不作”不仅是一个事实，也让人匪夷所思地成为一个诗人自设的荣誉，而“雅正”之声则成为一个不言而喻的讽刺。这其实是有问题的。尽管新诗是一个典型的现代性文体，崇奉自我、表现个性成为它的原教旨，但自我既可以是一个顾影自怜的自我，也可以是一个民胞物与的自我。因此，新诗对宏大叙事、对公共话题的拒绝是没有天然合法性的。也因此，我激赏《我的城》的这种诗歌品质，这其实丝毫不会影响《我的城》的个性化沉思、抒情与诗意书写。

在西方乃至西方式的中国新诗书写中，城市所带给诗人的多是一些破碎性的意象抑或是莫名其妙的震颤体验，比如卢梭、庞德以及中国的李金发等人，这些诗人大多不能也不愿进行整体式的穿透性的历史思考，只是迷恋于城市所带来的“新感觉”的传达，因此历史感极为稀薄，更谈不上文化的建设。《我的城》没有受西方先贤的影响，没有亦步亦趋地制造现代性情绪，也不独标高格地构筑精神堡垒进行顽固防御，而是“适时冷静下来，理性一些，妥当而平正地加以处理，以便客观地找寻出口，最终实施精神突围”，“尽管成功的概率很低”。但这种文化姿态无疑是极为难得的，这可能也影响到诗人的诗歌语言。在今天诗坛的词语乱象中，单纯的词语变形记已经沦为低劣的游戏，但一些人依然乐此不疲。《我的城》的诗歌语言却让我遭逢一种久违的诗意，里面有通感等各种各样的修辞，有各种各样的思维跳跃，却“辞达而已”，让人觉得“诗就应该这样写”。

胡亚才先生有一个身份是信阳市城市管理综合执法局局长，而“城管”在当下是一个让人浮想联翩的词。但无论如何，城市总是要有人来管的，我们需要关切的其实是我们的城究竟由什么样的人来管。我想，由一个写出《我的城》的人来管理“我们的城”，我们是不是应该多一份欣慰呢？

四、我们为什么不安

——读田君的《不安之书》

田君的《不安之书》是一首长诗，是他人到中年后的一篇精神游记。诗中所展示的生活情态、心灵状态是可感的，也隐现着我们时代的意识图景，值得我们为之展开一场讨论。

中年游记

《不安之书》写就出版之时，作者正满40岁。在中国人的认识里，40岁是男人的一个界点。人们经常提及的“四十不惑”，讲的也是人生的成熟状态。对此，不怎么强调自己诗人身份的作者是有所触动的。不然，他何以要郑重其事地作一部书呢？但触动并不意味着一种认同，这倒不是对世俗的拒绝，而是诗人在审视自己的生命年轮时不能自已的精神状态——不安。“还是有人能把我打动/没有只言片语/那惊鸿的一瞥/完成了一次可以忽略不计的邂逅”，尽管在理性的意义认知方面确定无疑地“可以忽略不计”，但“重要的是它让我突然明白/原来自己/心里还藏着野性/体内还残有冲动”。这些真诚的诗语是《不安之书》的主调，回荡在字里行间。

带着不安抑或是不甘的生命躁动，诗人开启了另外一种行吟的写作。这行吟洗尽浪漫的铅华，抹去期待的妖娆，带有明显的中年况味，也使得《不安之书》成为令人刻骨铭心的中年游记。因为不再有华丽的想象，诗人把目光投射到了身边的细物琐事，随处流连，随处骋思，随处点染，随处书写，低调而自由，深切而畅达，宛若唐人口占的绝句。“随便找个小镇住上一晚/玩一次短暂的失踪”，“可我却想在不知道的情况下遭遇一场暴风雪/我想在暴风雪中为了一场经久的干旱而放声大哭”，此类诗句真是直接从心底里流出，不假任何外在的技术处理，于此，我们直感到了诗人的心灵脉动。这脉动的内容在当今时代其实特别典型，那就是对于同质化世界的逃逸。我们所处身的世界、所遭逢的事物，都需要借助于世俗来理解，而世俗却已不再有民间那鲜活的生气，它变得那样冰冷，那样规则，那样技术化，对于诗人而言，“让我想起老鼠、蜜蜂、蚂蚁以及一些更加微小的生命/让我想起自己/来这里其实也是为了搬运”。这种状态，连同诗人联想起来的意象，对于熟悉现代派以来文学的读者来说，并不陌生。但难得的是诗人的不甘，诗人对于逃逸可能性的探寻。“明明知道是一种迷失/还能够坚持走多久”，怀疑之中有坚毅的执着，当即将崩溃的时刻遭遇到温暖的笑容，诗人内心欣喜若狂，尽管随之而来的仍然是意义的尽头。在如此心灵的冲突与论辩中，诗人明白“束手无策也是一种策略”，在沉默中展现了一种存在的勇气。

《不安之书》所流露出来的中年况味，不能不让我联想起诗坛上的“中年写作”。萧开愚、欧阳江河、张曙光等人所描述的中年写作的征候，比如“叙述、细说和缓缓流淌”的表达方式，比如“困惑、怀疑和模棱两可”的是非判断，比如“减速、抑制、开阔”的美学崇尚，都可以在《不安之书》中听到回响。但《不安之书》的品质依然是独特的，那就是不甘以及其后的不安。它所让人不能释怀的是那种生命的躁动，尽管是冷色调的、寂寞的。诗人不打算用人生的睿智的洞察力来平复这种躁动，而是给它释放的空间，给它哪怕是昙花一现般的绚烂。

语言的归途

作为一部长诗，《不安之书》似乎缺乏一种结构，但这种缺乏是自然的，机巧地或者说顽强地创设一种结构，反而是对诗意的一种伤害。在后现代主义成为当前最大的智慧的情况下，一种完美的结构总是带有一种“总体性”，而“总体性”在先进的思想家看来无疑是一种霸权，一种专制，一种不名誉的幻想。碎片化才是他们着迷的感觉。《不安之书》也有碎片化的印迹，但毕竟有一种可理解的“有机性”，游踪是他感觉的停靠点，时序是他生命的刻度。这使得《不安之书》和那些把诗人自己精神处境玄学化的秘语黑话式的诗歌区别开来。

《不安之书》的语言与结构是一致的，虽然不是那么坚定和明确，却可以把握，可以信任。和语言的品质相关，诗歌中的叙事、意象与意境的连通，抒情主人公形象，都是可感的。请注意，这里我所使用的批评语是相对陈旧的，但我的坚持使用除了这些词本身的有效性，还包含了我对诗歌之道的理解。我不认为有哪一首诗歌表现了新的感情，因为我相信与感情相关的人性千百年来几乎没有什么进化的迹象；同样我也不相信诗学上的进化论，我推崇艾略特在《传统与个人才能》中的反现代性的表述：好诗只是达标的诗，是水平线以上的诗，不是也不可能是新的诗。关于诗歌的技巧，我也顽强地守护一些基本的原则，比如可传达性，比如意象的鲜明和意境的浑融，比如修辞的精警和自然，比如思维跳跃的限度。即便被很多人视为诗歌本体的语言，我也觉得并非一种本质化的存在，它总是处在一种关系中，总是以陌生化的方式和现实保持在一种若即若离的状态之中，决定语言质地的不是语言本身，而是其处所和场域。

正因为此，我觉得田君的《不安之书》在书写方面有一种雅正的意味，也昭示了诗歌语言的归途。这里，冷僻生硬的意象不见了，繁复缠绕的修辞不见了，莫名其妙的玄学逻辑不见了。语言展示了另一番景象。“我在等人/有人却在等我/我们都在等着/生活是现成的/就停留在我们的等待里/是无奈/也是挑衅/我等着”，这些散淡的句子中有着静谧而又深邃的领悟，让人想起卞之琳《断章》的风致；“轻轻关上凌晨的家门/安全感袭遍全身/也许仅仅是因为把黑暗关在了门外”，“其实只是回家/其实一家人都在车中/一截九公里的短途/一路都在突围”，这些发现与表达，洞穿了世界的微妙与悖谬，却以简洁平静的语言出之，可谓“看似寻常最奇崛，成如容易却艰辛”。凭借着这样的语言，以及语言营构的意象、意境、叙事情境，我身临其境、感同身受，尽管我所闯入的可能是一段令人啼笑皆非的迷途。

我们为什么不安

其实，《不安之书》最令我心仪的是“不安”。为了给这份不安一个说服自己的理解，我读了田君早期的诗歌，即他中年之前的诗歌。在以《纸飞中国》为代表的诗篇中，诗人那种“总体性”的激情扑面而来。诗中有对故国魂魄的寻觅和守望，有对山河乡村的爱恋与追问，诗情真诚而又质朴，想象绚丽而又空灵，那大概是和中年写作相对的青春写作吧。我不知道田君是如何看待自己的这种转变的，但可以明显地感觉到诗人在转变后心智和诗艺的成熟。成熟自然是有代价的，这代价大概是少年意气的消退，大概是总体上把握世界的心志的悄然受挫。但诗人和历史现实理想之间的宏大向度上的联系并不会随着中年的到来而销声匿迹，这大概是诗人不安的渊源。

当今诗坛上以“中年写作”而知名的诗人，对中年其实有着双重的体味：一是自己生命的周期到了反思进而不惑的时刻，二是社会状态也到了中心消失、激情告退的后现代状态。而后者则带有世界主义的意味。他们很容易地为自己作为诗人的行为出处找到一个可以依赖的世界背景，世界上那些主流国家的诗人的生存方式乃至获得声誉的方式都为他们提供了一个可以模拟的准则。因而，面对诗歌的窘迫，他们心安理得，也自觉放弃了开拓可能性的重任，解释世界或者说是抚慰自己成了诗歌的最大效用。但马克思的话言犹在耳：“重要的是改变这个世界”。对于诗人来说，这些话太过于空泛和迂阔了，却是仅有的可能性的方向。当我们一遍又一遍地重复阐释我们世界的状态，一遍又一遍地搜肠刮肚进而顽强地记忆生命的异动时，我们能够安于自我的委顿吗？这样的惶惑，惯于深夜扪心的田君大概也能感受得到。因为他为“五月的愤慨”写过诗，他为长江长城、黄河黄土写过诗，即便在作为中年游记的《不安之书》中，“祖国”“人类”这些大词依然顽强地闪现。

不止一个诗人抱怨过时代的冷眼，但从来不会有人提醒适宜诗歌的时代的来临。很难讲杜甫的时代是一个适宜写诗的时代，也很难讲穆旦的时代是一个适合写诗的时代。时代从来不会自动获得定位和命名，诗人最重要的是处理自我与时代的关系，逃避、拒绝、远离是没有出路的，主动地突入、搏斗，至少是正视、分析以及检点自己的内心，才是应有的态度，才能写出生活的质感，呈现出精神的强度，这些或许能够减缓不安的催迫。在今天的消费主义意识形态的喧嚣中，做一个“个人写作”的诗人是再容易不过的事了，而作为一个思想者、批判者、抒情者的诗人则需要不屈的勇气和顽强的心智。“大处茫然，小处敏感”是现代诗人的心灵疾病，“给狭窄的心一个大的宇宙”是现代诗人渴求的良方。对于那些思想能力孱弱的人来说，后现代主义是一个再好不过的借口，而对于真正的诗人来说，哪里有什么主义，他的眼里只有为之焦灼的“更好的生活”，以及阻碍这种愿景的现实的疮孔。这些诉求显然对于现在的诗人来说有些粗暴，却像幽灵一样环绕在每一个个体周围，诗人也不例外，不论如何用独特的语言建构一个如何牢固的自我的城堡，还是难以避免不安的侵袭。田君的不安不知道能否这样来理解？

我所尊敬的老师、北大中文系教授洪子诚先生一直被视为诗歌研究专家，但他一直真诚地强调他不懂诗。他最近出版了一本诗论集《学习对诗说话》，是勉人也是自勉，因为他本来想把这本书叫作“门外谈诗”，但因为“十七年”文坛领导人邵荃麟用过这个题目而作罢。可见“门外谈诗”的事是很多的。所以，写这篇文章的时候，我的惶恐也减少了不少。我的批评，不奢求也不预定“知音”式的效果，只是一种意见的表达，因此也只能算是“门外谈诗”，这不是客气话。

第十三章
地域的活力:信阳散文述评

一、经验与经营

——《2011 年度信阳散文》述评

本书所收录的 80 篇散文,是信阳市散文学会的同人们在 2011 年的代表作,可以说体现了信阳散文的整体水平。在这样一个同质化的时代,地域并不能成为结集的充足理由,但即令如此,信阳市散文学会还是坚持搞活动,坚持出集子,为的就是在坚守文学的前提下共同提高。“如切如磋,如琢如磨”,是之谓也。我有幸忝列为编辑组成员,读稿过程中时有所想,承蒙主事者不弃,姑且把意见写下来,供同人们批评。

经验的多元

《2011 年度信阳散文》给我最突出的印象就是经验的多

元化，特别是和《2010 年度信阳散文》相比，多元化的倾向很明显。这和文坛主流导向有关，也和作者们一年来的反思和调整有关。这种多元化主要表现在四个方面：书写人文历史经验的篇子质高量多，个人诗性经验书写的篇子更加纯粹细腻，游记散文的自我超越成绩可嘉，日常生活困境尤其是底层经验的书写异军突起。

胡亚才的《信者》关注的是信仰问题，其对主人公形象身上神性光芒的表现十分到位，字里行间浸润着对信者的敬意，压在纸背的则是对当下社会信仰缺失的忧虑。熊西平的《宁静的喧嚣》通过对三河尖小历史的回溯和现实的观照传达出了一种沧桑感。陈晓玲的《年》写出了信阳人过年的精气神，令人神往。陈有才的《看见了百合就想起了他》如世说新语，为书法大家李逸野的风骨作传神写照。徐泽林的《乡里人情》、吕东亮的《归园田居的调子》展现了干校作为信阳文化资源的丰厚内涵。王散木的《街名的柔软温馨》则写出了街名所承载着的地域风情。老英的《杜甫的短板》、张彦林的《初见陈小滢》、邹柏林的《离去，最好的归宿》、马涛的《潇湘润之》、赵曾友的《秀才》等篇把目光投向广袤深邃的历史人文领域，所得颇丰。

陈峻峰的《我是一只逃跑的画眉鸟》摇曳多姿、自立不俗。温青《诗爱笔记》中的诗情真挚而浓烈，田君的《背阴处的雪》

随处涌动着不安的意绪，扶桑的《海的笔记》则意象十分活跃。张冬梅的《桂花树》、李庆华的《那消失的正潜滋暗长》、李新民的《想象那些美好的事情》、王强的《秋天的姿势》等篇触觉伸张、灵性四溢。胡光明、何正权、胡晓靖等人的文字也可作如是观。夏吉玲的《疼痛的时间》、詹丽的《短章》、于吉娟的《一个人的大海》、尹泓的《自己的房间》、杜靓波的《陪母亲走过一条河》、碎碎的《一个人的哈根达斯》则以女性的敏感写出了生活中常常被忽略的情愫，不能简单地以“小女人散文”视之。

赵主明的《神汤闲语》妙处在一个“闲”字，漫不经心的叙述中那旁逸斜出的内容恰恰是动人的地方，一洗旅游广告式“软文”之风。冯莉的《桃园半日闲》亦写了“闲”所带来的审美发现和人生体悟，令人感同身受。沈靖的《看鱼》则摆脱了“登山则情满于山，观海则意溢于海”的俗套，反而多了几分理趣。胡巨成的《墓地》写了墓地这一不大为人所欣赏的风景，别有幽怀。周明金的《又一个没有蝉声的夏天》和李季的《无人认领的鸟鸣》则写了风景之于人的关系，“又一个没有”“无人认领”所昭示的人们心灵状态的浮躁与无奈令人警醒。

最令我欣慰的则是本书中出现了直面普通人生活情状尤其是底层人生存困境的文字，这些文字有着淋漓的现实感和真实的疼痛感，因而文章也迥异于那些为寻求异样经验而写农事的“为赋新词强说愁”之作，也摆脱了单纯的无关痛痒的

"怀乡病"式书写,称得上是散文书写的一股新活力。张锐强《图上的故乡》和王河林《渐渐远去的村庄》是以逼视的方式书写故乡的,全无矫揉造作的怀旧和乡愁,有的只是对于此在生活的关切,唯其真实,才促使我们不能在现实的酸辛面前闭上眼睛。易荣荣的《回望故乡》、王新华的《父亲》、王鑫的《乡村预言》、李胜志的《郎吉》、马辉莹的《我的那口子》对困境中相濡以沫之亲情的表现感人至深,特别是其中蕴含着真诚的自我灵魂拷问,不是那种表态性地说一句"农民真苦、农村真穷、农业真危险"所能比,因而实属难能可贵。

回忆是写散文的一个好视角,因此孙犁先生说"散文是老年人的文体"。回忆依托的是个人经验,本然地带有情感的浸润,但又和当时亲历拉开了一定的距离,能够进行理性的省察和从容的选择,化为文字就容易真切感人、余味绵长。本书中的散文,回忆性的也占多数,比较一致的情感基调是对已逝美好事物的怀恋。"一切美好的东西坚固的东西都烟消云散了",这是典型的现代性情感。但长此以往,未免有些单调,写这写那都有复制之嫌。这其实也不是信阳散文独有的问题。

经验在当下文坛已成为制约创新的瓶颈,作家的经验越来越单一化,进而越来越苍白、逼仄,不仅远离公共经验,而且自身经验的榨取也呈黔驴技穷之势。一些人执着于自身经验的丰富,寻常的旅游已经不能满足索求新鲜经验的冲动,于是进而挑战自己，或者登顶珠峰，或者横渡大洋，喊一句“我能”，写下一些靠独异经验支撑的篇子，自然读者也无从体会其真假浅深。这一路人，多半是一些资本拥有者，声色犬马享尽，市场制造的愉悦已经不能满足处于线性发展观前端的他们，于是乎另辟蹊径、异想天开，这形象类似于余华在《兄弟》中所塑造的那位飞黄腾达得想登月球的弟弟。另外一路人则意识到经验个人化的困境和末路，但一时苦于寻找不到扩大经验的机会，又担心一味地“目光向下”遮蔽了他者又迷失了自己，于是乎兴起了“非虚构”。

这些关乎经验的难题告诉我们，在今天，写什么远比怎么写重要的多。事实上这也不难理解，就像一个会议，会议的主题、议程的设置远比会议的精彩发言重要，因为发言再精彩，也总是无奈地在议题之内，你所想说的却不是你能说的，这个问题才是大问题，至于怎么说反而次之。以前，提倡写重大题材，有所谓“题材决定论”，那是不对的，因为书写技巧和语言文字的训练严重缺课，现在则是一个技巧和语言都烂熟的时代，很多文章都避免不了求雅成俗的尴尬。所以，我是赞成“非虚构”的，即便这是一个权宜性的策略性的提法。其实“十七年”时期的评论家为了应对古代优秀的作家其身份却是地主士大夫的难题，拈出了“人民性”这个术语，用以标示作家写作对于大多数人民的利弊。这个术语成功地解决了杜甫、范仲淹乃至李白、李煜等人的评价问题，在今天我想也有重提的意义，我们的作家如果能在写作之初考虑一下“人民性”问题，想一想写文章总是要传播的，想一想这传播对于他人、对于多数人的意义问题，我想是会对我们的散文写作有所启发的。

经营的必要

《2011年度信阳散文》给我的另一个深刻印象就是文体经营的不自觉状态。“经营”一语，是古典文论中常见的词，在今天的文学批评中也时见采用，奈何在商业社会中被严重地污名化，在一般人心目中甚或带有较多的贬义色彩，这其实是词语的歧途。“经营”者，这里指的是内心神思和外在建构的结合，是一个浑融的过程，是情感符号化和符号情感化的统一。说得白一些，就是怎样写的问题。

文体经营的不自觉状态，并不是说本书中的散文缺乏经营。事实上，本书中的大部分散文还是讲求文体的矩度的。我指的是，一些散文本来可以写得更好，但因为在文体经营上缺乏自觉而留下遗憾。一个优秀的散文家，不一定有明确的散文观点，但对文体的经营一定是会心的。关于散文的文体，理论界也有争论，尽管各执一词，但并不妨害彼此关于好散文的共识。刘锡庆先生讲散文要“弃类成体”，认为散文应摆脱传统的与韵文相对的文类定位，而应跻身于与小说、诗歌、戏剧相并列的真正具有文体规范的文体。这个观点很多人觉得有些极端，无法接受，因为散文可能没有和小说、诗歌、戏剧那样严整的美学规范，特别是学术界，一直苦于找不到关于散文的理论资源。其实这个问题，我觉得有些误区。“弃类成体”的理想被人理解得有些偏颇，有些不切实际，刘先生可能不是那个意思，他不想把散文的文体规范搞得太严整，也不想把散文的门槛提得过高，只是对目前的散文书写的随意表示深切忧虑。贾平凹先生20世纪90年代初创办的《美文》杂志以提倡“大散文”立足，意在改变80年代散文写作越来越匠气的局面，但也绝不是不讲章法，他请学者写散文，请为政者写散文，但绝不是放松对于文体的经营。很多文章我们觉得看不出经营的痕迹，那不是因为没有经营，而是一流高手的经营，化有形为无形，“如羚羊挂角、无迹可求”。所谓自然质朴，所谓不事雕琢，所谓浑然圆融，所谓率性洒脱，绝不是“佳句天成、妙手偶得”那么神秘，也绝不是“真情实感”“我手写我口”那么简单，其实一字一句蕴含着很深的功夫，这个道理相信同人们都会有所体会。《2011年度信阳散文》中的一些篇子，质实动人，然而的确有些缺乏韵致了；有些文采斐然，但似乎过当，让人想起中学语文教育模式化的“语文体”。

散文的文体具有一种开放性，常常和其他文体有接缘的地方。有的散文近于小说，于是有了散文化小说；有的则近于诗歌，于是有了散文诗。但这种接缘是有条件的，散文有自己的原则。一些小说可以被视为散文，但前提是这些小说的结构意识和情节感不强，比如沈从文的《边城》、史铁生的《我与地坛》；一些诗歌也可以被视为散文，但前提是这些诗歌的时空跳跃性不强。散文化小说、散文诗这些“亚文体”的尺度其实最需要慎重，本书中的一些篇子就存在一些可以讨论的地方。胡亚才的《信者》所涉及的故事完全可以写成一个中短篇小说，但作者克制住了生长成小说的冲动，而是氤氲成散文的情致，可谓“得体”。

陈宏伟的《关于女诗人雎鸠的谈话录》则放任了小说家的才思，结构过于精巧，情节的弦张得太满太强，是一篇好小说的胚子。江岸的《九里十八陈》则是小小说的味道更浓，相比之下，乔克清的《乡土的心理医生》和王鑫的《乡村预言》则有意化“传奇”为“流言”，凸显了散文特有的神韵，为小说所不能及。陈有才《看见了百合想起了他》具有晋人小品的风致，洵为大家手笔，特别是拈出了“百合”这一意象来喻示李逸野的品格，十分恰切，但似乎对于“百合”意象和人物品格之间的关系着墨未尽，思维有些跳跃了。碎碎《一个人的哈根达斯》的意绪也围绕着意象“哈根达斯”而展开，心灵体悟的展开则充分些，文字的收放也比较自如。

散文的文体经营没有什么秘诀，散文的理论也没有什么高深奥妙之处。过去谈散文，有一种有名的理论叫“形散神不散”。这个理论是在20世纪五六十年代提出的，“神”指的是主题。狭隘的主题，那自然是不好的，但如果把“神”视为神韵、气场或者说气韵的话，那么到今天这个理论恐怕还是管用的。我一直认为，散文的经营主要在气韵。气韵生动浑融，笔墨的收放就会显得从容有致，而左支右绌、捉襟见肘的窘迫就容易避免。《2011年度信阳散文》中，除了赵主明、胡亚才、陈峻峰等名家外，在气韵经营方面做得比较好的，是熊西平、夏吉玲、杜靓波、李梅等人。熊西平的《宁静的喧嚣》有诗意，有小说的气味，但统御全篇的是散文的气韵。夏吉玲的《疼痛的时间》创设了一个“在路上”所见所忆互相穿插的结构，意蕴就变得丰富一些，有一种回环之美；杜靓波的《陪母亲走过一条河》胜人一筹的地方在于成年此时与童年彼时渡河的对比，今昔之感的背后是亲情的馨香。李梅的文字如玉壶冰心，玲珑剔透，我唯一担心的就是它的脆弱，尽管其文中萦绕着自我劝慰的声响。

对于历史人文散文来说，经营还不仅体现在文体章法方面。此类文章，决定其气韵的关键是思想。思想的层次和品位是主导性的因素，一篇文章思想平平，信息量也没有超越流俗，文章经营得再好，也没有什么意义。本书中的一些篇子，选题都很不错，但思想的蕴含还需丰富提高，特别是在反思的向度中，恐怕需要特别留心。老英的《杜甫的短板》显示了作者的读书和思考的积累，识见不俗，但和思想界相比，还是显得有些不够精警；《初见陈小滢》的张彦林长于考证撰述新文学史料，但可能太在意文章的史料价值了吧，对于史识的锤炼显得不够用力，因而本来容易写好的人物散文反而显得平白了些；徐泽林《乡里人情》的本土文化诉求比较强烈，但思考的穿透力不强，一些本应呈现的问题反而被滑过了。吕东亮《归园田居的调子》致力于诘问流行的见解与姿态，文章也显现了一定的思想张力，但理胜乎辞、言不及义，反映的其实还是思考不成熟的问题。

刘勰写《文心雕龙》"知音"篇时，第一句话便是："知音其难哉！音实难知，知实难逢，逢其知音，千载其一乎！"的确如此，因而综述《2011年度信阳散文》对我来说是一件"实难"的事情。由于时间仓促，不可能细读慢品，也不可能一一斟酌考量，以上挂一漏万的综述所言如有不当，还请相关同人海涵。最近读了一本好书，是谈散文的，《今文渊源》，刘绪源著，上海文艺出版社出版。研究散文，讲渊源、讲文脉，我认为是讲到了点子上。此书也是我近年来读到的最好的散文研究著作，因此推荐给大家，如果觉得我的文字没有什么价值，那就读读他的，他的再没有什么价值，我就只能无语了。

二、散文的常与变

——《2012 年度信阳散文》述评

不管我们是否愿意承认，当下的散文写作已经进入了一个大众化的时代。写作的大众化，是一件好事，是文化上民生改善的体现。这里面的原因很多，网络呀，闲暇呀，教育呀，等等，我们不去考究。我们需要正视的是，在这样好的时代里如何写出好的散文来。这是一个需要共同探讨和实践的问题，也是一个开放性的问题，并不存在着确定的等待破解的答案。这里，借着写综述的机会，我想从读者的视角来谈谈对这一问题的想法。

在所有的文体中，散文大概是变化得最慢的，甚至说几乎没有什么变化。历史上的古文运动，是针对骈文而言的，古文即古代的散文内部并不存在什么显著的运动；晚明的小品文革新，推崇心性，也更多的是写什么的问题，恐怕也不能由此推论此前的文章就没有性灵。散文呈现给人们的更多是常态的面目，人们所称道的“好文章”无非思想好、表达顺畅的意思。所谓“辞达而已”，所谓“气盛而言宜”，所谓“不拘格套、独抒性灵”等，只是对作文者的提醒，并不包含什么具体的文体建设。也因此，反传统的五四新文学在面对散文时，实在没有什么好反的，只是语言上变了一下，情感上新一些而已，所以五四以来的新文学建设，散文最先出成绩，而且成就斐然、步履坚实。从新中国到新时期再到新世纪的散文历程也大抵如此。散文没有什么理论可谈，没有什么文体实验，更不存在文体革命，这是颇令热衷创新的理论家们懊恼和沮丧的事情。我们所感受到的散文的变化，主要的是来自散文的内容而不是文体。时代在变，人们的情感内容在变，这构成了散文创作不竭的动力。从读者的角度来看，散文的常与变会显现得更为彻底。我们今天不大愿意读杨朔和刘白羽的散文了，那是因为情感实在有距离；也不大读余秋雨的散文了，那是因为其文化内涵我们都已很熟悉了。同样，我们读晚明小品，读袁中郎，读张宗子，是因为我们依然向往“性情中人”的生活；我们读一些游记，读一些有深度的人文历史读物，是因为我们从中可以获得“苟日新，又日新”的启示。散文的变，我们还是要从最为朴素的内容谈起，因为它实在是最富有直接表现性的文体，做不得假，也不能容忍造作。读散文就是读人，读人的命运和活法，读人的性情和涵养。我读《2012 年度信阳散文》，就是这样读的。读罢全卷，收获满满，确认了我对散文常与变的理解。文体上让我感到散文理当如此，特别是与去年相比，跳跃性的诗性文字少了，故弄玄虚的小说风不见了，篇篇有“我”，自然真率。如此，我的阅读重点就不自觉地放在了散文的内容方面。读来读去，也生出一些不满足之感，在此也提出几点希望来，希望写得再别致一些，再充实一些，再讲究一些。

这次《2012年度信阳散文》征稿，收到的多是游记之类的稿子。同类稿子既多，读起来就难免生出疲倦。似乎也不能太过难为作者，因为在这样一个时代，除了旅游，的确难以获取新鲜的生命体验了，这是我们应该共同感到可悲的。但一个有追求的作者，不能满足于依靠外在的陌生风物来刷新自己的生活世界，需要做的，恐怕还是静下来审视一下自己的生命，这样才会写出独异于他人的体验，所观所感自会不同。其实，文学就是起一个这样的作用，“伸进时光的缝隙”，让你在匆匆忙忙的生活中停歇一下，等等自己的灵魂。李梅的《凤凰行走笔记》之所以与众不同，不在于其对凤凰美景的逼真描绘，也不在于其对沈从文文学世界的渲染，而在于其对内心灵魂的眷顾，诚如她在散文中所悟到的：“最终的隐秘指向，是自己。”晏子的《与电影有关的事情》、田君的《纸上秋语》、张弘的《在丽江做条鱼》等虽是游记，但关注的重心和呈现的文化内涵，显然不同寻常。“宁静致远”，只要我们安静片刻，祛除心灵在尘世遭际中的遮蔽，便会发现很多美好的事物，它就在我们身边，当你不再熟视无睹时，它即刻充满丰盈的意义。赵主明先生的《野性》就是这样的篇子，激起赵先生神思的其实是马路边的养护草木，可谓“司空见惯”了，但赵先生由反思引起早年乡间的植物记忆,进而展开野性的话题,意到笔随,从容自然。祛蔽之后的心灵就像敏感的琴弦,平凡事物的触碰也会发出美妙的声响。刘国栋先生的《赏莲思廉》即如此,“廉”即其内心的琴弦,“不在音同,而在义同”的莲是触媒,而乐曲自然是不同凡响了,尽管古今说莲的文章实在不能算少。对于善感的心灵来说,散文的题材可谓是极其广矣。林语堂主编的小品文刊物《人间世》创刊词中就提出散文“宇宙之大,苍蝇之微,无可不谈”。真是无独有偶,陈有才先生就写了一篇《花脚蚊子》,两个意趣盎然的小故事,一些生活的追问和领悟,其中的滋味耐得住人们的反复咀嚼。陈峻峰先生的《我城市里的三棵银杏树》也是如此,在峻峰先生的眼中,树是有生命的,而且是如河流一样丰沛的生命,也同样经历灾祸荒寒,“树犹如此,人何以堪”? 由树及人,峻峰先生的人文关怀是深沉的。胡光明的《红檀树》和赵曾友的《与一棵树的对视》也是写树与自我生命的遇合,其中灌注的情感是真挚而醇厚的。树也罢,凤凰草也罢,红薯也罢,石头和柴草垛也罢,甚至猪肉也罢,只要融进了生命进而标识了生命的刻度的事物,写入文中,自会有其内在的光芒,文章也就自然而然地从一般化的文字中跳脱出来,别致而耐读。

和出游的散文相映成趣的,是关注信阳本土人文风物的笔墨。花原的《浮光山影净居寺》和尔文的《锦湖》对自然名胜的人文含蕴的发掘是很可贵的，文笔畅达绵密，虽然有些中规中矩，但承载人所罕知的丰富信息量的文章也许这样写最合适。反之，一些人所共知的风物，就不宜用如此笔法了。比如茶叶。可喜的是，书中的几篇关于茶叶的文章写得矫矫不群、饶有风味。胡巨成的《茶叶不是树叶子》撇开高雅的茶文化，写的是茶叶引起的社会效应，尤其是送茶的无奈和茶价的争议，读来让人感同身受。此文让我想起明人张岱的名文《西湖七月半》。在张岱之前，写西湖的佳作不可胜数，想超越，想写出一点儿别的意思，难乎其难。张岱却独辟蹊径，只字不写西湖的美景，而专写来西湖游玩的各色人等及其生命情状，很有点儿浮世绘的意思。名文《西湖七月半》名在别具匠心。沈靖的《茶，味酸》、周棠《茶商》也是如此，在广阔的芸芸众生的生活世界中写茶，要比把茶抽象起来渲染其圣洁高雅有意义得多，尤其是在民生维艰的今天。息县的五七干校旧址也是难以言说因而更值得言说的文化遗存。老英的《重访"学部"》之所以值得看重，就是因为文章不简单化地对待历史，不想把干校作为论证流行思想姿态的标签，而是在触摸历史的同时打开想象的空间，也时时谨防自己对于历史的妄猜和臆测。"即便是亲历者，也未必明了真实"，文章中的欲说还休之致主要来源于作者对历史的敬畏。关于干校，其实可做的事情、可写的文章很多，而我们收到的关于干校的文章，很多不具有更新历史认知的意义，这是很令人遗憾的。同样，信阳的很多历史人文遗存都值得散文家倾注笔墨，但这样的散文要想写好，恐怕思想的锤炼是第一位的，思想同于流俗，情感也会无动于衷，这样的心境写出来的散文就不能不是勉强之作。只有思想打开了空间，心灵才会为之感慨激切，才会有迥异于流俗的文字。我期待着信阳散文家在这方面的变化和进步。

除了游记和书写信阳风土人情的文字，较多的篇子是写亲情的。情感从本质上来说，是抽象的存在，因而是难以言说的。直抒胸臆的时候，你会发现形容词的贫乏和无力。这个道理其实我们先人早就懂了。《周易》讲“言不尽意，圣人立象以尽意”，谈的就是这个道理。单纯地用语言去表现，实在是难以言传情感之万一。于是，就只能创设一个形象的世界供人们体会，人同此心、心同此理，别人自会在这个世界中感知到你的情感的质地和强度。事实上，我们的情感也大多由具体的事情生发，尽管有时候是莫名的，但仔细想想还是有人生经验在里面起作用。所以，抒情的散文写得充实一些，是有好处的。用暗示的手法、象征的手法来表情达意，那是诗歌；创设一个过于精巧的具象世界，那是小说。而散文，则适于用平正的调子来叙述生活中让我们难以忘却的事物，这些事物的内核无疑是情感。李新民的《记住回家的路》、魏建东的《祖父的菜园》、杨家厚的《烟》、周殿传的《大姐》等文章，朴实无华，但感人至深，就源于其中叙述的实实在在的生活场景以及由此凝结而成的意象，诸如香烟、房子、菜园等。这是每一个阅读的人都感受到的，因为读者进入了你所创设的生活世界，看得分明，感受得也极为深切。这比一个人在简单地用华丽而重大的词汇自诉自己的亲人如何如何要有力得多。所以我希望情感类的散文多一些叙事性，写得再充实一点儿，要相信自己的笔墨，不要煽情和滥情，要学会节制情感。其实高明的作者都善于节制情感，因为节制情感的另一面是积蓄情感，不动声色之中，情感的弦已慢慢张满，最后一刻的崩溃，肯定是催人泪下了。

《2012 年度信阳散文》中有一个值得注意的现象，那就是对于平凡人生的书写。熊西平的《罗连中和他家的狗》、于吉娟的《邻家女子》、刘正国的《老耿》、乔克清的《流水井五十号》等写得意蕴绵长，不可等闲视之。这些人，虽然不会在历史中留下痕迹，却显现了生命的底色，他们所代表的生活才是坚实的生活，而其中的悲欣也才是具有永恒性的悲欣。作者们是深刻地意识到了这一点的。于是，文字写得不温不火，娓娓道来的语调中呈现出丝丝缕缕的情韵，这些情韵你说不清，却感受到，它拒绝理性的归纳和概念的限定，却让人低回再三、感慨不已，宛如两个饱经沧桑的老人，或如两个满怀热情经营生活的主妇，碰到一起，说道说道一番，不可能产生实质性的意义，却也有滋有味，虽然不免是一声叹息，但恐怕下次见面还是要说道说道。我不想在这里赋予其社会史学“眼光向下”或是风土志之类的学理意义，但我想指出，这种书写具有永恒性，就像老百姓过日子一样，具有永恒性。风生水起的日子毕竟有限，浮华遮不住民间生生不息的悲欣。

散文的写作虽然已经进入大众化时代，但我们会发现好散文其实很少，流传较广的名篇就更少了。散文写作的大众化所带来的粗率化，可能是名篇较少的原因之一。这种粗率化，也突出地反映在《2012 年度信阳散文》征集的稿子中。一些作者可能是习惯于博客写作的随意化，所以发过来的稿子“急就章”的色彩很明显；也有一些作者可能是对散文的理解有偏差，认为散文就是次一等的文体，不需要讲究什么，只要内容是真情实感，写起来自然真率就好。这样的理解虽然不能说是错误，但对自己散文水平的提高实在是一个障碍。很多人由于发表的便利，不仅在博客上，而且在各地报刊上发表了大量散文，感觉很是良好，但其实给人印象深刻的并不多，能够被选入集子的就更少。我们这次编《2012 年度信阳散文》，要求应该说十分严格，我想这是应该的，一年一年地编下去，如果越编越差，那真是令人扫兴的事情。这里我想提醒作者们，适时反思一下博客写作的利弊。此外，我还想再次谈谈散文的经营问题。散文写作崇尚真实从容，这是无可怀疑的。

因此，很多人很排斥文字的经营，自以为是“性情中人”，写下的也是真性情的文字，但事实上其中有很多值得怀疑的地方。有些文章，反映了真性情，是不错的。但这种真性情只是浅层次的真，因为太过于急切地表现，所以不等这种感情沉淀下去，就匆匆发而为文，结果本来可以与更广博的生命记忆相连接的情愫，就很轻易地流为浅尝辄止的情感流水账，真则真矣，但真是浅薄无足观矣。晚明倡导“独抒性灵”、率性为诗为文的袁中郎后来对这一问题的不良倾向也进行了反思，那就是：“境无不收，情无不写，未免冲口而发，不复检括，而诗道又将病矣。”倡导性情，本是为纠正陈腐虚骄的文风，而矫枉过正，也不是文章的正途。对于文字的经营，也不要片面地理解为表面功夫。推敲文字的过程，很多时候只是为了更真切更淋漓地表达自己内心的情愫，而随随便便地用字，率性成文，其实是对自己真挚心灵的亵渎。《2012 年度信阳散文》选入的篇子，有些也存在不讲究的问题，“有句无篇”的现象还是存在。本来很别致的一个题材，很深刻的一个思想，但由于该展开的没有展开，该含蓄的没有含蓄，就减却了几分魅力，实在是很可惜的事。我想单独提出来强调的是，散文的讲究并不是文体的净化。散文的文体其实是相当开放的。序、跋、书信、日记、读书笔记、赏画随笔等都是好散文的形态。温青的《我在高原》是其新著的序言，因而对自己文字的温情流淌于笔墨间，很有形散神不散的气韵；宋文仲的《致女儿》是书信，潮汐的《一恍三十年》是日记，却都深情殷殷，仿佛每个字都在心灵的潮水中浸润过。这些文字好像是实用性的文体，但因为面对的是真人，所写的也是真事，恰恰容易写好，反之拿腔拿调的纯文学纯散文却不大容易写好。实用性的文体却是好散文的载体，这些在古代的散文中其实是常态。

好散文的写作是一件很艰辛的事，这种艰辛对于一些成熟的作者来说，实在是如鱼饮水，冷暖自知。散文家梁衡写了很多名篇，但这些名篇的写作往往耗时一年，读书查资料、实地采访、反复思考才最终成文。"一年一篇"的精神是值得我们学习的。很多时候，一篇好散文甚至不是一年能够写成的。胡亚才的《古兰书屋》是精品力作，也是他迄今为止最好的散文之一。我一直以为，《走年坟》以至《古兰书屋》这一类的文章，是其独有的生命积累，其他人是写不出来的。《古兰书屋》真正的写作时间也远远不止一年，其中投入的是他全部的人生历练和世事感悟。这种对写作的态度，就是他常讲的敬畏，心中有敬畏，粗率之风自会消散。除了态度问题，好散文的写作还与一个人的修养有关，这种修养一是生活，二是阅读。生活不能随意选择，阅读却可以自行塑造。一些作者对散文孜孜以求，不可谓不用心，但往往重复自己，陷入平地滑行的状态，主要是由于眼界没有打开，阅读的广度和深度十分有限。

手头老是那几份杂志，阅读类型就容易固化，提升就无从谈起。我想每个作者都可以尝试着改造一下自己的阅读，心中怀着异量之美，去走近和体贴与自己人生经验距离较远的文字，看看能不能获得一些收益，进而能否为自己的散文写作带来一些好的改观。但我同样要提醒的是，不要轻易地去否定自己，来一个突变，那既不可能，也无甚必要。马克思讲，紫罗兰有紫罗兰的芳香，玫瑰花有玫瑰花的芳香，我们不能要求紫罗兰有玫瑰花的芳香。对于散文写作，也是如此。张扬灵性的文字、弘扬人文的文字，彼此不可替代也无须互相褒贬。但话又说回来，这并不意味着彼此水火不容，没有通融的余地。也就是说，在自我风格的形成方面，也要处理好常与变的关系。尤其是对于一些年轻的、正在成长中的作者来说，不过早地定型自己，不满足于已经打通的写作路径，充分地广博地吸收散文经典的养分，是其有所大成的重要保障。《2012 年度信阳散文》中选入了一些年轻作者的作品，情思灵动、文笔流丽是其突出的特点。比如丁威的《故乡的茶味》、王欣欣的《半拉烧饼》、李柏林的《秋日密语》等，感觉敏锐、文字上乘，真是难能可贵；有些篇子也反映出流行文风、网络文风的影响，这不能说不好，但我想如果能够多些对人间情怀的眷顾，能够多些经典散文的气息，会更好。

谈论散文的常与变，词不达意的地方很多。之所以欲说还休，是为了读到更新更好的散文。散文的常在文体形式，而变在情思含蕴，所以我希望同人们明年在情思含蕴上用力，写出一些新的意思来；而不要在文体形式上求新求变，没意思。

三、表达你的发现

——《2013 年度信阳散文》述评

谈论信阳散文，不能不提及当下全国范围内的散文生态。我们的作者都处于这种生态中，其散文观念、写作姿态、语言模式都跟这一生态的某一环节、某一层面有着密不可分的联系。这种联系也很自然地反映在《2013 年度信阳散文》的来稿中。应该说，今年的来稿，从总体质量上来说是不错的，尤其是相对于前两年，有明显的提升，言之无物、无病呻吟的稿子少了，情感质实、内容丰富的长篇散文多了，这可能与散文年选的导向有关。但值得注意的问题也有，这主要是一些作者散文阅读的视野有些狭窄进而对散文的理解有所偏差。这个问题显然是提高中的问题，因而放在第四本年选《2013 年度信阳散文》中谈谈，似乎很有必要且十分适宜。

我们的一些作者，对散文的理解主要是由语文教科书中的散文名篇形成的，特别是一些身份为教师的作者，整日揣摩语文名篇，散文观念难免有些固化。入选教科书的散文毫无疑问是名篇，但须知教材编者选这些名篇的考虑以及语文教学对这些名篇的解读和散文观念不是一回事。语文教育历来讲工具性和人文性的统一，但实际情形还是重视工具性的一面。语文教育的目标体现在写作上也是希望培养学生写作清通可读、信息完整的文章，对于散文的理解是文章学意义上，这和文学意义上的散文还是有差别的。比如语文教育大家叶圣陶先生也是“五四”就开始知名的大作家，但他的文学成就在同代作家里面不是最突出的，原因就在于叶老的最长期的职业是老师，写作总是带有自觉不自觉的示范意识。他的文章几乎篇篇都是范文，十分讲究结构的完整、修辞的恰切、文字的标准，但性情是不大容易看得到的，因而能够放在文学史上阐释的名篇较少，放在语文课堂上讲的写作范文较多。与叶老相似的是朱自清先生，他恐怕是散文入选语文教材最多的作者，而且他的文章入选从20世纪30年代就开始了。朱先生毫无疑问是新文学中一流的散文家。他的散文大体上可分为两类，一是关注现实人生的情感体验的，比如《背影》《荷塘月色》《致亡妇》《儿女》《桨声灯影里的秦淮河》；另一类则是《梅雨潭的绿》《春》《匆匆》之类的文章。后者以描写见长，朱自清先生写这一类文章，一个很大的用意是拓展白话文的表现力，以回应旧派文人“白话不能做美文”的攻击；另外朱自清先生也做过语文教师，和叶圣陶先生、夏丏尊先生等都是民国语文教育的重要开拓者，他们以民国时著名的《中学生》杂志为阵地，发表了很多关于语文学习的文章，其中不少是指导国人一般性的白话文写作的。朱先生的这类文章其实也有示范的目的，所以这类文章也最适宜在语文课堂上分析、讲授。能够表现朱先生人品和性情的文章是前一类。这一类文章当然在文字的表达上尤其是描写上也是很突出的，但文字的灵魂显然是作者幽微要眇的思绪，但放在语文课堂上似乎是不大好讲的，因而《背影》《荷塘月色》虽然入选语文教材，恐怕讲的最多的还是其描写与修辞，长期浸染于语文课上的分析模式，就会认为好散文好在修辞、好在描写，好在那种端起来抒情的架势，这样理解，就会离真正的散文越来越远，也不符合朱先生的散文实际。谈论这些，不是要否定我们的语文教育，而是想指出，语文教育培养的是一般意义上的合格的文字写作，这是我们的写作基础，自然功莫大焉。但我们的作者如果要想更上一层楼，介入文学写作，恐怕还是要超越、跳脱出这种模式来。

另外一些作者则发表了一些作品，大多是发在一些地市级日报、晚报和生活类报刊上。这些媒体所拥有的文化空间需要海量的散文来填充，反过来也在一定程度上促发了散文的繁荣。但也毋庸置疑，这些散文多被一次性地、消费性地阅读，很少有被反复品味的可能，因而量虽大，质地好的作品却不多，流传较广泛的名篇则少之又少。一个作者能够在这些报刊上发表文章，当然是一件值得肯定的事情，但需要提醒的是，一个有作为的作者不应该以此自得自满，更不应该被生活类报刊的趣味所拘囿。说得更直接些，就是不要为了发表而发表，一些作者为了发表，就会去揣摩报纸编辑的需求甚至报纸的篇幅要求，长此以往，就会陷入大众文化的泥沼中而不能自拔，自觉不自觉地降低自己散文的文化品格。事实上，我们经常会看到一些人，坚持写作几十年，发表散文数百篇，却籍籍无名、十分落寞，想来很有可能是被消费型的大众文化空间所陷。大众文化自有其理路，也无可厚非，但和文学写作相比却实实在在不是一回事。经常阅读报纸的人其实都会察觉，著名作家不大习惯于在报纸上发表文章，即使偶尔有，也属应酬之作，不可当真的。所以，对于有抱负的作者，对于正处在上升期的信阳散文界，应当提出更高的目标，就是向高档次的文学期刊上的散文看齐，比如《人民文学》《收获》《当代》《十月》上的散文，比如《散文》《美文》《散文选刊》上的散文，再比如人民文学出版社等权威文艺出版社散文年选中的散文。“取法乎上，仅得乎中”，但如果我们不如此，取法不当，恐怕就很难期许有所长进了。

好散文是什么样子的，这个问题很难有明确的答案。这里，我们不妨引用《散文》杂志印在封面上的写作主张——“表达你的发现”，结合《2013年度信阳散文》中的一些篇子，来试着进行阐述。

先说“发现”。“我们的生活中不是没有美，而是缺少发现的眼睛。”这是雕塑家罗丹的话，今天似乎成为俗滥之言了，但对我们的散文写作来说仍然有效。而且，在今天，阻碍我们发现的东西是增多了而不是减少了，因之祛除种种感觉的遮蔽就成为创作者的一个重要任务。海德格尔讲生活的诗意，诗意缘何而来，其实就源于生活的去蔽。由于生存的匆忙，我们对很多东西熟视无睹，也钝化了我们发现的心灵，丧失了发现的心境。我们一方面抱怨生存的庸常和无趣，一方面却争先恐后地追随物欲，不愿意稍停片刻以反顾自己的内心。散文写作其实不需要我们看破红尘、寄此身于世外，只需要我们在生存的缝隙中眷顾一下自己的灵魂。如此，顷刻之间，就会发现生存的诗意。晏子的《寻找云雀》便是从清晨的一声鸟鸣中发现生活的美丽与温馨，我们的生活固然不尽如人意处甚多，但并不妨碍我们对纯粹之美的领受和接纳；戴俊马的《好好活着》则从蝎子的生死发现了人类生之为生、死之为死的生命样态和内在缘由，“好好活着”的感触自然是深刻且坚实的。魏建东的《时光》等文章从寻常器物及人间草木中发现了光阴流逝的痕迹，淡淡的苍凉之感传达得很到位。这些发现，其实都并不刻意，很多牵绊我们内心的事其实并不需要刻意地去寻找，有时只需面对即可。王新华的《村庄上的文人》写了一个乡村里命运被历史作弄、才华被造化遗弃的几个文人的命运，平静如水的叙述呈现了这些人物的风神，不仅仅是小人物的不甘、挣扎及无奈令人喟叹，让人不平静的更多是文章对于人的尊严的追问与省思。刘长庚的《水稻》讲的也是乡间寻常的纷争，其中自然有对公平和争议的关注，但文章的特别之处显然在于对于非常态的个体心灵状况的揭示。李梅的《一个孩子的祈祷式》写的是留守少年，在李梅澄澈的目光和动情的叙述中，留守儿童的问题更多的是心灵问题，也连接着我们整个时代的幸福感。乔克清的《乡村婚事》则从身体残缺、身份卑微之人的艰辛人生中发现人性的别样形态，从中我们即可看到生活对人的挤压，也可看到生存的坚韧。于吉娟的《上一秒，十六年》也是如此。这些正视现实惨淡之处的文章，我们读了都会有同感，可并不是每一个人都愿意为之投入自己的深情，很多时候很多人都习惯性地扭转头去转移视线，以维持自己生活的纯净与和美。散文并不要求杂文的锐利，并不期待振臂一呼应者云集的景象，也不大合适宣示“不要在人民的疾苦面前闭上眼睛”，但日复一日地在绚烂的幻象中滋养自己的双眼，恐怕也不大会增强发现力进而滋生写作的冲动的。

历年散文年选的来稿中，都有不少篇子是游记，这既反映了旅游之风日盛，也反映了我们日常生活的贫乏。从文学史的经验来看，确有不少好文章是游记，出游也的确可以直观地刷新我们生存的感受。法国散文家蒙田甚至从生命成长的意义上来看待旅行：“在旅行中心灵可以持续不断地练习注意从未见过的新鲜事物，正如我常讲到的，除了使众多的别种生活、思想、习俗不断呈现在我们的生命面前，而且让生命品尝我们自己天性中永恒变幻的形态，我不知道还会有什么更好的构成生命的学校。”但我们的来稿中，让人从中发现其生命变幻的稿子委实不多，更多的是直接的新鲜劲儿还没过的体验，不免显得清浅。这些作者其实完全可以把旅游观感放一放，沉淀一下，结合自己的生命经验之后再回望一下旅途，所得将会更多。赵曾友的《走读潢河》、王散木的《围屋的温情》之所以可读性强一些，主要是由于融入了自我的生命感知。而田君的《局限》虽然写的是足不出户的遐思，其所展现的内心世界的不安与悸动却足以启迪其他的生命，而低回的写作姿态也正适宜于对自己内心的检索。同样，李应的《蝉声穿心》以蝉声启开心灵之门，其自我成长的印迹也具有一个人的风景之意义。内心风景的美，自然来自对自我情感记忆的敞开或打捞，虽然这种敞开和打捞有时需要借助诗意或歌声的触动，杨炳麟的《诗的物语性和无限性》和尹泓的《那些散落在歌声中的诗情》即明证。另外一些篇子，如杨海燕的《宁古塔》、马涛的《酒的味道不能说》等则将发现的目光落到了历史遗迹和文献书卷之中，虽然承继了余秋雨式的抒情姿态，但仍然有自己独特的发现和感知。

再说“你的”。散文是最具有直接表现性的文体，贵在“有我”，之所以有所发现，也全靠自我主体的去蔽。不仅如此，创作主体的识见和性情还会直接呈现在文字中，做不得假也掩饰不了内里的虚张。所以，对于有心于散文创作的人来说，提升主体的修养是永远的功课。创作主体的胸襟气度对整篇文章的风神是起到了决定作用的。宋效忠的《择水烹茶话古今》显现了作者丰厚的学养，不温不火的叙述流露出“辨章学术、考镜源流”的从容和自信，而压在纸背的则是其对于信阳这方山水的深情。赵主明的《山行絮语》在随意点染的笔墨中表现了对人情世事的通达。人生是一门大学问，古语云“学问深时意气平”，其文风或可作如是观。上述二位作者是我们信阳市的党政领导。近些年，各级领导著书作文现象多了起来，从总体上也得到了群众的欢迎，更有一些成为传诵的名篇。这些文字，很多并不以文采斐然见长，打动读者的主要是其主体的真诚博大和识见的精深实在。我们读温总理的《再回兴义忆耀邦》，读吴官正同志的《江城琐忆》，总会情不自禁地生出感动来，就是缘于其文里文外所闪现的那种高尚的人格和志在为民的情怀。

创作主体的提升不是一件简单的事，也不是一件一蹴而就的事情。除了认真生活、尽心做事以增加人生经验，阅读或许是一个不错的选择。阅读从某种意义上和为人处世是同构的，读书即读人阅世。一个人不论怎样随世沉浮、饱经风霜，其经历总是有限的，阅读则可以克服个人经验的局限。这些自是常识，不必赘述。值得注意的是，阅读视野的扩大、阅读量的累积会很明显地体现在散文写作中。陈峻峰的《民谚，那一缕怅然的怀念和作别》把读书感悟与人世体验几乎天然地融合在了一起，既有浪漫怀旧者的怅然，也有现代知识者的理性洞明。吴圣刚的《大地忧思》呈现的是我们感同身受的对于城市文明吞噬农业文明的忧思，学理的介入有效地为散文增添了厚度，情感也因此避免了此类散文很容易产生的浮泛之感。老英的《我的阅读史》则以翔实的书单讲述了阅读雕刻其生命的历程，识见不俗。沈靖的《名》写了阅读《道德经》所获得的为人为文的启发，思辨的展开与人性经验的记述结合得十分妥帖。楚些的《梁鸿的选择》，其叙事主要靠历史阅读支撑，而叙述的焦点“选择”无疑是由学者的眼光透视历史所得。今年的来稿中，历史解读类的篇目多了起来，且质量上乘，这是十分可喜的现象，说明了在我们作者中读书之风正在兴起。

从今年的散文来稿中，我们也看到一些作者努力提升、丰富或转换自我主体的尝试。詹丽的《空山》和张绍金的《一树梨花白》相对于他们之前的创作路数，无疑是有所突破的，文字的空灵还在，同时增添了叙事性的成分，质实和空灵就显出相得益彰来。温青的《白发中年》中的自我则从其坚固的诗歌城堡中走出来，坦率真诚地诉说其在“生命梯”上爬上爬下精心建构诗歌城堡的甘苦，个中况味难以言传。花原的《烟雨永济桥》与其之前中规中矩地介绍文物古迹的文章相比，主体的介入是很明显的，也是很成功的，如此笔下的古迹才具有人世的温情，具有压迫感的信息密度也因之被有效地稀释了，散文的裕如之态也就出来了。李柏林的《唱情歌》和张航标的《弟弟》则显现了85后、90后作者努力去理解复杂的人世以及成长中的伤痛的创作取向，这或许是主体开始走向成熟的标志。

最后说“表达”。前几年的散文来稿中，有一个值得批评的现象就是写作的随意化。这首先是散文观念的问题，认为散文就是随心所欲、想怎么写就怎么写，美其名曰“自然”或“真情实感”；或者其他文体写起来太费思量、费工夫，就率尔操笔写起散文来。今年的散文来稿中，也是如此，尤其是一些写亲情的篇子情感浮泛且没有节制，想到哪里写到哪里，或者是像流水账一样哗哗地宣泄，不仅没有结构，语言的运用也不讲究。这些写作说到底是情感的粗率，是对自己的内心不负责任，更遑论产生感染力了。20个世纪80年代，散文界有感于散文写作的随意化，提出“艺术散文”等概念，强调散文写作的技术性，后来矫枉过正，散文之路越走越窄，作为反拨，90

年代又提出“大散文”概念，放宽写作的矩度，强调文化精神的渗透，散文写作也由此别开生面。但大散文并不是不讲究表达，而是讲求表达对内在精神的遵循，反对外加的雕饰。近年来，散文界对大散文概念所带来的粗率之风时有反省。其实，对于真正的散文家而言，这种概念的困扰并不存在，反倒是一些写得并不怎么出色的作者，经常以散文概念为借口来掩饰自己写作上的困窘。我在《2011 年度信阳散文》的综述中提出散文的“经营”问题，一提“经营”二字，难免有深心密虑之感，让人不大容易接受。其实，对于情感思想的表达而言，我们如果稍微推敲一下，就会发现还有更好的句式和词语能表达我们幽微的内心，一些即兴式的表达初始觉得快意，但过后思量，相对于自己的心绪而言，多有不尽之处，甚至还会阻碍、遮蔽更真实的情感状态。因而，适当的经营，以本心为依据的经营其实不是外加的雕琢，而是为了更真实、更淋漓、更到位的表达。

散文的写作虽然具有开放性，但表达上却和其他文体面临共同的问题。比如言不尽意，是所有写作的难处。因而散文也可以与其他文体分享一些表情达意的经验。它不妨与小说分享一下典型塑造、场景再现的经验，与诗歌分享一下创设意象、意境的艺术。这些表达上的讲究，有经验的作者自是会心。胡亚才的《金色池塘》文笔看似散漫，所涉之事颇多，却有内在的精神之核，这精神之核赋予了整篇文字一种氛围、一种情调，这其实是诗歌意境的审美效果。潮汐的《逆光的河》大概是师法胡亚才的，因而也文思开阔、蕴藉深厚。熊西平的《金振中的门》氤氲着岁月的沧桑感，其中不断变幻的场景每一幕都如在眼前，整体上连接起来却让人感慨历史的悲情和存在的荒诞。胡晓靖的《父亲》则通过父亲面对家庭的窘境而惭愧流泪、虔诚地敬奉祖先等典型化的细节为我们塑造了一个平凡慈爱的父亲形象，真正写出了“人人心中所有，他人笔下所无”的情感滋味。杨家厚的《窗子》、陈晓玲的《莲香》和杜靓波的《何处不乡愁》则是把自己的绵绵情意寄托在寻常物事上来表达，即“立象以尽意”。刘淮玉的《打埂记》和张银洲的《白露河畔的枪声》在韵味的传达上也颇为成功。马军的《在河阳的日子》和王鑫《对话与读书笔记》或取法穿越，或借用对话，都是值得注意的尝试。

表达上的困境是每个写作者都会遇到的。有时是因为思力不达，自己尚无法完全理解所要书写的对象；有时是因为心境不佳，没有办法敞开内心；有时是因为语言不畅，找不到适宜的文字感觉。这些时候，最好的选择是不写，停下来耐心地等待来日。著名作家乔叶讲“慢慢活、慢慢写”，散文尤其是这样，急不得也无须急，千万不能因为自己的粗率轻慢了散文。它可是一种有难度的文体。

四、散文的“兴观群怨”

——《2014 年度信阳散文》述评

当下的散文界似乎观点太多、分歧太多，这篇综述不打算介入其中，只想谈谈关于散文的常识。我们写作散文，公开发表，总是期待别人阅读的，这个常识大概不会有人提出异议。如果不是这样，个人感受到的东西自会留在心里，何必行诸文字呢？如果仅仅是内心积郁不得已的发泄，写下来放在自己的抽屉里作为自我人生备忘即可，又何必传阅他人呢？因而，散文写作就存在着一个“为人”或者说“为什么人”的问题。这个问题从 1942 年毛泽东同志的《在延安文艺座谈会上的讲话》到今年 10 月习主席在文艺工作座谈会的讲话都被旗帜鲜明地提了出来。“年度信阳散文”的意义当然称不上宏大，但在编选过程中，也一样遇到了“为什么人”的问题。

散文是最富有直接表现性的文体，散文讲求“有我”，而且是个性化的自我。这个观念怎么强调都不过分。但“有我”并不意味着完全是“我”，仅仅是“我”。如果这样，这里的“我”就缺乏让他人进入、感知、同情的主体空间，就难免陷入顾影自怜的情感状态和自以为是的思想境地。我们平日里读一些散文，就会发现同是一些个性化的笔墨，表达的也都是真切至诚的情感，有的令人感同身受而击节赞赏，有的则令人读到狭隘的自恋而心生厌弃。这里面就存在着主体的辩证法问题。从哲学上来讲，主体乃至主体性本是历史建构的产物，是世界历史中近代启蒙运动的思想成果，现在却被消费文化所利用，张扬为欲望的主体、消费的主体，而自我也只有通过不断的、差异化的消费来确认主体性，其实不过是消费主义意识形态的俘虏而已。因而，现代哲学拈出“主体间性”一语，其目的就在于打破主体的迷思，认识到自我主体是在对他者的观照、对比中确认的。所谓“主体间性”，就是交互主体性，互为主体，每一个主体身上都有着他者以及由无数他者构成的社会历史因素。也就是说，每一个个体，看起来是单薄的、狭窄的，但都是自然万物和社会历史的承载者，只不过有程度之分而已。说了这么多玄虚的话，意在提醒我们散文的写作者，要看重自身所携带的社会历史信息，看重自我心灵所连接的广博的生命存在。如果我们在诉说个人生命体验和存在经验的时候，能够有意识地进行拓展性思考，那么就能在书写自我的同时呈现他者的存在，“为自我”和“为他人”就内在融合了，“为什么人”的问题也就自然不存在了。去年我们举行“《2013 年度信阳散文》首发式暨散文创作研讨会”，研讨会的主题定为“散文的个人经验和公共话语”，就是希望我们的散文写作能够以个人经验承载公共话语，而不是表达小情小调或者单一的小集团趣味。以往的散文理论也曾讲过“小我”和“大我”的结合，但似乎政治意味浓些，结合也似乎显得简单化、机械化了一些。这里更换了表述，不只是为了学理的周全，更重要的是期望我们的散文作者有更高远的文化追求。

《2014年度信阳散文》的入选之作，整体质量是比较高的。我自信地作出这一判断，是缘于大多数散文成功地解决了“散文的个人经验和公共话语”这一问题，令我在阅读的过程中时有所得，感慨不已。孔夫子在《论语·阳货》篇中谈及“诗三百篇”的功用时曾说：“《诗》可以兴，可以观，可以群，可以怨。”所谓“兴”，是指兴发人们的感动，激发人们的意志；所谓“观”，是指可以观知社会情状，察考政事得失；所谓“群”，是指增进彼此情谊，促进族群的和谐；所谓“怨”，是指不平而鸣，表达自己的忧思和伤感。“兴观群怨”成为后世评价文学功效的不刊之论。这里我想用来品读信阳散文，试着阐发入选之作的审美效果。

赵主明的《蜂之散记》，因蜜蜂而起兴，叙述淡而有味，言说的却是人世历练的所得所感，也引发了我们对曾有的与昆虫、与动物、与自然亲密接触的岁月的怀想，这在我们的生存更加依赖高铁、电脑、汽车等现代科技产品的当下，无疑将别有一番滋味。陈峻峰的《记忆里的一棵香椿》由香椿的“瘦削”形象谈起，继而追问“瘦削”的原因，反思人类欲望渴求与灵魂关怀之间的悖论，进而更进一步地体贴香椿的“孤独，抑或孤苦、疼痛、无语和忍耐”的品质，作为自我人生的一种勉励。的确，“树犹如此，人何以堪?”陈晓玲的《水井》跳脱出了一般的乡恋之文的模式，以灵动的笔墨书写了老井所维系的生活和人情，所展现的淳朴年代里日常生存所蕴含的诗意令人顿生怀旧之思。赵曾友的《寻找地菜》、詹丽的《山里的事物》中所呈现的都是寻常事物，之所以意味深长，是因为这些事物身上储存着光阴的故事，以及故事中我们生命的印痕，而寻找“其实是为了寻找我们自己”，发现的也是此时此地我们对存在的重新体认。田君的《雨终于停了》、李梅的《白》写的是雨和雪，前者写秋水连绵所带来的内心的潮湿和阴郁，由此而生出对于阳光“照耀、温暖和抚慰”的本真需要，作者内心的无限深情都寄予了或晴或雨的天气；后者则令我们看到了“雪的真心”、“雪灵魂深处的白”以及“让一切后退”的美丽，这美丽当然源自作者对于雪的细腻体贴以及对纯粹的向往，还有文字的不染纤尘。温青的《青色时光》、杨彦萍的《那些不老的时光》和潘新日的《庭深草木香》的主题都是时光，时光的静静流淌兴发古往今来多少人的感伤，三位作者也难免此种情怀，不过那种对蓬勃坚韧生命的注视，对温馨而不老生命际遇的打捞，对破碎的欣悦记忆的收集，都将冲淡这些感伤而成为对时光的一种精心雕刻。状物类的散文，其实很难写好。单是对事物的精描细画，或者不加考究的移情，是无法动人心弦的。任何事物，放在文学作品里，其实都是意象，都是含不尽之意而又生动鲜明的物象。《诗经》里那么多的名物，以至形成了见物起兴的比兴传统，就是因为这些名物寄托了先民的欢欣与忧思，其中有对于政通人和、夫妇和谐的赞美，也有甚至更多的是白发征夫泪、孀闺怨女情，以及忠臣烈士对于礼崩乐坏的怨刺。今天的文人，对于世间草木万物，多是把玩器物的心态，趣味单一、格局狭小、情感偏枯，由此而形成的津津乐道的文字恐怕只能成为盛世的帮闲。希望我们的散文作者能够拓展自己的生命情怀，在寻常事物上发现更为深刻的生存本相和更为丰沛的人生情思。

相对于状物类的散文，直接抒情性的文字较容易打动人。尤其是写亲情的，让人读了，自然地循着“老吾老以及人之老，幼吾幼以及人之幼”的心理逻辑，生发情感的共鸣，这正是“诗可以群”的审美效果。但这类文字，也面临着一个写作的危险，那就是不加节制地宣泄。一些文字，毫无疑问情感是丰沛的，却没有感染人的魅力，其原因就在于一味对自我负责，抒情不讲层次，没有曲折，缺乏承载情感的场景，这样就封闭了读者进入的路径和感知的空间，自己感动得一塌糊涂，读者却不买账。因而，直接抒情的散文还是要讲“言之有物、言之有序”的。英国浪漫派诗人华兹华斯谈诗时有句名言：“诗歌是平静时回忆起来的情感。”鲁迅也讲“情感太盛时不宜作诗”。这都启示我们即便情感浓烈，也要平静审视自己，赋予情感一种表达的路径和形式，尤其是需要节制，只有节制才能产生张力。吴圣刚的《雾中谒母亲墓》，情感不可谓不深沉，却以平静的文字出之，文中的大雾漫天的场景似乎消弭了天人永隔之界限，也正契合作者心事浩渺的情感状态。易荣荣的《跑偏》写的是一个别样的父亲，一个不安其位、终生想“跑偏”、想挣脱体力劳动获得体面安逸生活的父亲，这样的父亲形象其实也是很多人心目中的父亲的另一面，更为难得的是，作者叙写父亲的视角由孩童而成人，情感的变化也由腹诽到怜惜，父亲形象的丰富性和作者情感的层次性高度融合，实属难能可贵。曹宇的《分享》则从孩童对分享的天真而无限扩大化的理解写到灾荒年月分享所承载的良知的重量，作者对分享的感喟无疑是具有穿透力的，分享这一心理感情也不单单是抽象的存在而融入了今昔之叹。杜靓波的《祖母的情书》呈现了老人宁静简朴的生活中所含蕴的深情爱恋，那种岁月酿造的浪漫诗意是历久弥醇的。李胜志的《寂寞的天堂》和老英的《语文不是课》都是自我抒怀的文字，前者显示了自我人生的沉思所得，心灵境界可谓不凡，也会使同道者感到“心有戚戚焉”；后者则写了人到中年后的自我整顿，积极作为所获得的收获堪称丰美，其自为自重的人格令人起敬。夏吉玲的《末班车》由偶然际遇谈起，拈出“末班车”这一隐喻，书写自我在时代夹缝中努力奋进的人生感慨，所呈现的或焦躁不安或悲欣交集的心态当是一代人的写照。马涛的《回不去的家》文字练达，血气刚健，旧日的温馨与现实的斑驳两相对照，因对照而生出的“万念俱灰”或“踌躇满志”的警醒值得人们深长思之。

今年的来稿中有一个可喜的现象，即书写当下现实的作品多了起来。相当多的作者感知到文坛眼光向下、关注现实的风气，纷纷直面惨淡的存在场景，打开偏于自守的心灵世界，创作出既具有生活深度又具有生活热度的作品。就以写乡村而言，许多篇子都摆脱了常见的把乡村作为心灵的幻影、乡愁的寄托的路子，写的不是经过审美过滤而诗化的乡村，而是正在发生深刻变革、或田园荒芜或楼宇光鲜、令人痛并快乐着的乡村。沈靖的《写酒》讲的是自己游山所遇的一位颇有淳朴古风的老农，他远离在城里工作的儿女，怡然自得地生活在田园之中，并充满了对于诗意生活的向往。他对“写酒”的考究其实是对提升生活精神质量的企求，这种微妙的改善生存状态的期待被小说家的文笔拿捏得十分到位。汤昌元的《乡村笔记》书写了乡村的崭新面貌，并为之“骄傲和自豪”，此文也提醒我们单纯的今不如昔的怀旧心态可能是对农村变革的一种误读。张纪娥的《难舍村庄》则述说了自己对于乡村的情感纠结：早年为了获得新的生活而努力逃离村庄，而当村庄在城镇化的浪潮中逐渐接近自己所寻求的生活样态时，又对村庄的过去产生难以割舍之情，这种矛盾心境，恐怕每一个走出乡村的人都能体会。李新民的《幸福》写的老街改造的故事，从中我们可以看到，我们生存环境的改造与转换完全可以采用一种更加睿智、更加妥帖的方式，群众的利益诉求也不是我们惯常所理解的那般简单。作为基层干部的作者，其“春风沉醉”的幸福来自群众的真心认可，更来自智慧的馈赠。《美文》杂志曾经发表过不少基层干部的工作手记，那些情真意切、不假雕饰的文字有一种生活的滚烫之感，让人无法小视。我想我们的散文作者也可以更多写出来自第一手生活的文字。于吉娟的《生命的缝隙》即如此。此篇文字来自作者在医院的工作经历，文中所记“生命的缝隙”中的“感觉”被作者书写得具有逼近人心的力量，这些我们在常态生活中漠视的“不明白”的感觉其实直接昭示了生命不可承受的轻与重，作者的因悲悯而幸福的存在感悟也需我们慢慢体会才能明白。乔克清的《报名记》和乐祥涛的《等待搬家的猫》写的是城镇里的故事，前者讲述的颇有些“惊心动魄”的报名故事以及“翻看家世现世人世”的慨叹，令人在无语中感触存在的荒谬和怪诞，后者所写的等待主人搬家、自己却无家可归的猫的无助和惊恐，不也正是现代人境遇的一种象征吗？

写人的散文，既可以抒情畅怀，亦可以读人阅世，和直接写实的散文一样，起到“诗可以观”的作用。当然，这样的散文多是记述性的文字。陈有才的《我唱山歌》讲述了自己“吃民歌长大”的人生经历，内容饱满，情感激越，文字畅达，这种率性为文的写作姿态正是诗人不老、诗情不竭的证明；值得重视的是，文字所记述的不仅仅是人生的顺遂和辉煌，还有坎坷不平和孤独痛苦，这些人生历练为我们造就了一位坚持写作的杰出诗人。张锐强的《我的故乡在远方（节选）》一反“怀乡病”式的乡土书写，其所展现的少年情怀映现着时代的眉目，令人读来别有一番感慨，困难境遇中对远方的怀想不是诗意化的，而是对骨感现实的坚定逃离。张弘的《电影往事》是典型的话旧之文，从容不迫的追叙中闪现着旧时光的面影，电影参与了作者生命的塑造，不仅仅是作者，一代人曾有的对于精神丰富的期盼、对于更好生活的追求，都在不惜劳顿地看电影的过程中确认了。小易的《最后的同桌》、赵中华的《一抹桃红》、张航标的《一路向南》当属青春写作，却没有一般此类文字的矫揉之气。三位作者对自我生命所遇的欣悦与感伤进行了真实的书写，笔致自然宛转，文字清澈透明。我们从中可以发现当下青年人虽有忧伤但不乏乐观豁达的生命情思，而这一面在类型化的青春写作中往往是被遮蔽的。李柏林的《街摊风景》描述的是街边看起来丝毫不能称为风景的流动小摊，但风景的成立与否其实只与自己的内心有关，作者对街摊风景的发现是其心灵世界逐渐开阔的见证。王新华的《最后的行走》和罗占勇的《在冬天的深圳，听雨》可以视为“底层叙事”的作品，尽管我在这里不愿简单地张贴“底层”的标签。前者写出外寻求活路的农民所遭遇的歧视和挤压，使得不堪承受者的生命“像一条冻伤的蛇，蛰伏着，不敢出洞”，而最终带着一种人生挫败的姿态黯然返家，委顿于乡村的破败之中，“最后的行走”无疑是悲剧性的；后者写自己打工途中多次听雨的心理感受，那凄苦的雨声是“南来北往的流浪者在谋生路上奔走的声音”，雨声中的揪心之痛则幻化为难以磨灭的生命刻度。两篇文章所呈现的生活的困顿与存在的伤痛对于作者来说是刻骨铭心的，也定会使读者动容。石和安的《伯父归来》是主旋律的作品，写的是英烈魂归故里、安息桑梓的历程，作者的崇敬之情是真挚的，文字也显得壮怀激烈。现如今，主旋律写作总给人一种空洞虚假的印象，仿佛只有“抹黑”中国才能显示自己的精神独立和思想深刻，这样的文化氛围实在是不正常的。我们的国家民族，无论如何发展，总是需要那些写“大事大理大情”的作品，我们的文学也需要阳刚之美和浩然正气。涂保学的《五哥》和刘淮玉的《小哥》写的都是再普通不过的乡村人物，但普通人物也是历史的承载者，也正是芸芸众生撑起了无边无际的历史的天空。“小哥”娴熟的劳动技艺和忍耐谦和的处世方式是千百年来农人的生存之道，也正是依靠此道，天地绵绵，人世不绝，尽管生计维艰，人们的生息依然那么顽强恣肆；而"五哥"的人生传奇和安于默存的生活状态不也彰显了这平淡而深邃的"另一种存在"的意义吗？

每个人都是历史的承担者。读人是阅世，也是读史。读史使人明智，因而文化历史类的散文佳作总是令人涵泳再三、感慨不已。胡亚才的《1929 年的那次比武》写的是与自己有关的一段历史。作者对历史场景的营造很明显采用了小说笔法，但作者主体的深情融入有效地淡化了情节的紧张感，散文和小说的文体分野正在此处。"1929 年的那次比武"，之所以长留包括作者在内的石佛人的内心，是因为比武所显现的凡圣之道远远超越了胜负本身，而连接了深沉、博大的生命存在，化为人们心魂中回荡不已的绝响。金庸云："侠之大者，为国为民。"作者所钦敬的武艺之高妙，也正是在于其"大象无形、大音希声"。杨帮立的《两千年前那场戏》、陶子的《失眠者的钟鸣》、丁大成的《黄柏山上思李贽》、马军的《关里关外》等则各有胜场，无论是对历史的描述和再现，还是反思和拷问，都有自己的独到心得，而迥异于流俗的成见。历史文化类的散文，需要作者多方面的修养，对于历史的熟稔，善于追问和质疑的犀利的眼光都是不可或缺的，而更难得的是在历史写作中融入现实感，以现实的尖锐来激活历史的混沌麻木。杨帮立等人的文字之所以出类拔萃，原因盖出于此。

以上文字，借用孔夫子的“兴观群怨”来评述我们信阳散文的篇什，多少有些攀附圣贤之嫌。但所谓“当仁不让”，“及时当勉励”，想必也不至于产生什么不妥。细心的读者也许会问，“可以怨”之文在哪里？为何没有明确评述？怨愤之文、怨刺之文在孔夫子那里尚有价值可言，但在后世儒家看来，还是“怨而不怒”“温柔敦厚”的文字好些。今天的怨愤之文、怨刺之文大概可以落实到杂文的写作中，而我们信阳散文中也实在不缺“怨而不怒”的文字，散文的“怨”也实在需要散文化的处理，粗口骂街的文字是不配作散文的。

1929年，进步青年叶永蓁把自己创作的自传体小说《茵茵》寄给鲁迅求教，鲁迅建议其改名为《小小十年》，并推荐在《春潮月刊》发表。鲁迅先生还为之作了“小引”，小引中说：“他描出了背着传统，又为世界思潮所激荡的一部分的青年的心，逐渐写来，并无遮瞒，也不装点，虽然间或有若干辩解，而这些辩解，却又正是脱去了自己的衣裳。至少，将为现在作一面明镜，为将来留一种记录，是无疑的罢。”《小小十年》一下子为文坛所知，“小小十年”后来则不知怎地演化为志同道合者纪念其所从事志业时常常想起、常常使用的名字。著名学者汪晖、黄平在纪念他们主编《读书》的十年历程时就充满深情地使用了。自2010年始，我们的年度散文编了五年。五年辛苦不寻常。我们的“小小五年”虽然称不上有什么功德，但我们从事这项志业的决心和苦心却是“并无遮瞒，也不装点”的，希望我们的劳绩能够多少“为现在作一面明镜，为将来留一种记录”。

五、超越之途

——《2015年度信阳散文》述评

这已是“年度信阳散文”的第六本。读者或许也意识到了，去年的《2014年度信阳散文》，我们以花团锦簇的封面以及前言综述中的若干文字，来提示大家信阳散文所走过的一个阶段。“五年辛苦不寻常”，在有了初步的收获之后，到了第六年，我们自然有超越的欲求。但超越何其难矣，在当世语境中，很多时候，“超越”和“创新”、“突破”之类的词一样俗滥得让人麻木，对于认真的人而言则是增进了压迫感和浮躁心。即令如此，我们还是要讲超越，也不打算用一个更唯美更婉约的词来替换“超越”，因为信阳散文确实存在超越的需要，又确实面临超越的契机。我们愿意从《2015年度信阳散文》开始，寻找并确认超越的路途。

“超越之途”是个大题目，冒昧地使用这个题目，其实不是表明我已胸有成竹、心存妙方，而是想提出问题，引起大家注意，有“大声疾呼”的意思，目的是促进共同探讨，争取有所收益。这里，借撰写《2015 年度信阳散文》综述之便，谈谈我的一点儿意见，权作“抛砖”。

通览文友们投给《2015 年度信阳散文》的稿子，常常为一些佳作而长久地喜悦，也时时为一些认真结撰却效果不佳的文字而感到惋惜。《2015 年度信阳散文》编辑部的编选会上，几位编委也指出了信阳散文写作中出现的问题。带着问题意识，我思考了很久，想得较多或者说较为成熟的意见有三点：一曰增进思力；二曰介入现实；三曰深化阅读。

先说增进思力。散文是主情的艺术，这是不错的，但并非就与理致绝缘。现代文学史上就有一股“知性散文”的浪潮，代表作品是梁实秋、林语堂、王力等人创作的那些谈茶、谈酒、谈棋以及谈女人的文字，“知性散文”的文字就是以说理为主，但这种说理不离日常生活，不远世态人情，汇总的是抽象的情感状态。我们读到一些气势磅礴的政论文，自然也是说理的，却有极强的感染力，原因就是这些说理的政论文引入了人民心中的抽象情感力量或者说道德伦理中潜存的情感力量。这是说理文“有情”的原因。“有情”的说理文其实难写，“才”和“情”之间的统一其实很难办到，信阳散文中此类文字不多，这里也不多谈。需要多谈的则是抒情散文的理致问题。我们收到的很多散文，其情感之真挚、文字之畅达是毋庸置疑的，但读完了所得甚少，也谈不上耐人寻味。这其实是思力缺乏的缘故。很多时候，我们的情感是丰沛的，但如果对自己的情感缺乏分析思考，自己的情感就永远是自己的，而且很可能这种情感转瞬即逝，无法沉淀为自己的生命经验。这种情感化为文学，就更经不起推敲了。华兹华斯讲“诗歌是平静时回忆起来的情感”，中间的定语“平静时回忆起来”很值得玩味，之所以是“平静时回忆起来”而不是即兴的、浓烈的情感，强调的就是思力的介入。也只有平静下来，细思漫想，联想的翅膀才能打开飞翔，生命的情味才会纷涌而来，一己的情感才会获得普遍性。陈峻峰的《身份》写了自己在身份转换之后的万千思绪。作者没有沉浸于最初的落寞感中，而是去追问身份的来源，进而追问繁乱时世或庸常生存中个体意义的确定性。思考的自觉开启了记忆的闸门，联想连同随之而来的文字也异常活跃。纷至沓来的生存片段循着存在主义式的精神气脉而被妥帖安放，可谓是开合有度、收放自如。李新民的《雪落无声》则把自己“深捂了一冬的心事”在大雪纷飞的冬夜进行了“平静的梳理”，一番梳理，一番反顾反思反求诸己，也是一番自我劝慰和勉励，生命所蕴含的阔大深邃也得以彰显。如果深夜扪心，相信每个人都会发现自己生命的幽深。赵主明的《学琴笔记》和田君的《南城·北城》讲的都是个人的心绪，却都有连同你我的情思，前者叙述退休后抚琴学艺的经历，以平淡的语调娓娓道来，展现了生命经过新的开掘后的风姿，文字的耐性和人生的从容是融为一体的；后者则写寻找童年记忆而未果的失落，这种失落不仅属于为镇潢桥的拆除而怅然的作者，还属于面对物非人非而无措的作者的父亲，也属于众多乡愁无处安放的人。詹丽的《曲水流觞》和李梅的《光和影的比例》，还有于吉娟的《杭州心情》，是典型的自我抒怀的文字，却内在地具有一种对话性，不单是文字中标识出的“你”，整体上的心绪流露就有一种与人分享的姿态。也因此，她们在与人分享之前，就思前想后地对自己的心绪进行了选择、调整、润饰，想把自己最真切幽微的情感以最温和、最体贴的方式与有心人分享。这种文字上的“梳洗打扮”也是一种思力介入的过程，只是这种思不是冥思苦想，不是穷追深究，而是以感悟的方式，让思绪尽情地游走，进而摄入最为动人的一瞬，这一瞬其实凝聚了万千心思。因而，这些感性的文字获得了绵深的质地，让人回读再三，不忍掩卷。并非所有自我抒怀的文章都有感动他人的力量，相反，在很多时候，一些抒情文字，作者可能沉迷其中，“情不自禁”地、忘乎所以地言说，但让读者感到的却是其狭隘的心胸和让人生厌的自恋。我们都不是名人，都不是公众人物，个人的情感不可能自然地获得公共性，因而，我们在表现个人情怀的时候，不妨先在内心自问一下，这种情感对他人而言有何意义，能否进入他人的内心，或者先把自己置换成读者，重新打量自己的写作。也有一些人的文章，不是纯粹的张扬自我或顾影自怜，却是写给特定人群看的，这特定人群或者是作者的师友、同事、同行，或者是作者的领导等关系人，其中的情感并不具有超出特定人群之外的可分享性。这些文章的作者昧于特定人群的阅读接受特点，是不可能对自己的情感进行省思的，只会把自己的情感往狭隘的特定的指向方面加工，其审美局限性是明显的，这也是很多应景之作、应制之作难以写好的原因。须知，好的散文的情感，尽管是以个人化的形态出之，但指向的却是鲁迅先生所说的“无数人们和无穷远方”。

对于抒情性不那么明显的文字，思力的运用则能使问题的讨论引向深入。江岸的《我想放声歌唱》所描述的对弱势群体的情感纠结是很多人感同身受的，其中展现的作者的人格的真诚也是值得肯定的。作者想“放声歌唱”，期待用扬善来减少假恶，自然是不错同时也是无奈的选择，但减损了解释现实的力量。劳苦大众的道德尊严是一个大的话题，在革命文化兴起之前，底层人民是没有道德感可言的，他们被理解为不觉醒的麻木不仁的愚者、庸众，即便有道德，也是最终指向主子的奴隶的道德。革命文化赋予劳苦大众历史创造者的崇高尊严，他们形若蝼蚁，却吃苦耐劳、勇于奉献，承担了革命的重担并为之流血牺牲。这是站得住的历史事实。但这种尊严是总体上的，分解到具体个人，则是如江岸所述说的，难免让人感到形而下和形而上之间的悖谬。所以毛泽东说“严重的问题是教育农民”。对于劳苦大众之个体存在的道德缺陷，文学理论家胡风则解释为劳动人民受剥削阶级的毒害和蒙蔽所致，这也颇有几分道理，这就像当下的底层心态一样：贪官污吏欺上瞒下、骄奢淫逸，底层细民为什么不能坑蒙拐骗、造假作伪？所谓“乱自上作”，讲的就是这番道理，由此对于当今习主席的雷霆治吏，怎能不多一份认同？我想，如果江岸先生多想想，多联系一下历史，对比联想一下美好的事例，是不是可以更嘹亮地“放声歌唱”？宋文春的《一些变化》写了一个“粗暴蛮横、自私懒惰”无法让人亲近的父亲随着年岁渐老而呈现出的温情的举动，这温情使作者在短暂的慌乱之后获得了长久的感动。作者是敏感的，他所呈现的画面足以让读者鼻酸落泪，但我想作者不妨情绪平静之后思考一下，父亲何以多年来冰冷麻木。是不是艰辛的生活使他感受不到生命的欢欣，意识不到幸福的存在，还是匆忙的时光与人事使家人没有给老人提供表露爱意的机会？由此畅思，或许会发现更多的生活线索，展现的或许是更为斑驳因而也更为真切的生存情景。强调增进思力，并不是提倡大家发一些空泛的、易得的议论，也不是让思想性的内容直接倾注在文章里，而是希望大家能够借助理性的力量自觉检视自己的内心，思考尤其是反思自我情感的形态、由来及去处，进而能够和生生不息的博大的生活场建立稳固的联系。

再说介入现实。"现实"已经是文学语境中让人感到疲惫的字眼,尽管如此,回避谈论这个问题依然是不明智的。因为,很多人对散文的厌倦是由于散文写作中现实感的匮乏。花鸟虫鱼谈论不休,老屋炊烟书写不尽,表现的也是被充分格式化的情感,如此的散文怎能让人有阅读欲。为了激活散文的审美能量,文坛有识之士还是想出了很多办法,其中之一是《人民文学》杂志开设专栏提倡"非虚构"写作。所谓"非虚构",就是倡导作家们走出自己的小圈子,打破对自我生活现实感的幻觉,主张"眼光向下",注视芸芸众生,书写更为广阔、更为繁杂的生命存在。"非虚构"有它的现实针对性,针对的是:一些作家整日盘桓在茶楼酒肆之中,流连于风景名胜之间,只能依靠网上看到的消息开展创作。他们质问,难道我的生活不是生活,我所处身其中的现实不是现实?虽然都是现实、生活,但特殊的现实、生活毕竟不具备共享性,这样的生活除了炫示优越感,是没有什么审美效能可言的。我们信阳散文的作者大多不是专业作家,也大多不是生活优越的中产阶级,我们本身就是人民的大多数,是芸芸众生,因而不存在"眼光向下"的问题。但我们也存在同构性的问题,即我们很容易对身边的现实生活进行自我遮蔽。大概是受制于陈旧的散文观念,我们习惯于把当下的生存情景虚化,把自己的亲人美化，把自我的经验诗化。这也是一段时期以来信阳散文严重“散文诗化”的缘由。为了平衡这种倾向，我们倡导在散文创作中增强一些叙事性，鼓励大家介入现实，叙述或惨淡或温馨的人生场景，去伪饰存真态，写出扎扎实实的存在感。应该说，我们的努力是有效果的，今年的稿子中，言之有物、内容质实的作品多了起来，而且日趋见佳，情味也愈加遥深。其实，只要我们把目光转向苍茫大地，转向或欣悦或悲戚的人群，便会发现自我其实并未外在于这广漠的存在中，也会从中获得抚慰或信心，获得兴发感动的力量。胡亚才的《1999年的几则日记》写的是过往的几个人生片段，作者写得活灵活现、如在目前，主要是因为这些片段增进了作者对天、地、人的理解，从而也深刻地嵌入到作者生命中了。“方向比速度重要”“安卵子会议”等让人默然沉思、吟味良久，野猪事件以及乡野奇俗则让人对造物主的神奇心存敬畏。这些存在于日记中的现实碎片，并非什么了不得的大事要闻，但作者敏于感觉现实的内心使得平凡世事所蕴含的生存况味徐徐散发了出来。陈晓玲的《乡谣》则从记忆中打捞出了乡间细细碎碎的人与事，人与事中的世态世情令人难以释怀，也在悄然改变着人们对生存的简单的理解，尤其是那个“她们那一茬人都没有她活得久”的幺蛾子，其生存的坚韧让我们顿生宽容之心和慈悲之念。王新华的《牠们》写的是逝去的现实场景，在那个场景里，牛的生死、来去照见了人心，也映衬了人世，牛之微茫又何尝不是人的卑微的一种隐喻呢？作者的文笔也实在是好，写出了光阴的气味，写出了凡人内心的叹息。杨彦萍的《娘的晚年生活》和张运涛的《代元美》所写的都是自己的母亲，摆脱了“母亲疼爱我、我孝顺母亲”的模式，视野也不局限在母亲与我之间。两位作者都是有心人，一是把母亲作为自己平等的朋友来对待，一是有意探询“那个叫代元美的女性的精神空间”。他们都自觉地把母亲作为一个生活主体来审视，有效地描绘出母亲所牵绕着的现实。两篇文章或写母亲对树的愧疚、母亲的闺蜜，或写母亲的购买欲、母亲的勉为其难的改变，都令人感同身受，想起自己一样平凡、一样不易的母亲。这种一己情感所生发的迁移性的感染力量，缘于作者对现实的细致的充满耐性的观察。很多时候，我们过于在意自己的荣乐或哀痛，一个自我横亘于胸，往往会“目中无人”，甚至连自己亲人的存在也会忽视。在这种浮躁的心态下，笔下的人物也往往成为作者利益或欲望的投射对象，是给作者带来欢乐抑或痛苦的关系人，人物内在的完整的现实存在被缩减为作者的情绪符号，相应地作者原本就已狭隘的情感思想也在这种书写中被固化了。郭俊的《另一番抵达》和吕东亮的《过年回家》则有些非虚构的意味，前者所呈现的东南沿海打拼者的生活和心理状态对于我们来说是一种“新经验”，作者之所以书写下来，则源于“另一番抵达”中所展现的生命的“另一种存在”；后者所展现的农村现状的不堪或许会让诗化乡土的人感到诧异，进而忧思我们厌倦漂泊的心灵何处安放。飞哥的《说书人老胡》和金波的《货郎子老谢》都有小小说的风味，人物是细民，故事有市井气，“老胡”“老谢”这些在我们生活中存在过的人物，一定程度上塑造了我们对“人间世”的理解。对于平凡的我辈而言，寻常人物的善恶才是具有切身性的。吴万夫的《吉祥号码》和张弘的《往事随风》，是忆旧的文字，前者感人的是作者对少年意气的回望以及回望中的反思，文字所传达出的成长中的痛楚和成熟后的通达等生命体验非作者所独有；后者则在平静的叙述中渗透了脉脉深情，过往时光的重新打量或许是为了消解抑或稀释当下生活的“忙”与“烦”。刘淮玉的《推磨记》和季明的《山村下雪天》写的都是缓慢的生活，前者所描述的推磨场景本身就带有岁月无尽的韵味，后文所描写的封闭空间中的喧腾蓬勃让人心向往之。在现代性建立以来的社会文化语境中，缓慢是奢侈的，是愚蠢的，这是于讲求效益的人们而言；对于文学而言，慢则是“等等灵魂”的步态。“文学是一种慢”，只有慢下来，我们才能在世俗中发现安顿灵魂的情味。乔克清的《娶我的那个人》和杨艳梅的《烟火正好》以朴素的文字写出了“世俗心”和“烟火气”，别轻看了这“世俗心”和“烟火气”，千百年来的百姓生活的维系靠的就是它们，

"岁月静好、人生安稳"靠的就是它们。杨帮立的《伤逝》、曹宇的《舞者》和通振远的《地铁里的那个小孩》都写了现实的某一种面相以及遭遇此种面相时心灵的悸动,虽然还可以写得更丰厚些,但情感的质地已然十分沉实了。

谈论"介入现实",容易让人想起20世纪50年代"干预现实"的文学口号,当时还有一篇引起轰动的名文,是评论家黄秋耘写的,叫《不要在人民的疾苦面前闭上眼睛》。呼吁"干预现实",在今天看来是有些迂阔虚空的,何况人民的生活又谈不上是"水深火热"。提倡"介入现实",其实也有些煞有介事,因为我们本身也实在没有脱离现实的本事。但拈出"介入现实"这个词组,意在期待散文作者揭开悄然笼罩在生活表层的纱幕,进而关注变动不居的存在和百感交集的灵魂,还是有价值的。我们所不愿意看到的是,大家听信流行的软性文化的教唆"天黑了请闭眼",面对晦暗的社会或粗陋的人们无动于衷,以为散文只是吟风弄月、遣心消神之事,读了之后也只会生出"洗洗睡吧"之感。

最后说深化阅读。和前几年的情况相似,今年的来稿中历史题材的散文也不少。马军善于写人文历史类散文,今年的《扬雄在公元11年》也出手不俗。文章以丰富的历史知识勾勒出扬雄所处的具体历史境地,写出了处身于政治漩涡中的知识者的无奈和悲情,即便是埋首经籍,也难以做到全身远祸，作者的人文情思是深沉悠远的。历史题材的散文，其实写好了也颇为不易，不仅要有大量的阅读甚至是专业的阅读，还要有迥异于流俗的识见，以及压在纸背的对当下现实的关怀。这些要素，在马军的《扬雄在公元11年》中我们都可以感受得到。但更高的要求也不妨提出，那就是阅读还可以更宽阔，对历史的想象还可以更复杂，认识也可以更为深刻。就扬雄而言，后世学人对其"好为艰深之词以文浅易之说"的讥评是很有道理的，那么怎么理解扬雄的好名以及"寂寂寥寥扬子居"之间的矛盾，他果真是一个面对政治波动安贫乐道、甘于书斋的人吗？当时人和后来者的质疑难道就只是庸常者或心怀叵测者的偏见和误解吗？历史散文的写作者，很容易把自己的写作对象拔高，以此来寄托自我对某种品格和存在方式的敬仰和向往，这本是无可厚非的，但很多写作者往往因此忽略了对立面的历史合理性，进而丧失了对历史张力的呈现、对历史复杂性的洞察，我以为是得不偿失的。当然，对历史散文的作者提出对历史学者那样的要求，是不切实际的，但既然要持续写作，就应该有高远的志向，纵观文坛历史散文的大家，就其阅读能力和认识能力而言，是不逊色于专业的历史学者的。何况，我们还可以借助于相关历史学者的专业研究，来支撑我们对历史的认知和想象。王散木的《骑楼烟雨》令人印象深刻的是对于陈炯明的叙述。陈炯明在传统的近代史叙述中是一个背叛革命、反革命的军阀形象，但骑楼这一带有现代化思维的建筑却展现了陈炯明不为人知的推动地方现代化建设的一面。历史的面相就是如此光怪陆离，或者说是相关的历史叙述太过僵硬单一。事实上，对于陈炯明，近代史研究界已经出现了愈来愈公允的叙述和评价，《骑楼烟雨》中的感慨也得益于这种史学研究的进步，向前推三十年，怕是无人敢于公开谈论陈炯明的贡献的。说到此，想推荐大家读一些涉及自己感兴趣的话题的学术著作。谈及学术著作，很多人也许会望而生畏，事实上除了特别生僻的学科领域，大部分人文社科类学术著作是具有可读性的，而且现在学术著作也在讲求大众化、趣味化。市面上人文社科类的科普著作也层出不穷。我觉得信阳散文作者都具备阅读学术著作的能力，希望大家选择一些精品人文学术著作来读，这也算是深化阅读的一种途径吧。《骑楼烟雨》中的骑楼所承载的历史，是地方史，也是小历史，但小历史中潜藏的趣味或许更具魅力，更适宜于文学书写。对地方历史人文的挖掘和书写，也是一些信阳散文作者所乐此不疲的。丁大成的《望重商山》写的是地方名贤胡五伦反抗暴政、为民请命的事，今天读来仍然为之热血沸腾。对公共道义的承担并非轻易之事，很多时候伴随着自身利益的丧失、自我生命的委顿。“望重商山”，何其难矣。邓世太的《山·寺·人》文笔畅达，对净居寺文化内蕴的描述和阐释是较为到位的，对苏东坡艰辛境遇中心境的体贴也较为动人。曹雁雁的《王熙凤的花样人生》和杨暖的《走近自然文学的山野》写的则是读书所得，曹雁雁读王熙凤，读出了另一番"女人心思"，杨暖对自然文学所呈现的生存风景的描摹，让人油然而生"乡关之思"。

深化阅读，并不是单单就历史散文、读书随笔写作者而言的，虽然他们的写作要直接依赖于阅读。对于所有企求超越的散文作者，深化阅读都是一个重要的提醒。事实上，每个人回顾自己的写作历程，便会发现阅读在很大程度上支撑了我们的写作。生活很重要，但怎样把生活转化为文学，这一环节主要靠阅读经验实施解决。我们的文章成为今天这个样子而不是别的样子主要缘于阅读对我们的塑造。一些作者散文写作停滞不前，不能得到改观，很大程度上是阅读的匮乏，这些作者不妨扪心自问一下，一年里到底读了多少书；一些作者自以为已经成熟，也感觉不到提高的必要，这同样是阅读的不足，而且更可怕的是阅读视野的单一，在有限的阅读视野中，是很容易维持自己"写得不错"的假象的。懂得写作甘苦的人，常常会为阅读带给自己的滋养而庆幸，也常常会为自己词汇的贫乏、句式的重复、思维模式的固化而感到恐慌，对于加强阅读有着深切的认同。我想，我们有抱负的作者，也应该意识到，深化阅读，"永远在路上"。"深化阅读"，除了点明阅读的重要性，还有强调“深化”的意思。所谓深化，就是读得深，争取做到研读，反复读，一边读一边思考“见贤思齐”的路径。散文的写作，是没有理论可以讲求的，散文更多的是文脉的延续，新变也更多的是文章气脉的转换。因而，对于散文写作者来说，在广泛阅读的基础上，寻找契合自己心性的散文路数，选择一两个大家，精心追摹，如临帖一般，久而久之，会脱胎换骨，进而自成一番气象的。深化阅读，忌讳的是心浮气躁，一味地贪多务广，找不到感觉。当然，长期把自己拘囿在低端的单一阅读层面则更为可怕，这已无须再说。

超越之途，难以尽言，难以确言。以上鲁莽抛出的三块“砖”，不知是否掷地有声，引起一些同感。好在我的心愿是真诚的，真诚希望朋友们增进思力，使文字多一些大气、锐气；介入现实，使文字多一些底气、生气；深化阅读，使文字多一些静气、文气。末了，我想重复申说一下关于散文文体的见解，即散文是最富于直接表现性的文体。请注意“直接”这个词，它意味着散文是素面朝天的，你是一个什么样的人，决定着你能写什么样的文字。清代著名文论家沈德潜有言：“有第一等襟抱，第一等学识，斯有第一等真诗。”这句话我们不妨悉心体会，在迈向超越的途中以之共勉。

六、散文和我们的时代

——《2016 年度信阳散文》述评

“散文和我们的时代”是一个大题目，我在这里不想漫无边际地去谈，只想结合《2016 年度信阳散文》的编选，谈一些粗浅的体会。中国文章的“大传统”是文以载道的传统，唐代的白居易甚至提出“文章合为时而著”。这样的写作精神在古代并不限于散文的写作，可事实是很多流传下来的经典名篇并非“合为时而著”。20 世纪五六十年代是一个改天换地、百废待兴的时代，当时的文坛十分强调对于新时代、新生活的反映和书写，散文在这样一个形势下受到前所未有的重视，被视为文坛的“轻骑兵”，原因就在于散文篇幅短小、写作迅速，可以及时地捕捉和书写生活。具有同样特点的“短篇小说”“独幕剧”“快板诗”也都被定位为“轻骑兵”。这样一来，散文的文体特征也就遮蔽了，只剩下“篇幅短小、写作迅速”这并非独享的特点了。而且，更严重的是，因为强调反映和书写新时代，散文越来越向新闻消息靠近，“散文”的名称也逐渐变为“散文特写”甚或“特写”。1956 年“百花时代”和 1962 年文艺调整这两个文艺活跃的间隙中，一些老作家呼吁散文的复兴，倡导回归“五四美文”传统，创作了一批文风活泼、笔致轻松、多多少少游离时代精神氛围的散文,这些散文被后来的文学史确认为那一时代散文仅有的收获。文学史的经验告诉我们,散文不大适宜于直接书写时代,非但散文,小说、诗歌等更不适宜直接去书写时代。不宜“直接”书写,并不能推导出散文不能书写时代,更不能推导出散文自外于时代,关键在于处理好与时代的关系,其中有很多问题值得在下文中认真展开讨论。提出这一点,并且开篇话旧,实在是有感于《2016 年度信阳散文》的诸多来稿中时代气息的衰弱与贫乏。

忆旧容易成文,散文习用的回忆的视角影响了散文对于时代的书写。不过,从精神现象学上来讲,回忆的生发总是缘于现实的刺激或牵引,只是对于现实的意识有人自觉、有人不自觉罢了。对于回忆型散文来说,难能可贵的是压在纸背的深远的现实关怀。赵主明的《纸的记忆》徜徉于与纸有关的往昔生活中,记忆中的纸化为构成自我生命的一种元素。文中展露了艰难岁月中的惜物之感,这种惜物之感是和对生活的认真、对生命的尊重相关的,因而颇为动人。文末作者对于当下人们对于纸的漠然浪费的感慨,并非简单的环保意识的表达,而是作者对于与之相应的无所敬惜的生存态度的殷忧。吴圣刚的《远远近近的路》讲述的是作者的行路往事,人生的成长和具体的路相互印证,其中的苦辛、困惑与欢欣相信很多人会感同身受。这种来自生命深处的体验赋予朴素的文字以沉实的意蕴。胡巨成的《栀子花开》将回忆的视线凝于家乡的栀子花上，进而一点点化开故乡旧日的生活图景。作者对故乡的重返更像是对美好记忆的打捞，意在从氤氲着栀子花香的故乡人情中汲取滋润自我心灵的水分。李宏胜的《鱼忆五十年》则从变味的鱼写起，以回忆为导引去呈现与鲜美的鱼相连接的鲜美的生活情景，对于世事之变叹息声声，作者的文字能力是值得肯定的。

与《鱼忆五十年》相类似，来稿中很多散文都是在近似“今不如昔”“世风不古”的情感模式下展开回忆和创作的，尽管其中有的篇子没有当下时代的踪迹。这些散文，又多是乡土生活题材。这其实不难理解，对于很多人来说过去的时代只能拥有乡村生活。近些年，随着城市化进程的加速，乡村的破败和消失是惊人的，也是不可避免的。也是因为行将消失，乡村和乡村生活开始真正与我们时代的主体生活拉开距离，进而在我们的目光中获得一种整体性。这无疑也便利了散文对于乡村乡土的书写。如此说来，我们的散文作家大规模地、不约而同地书写乡村，这其实是现时代对我们的另一种形式的文学馈赠。张弘的《借光》讲的是困窘匮乏的时代和一个上进的、精力过剩的少年的故事，平实的叙述充满情味，也呈现了那个时代平静中隐约彰显的活力和许多人共有的少年情怀。江岸的《高考梦》也是如此，那个时代的高考也的确有颇多值得追怀之处。方志英的《父母的爱情》所呈现的一代人的爱情是“相濡以沫”这个词语的写照，但只用“相濡以沫”来形容作者的表达又简单了些。作者的叙说是朴素的，这保障了书写的真实感，细节的描写也由此获得感染人心的效果。李代龙的《打平伙》和鲁二菊的《彭湾小杂果儿》写的是旧日单位里的旧事，或令人温暖欣悦，或令人怅惘感伤，都散发着光阴的气息，让人在沉默中怀想。杨帮立的《祭葛瞎子》写出了一片乡村生活中纯粹的暖意，暖意中葛瞎子从容地生活着，乡亲们也内心安宁。这暖意是由善良的乡人和善良的葛瞎子共同营造的，看似脆弱却坚韧地存在着，这需要乡亲们和葛瞎子长期对于内心的守持，是颇为不易的。作者对这一主题的捕捉、认识和开掘都是值得称道的。张银洲的《远去的“老黑”》写了自己和一头牛的故事，故往岁月的生活情态跃然纸上，令人穿越到另一个时空，作者的文字风格是那种不大容易为人所察觉的老到。本年度的年选中还选有几篇写猫写狗的文章，反映了作者的生活情趣以及对世事的感悟，但情韵还是稍欠丰厚。由于时代的原因，上面述及的篇子都有一种自然的完整性，和今天的时代现实没有直接的关联，这些文章的作者也没有生硬地将这些往事与今天的生活建立联系，自然也就没有陷入到“今不如昔”或“忆苦思甜”的俗套中，也就不存在肢解生活、美化过往以确立过于狭隘的主题的问题。作者们的这种相对冷静的处理，并非没有“今昔之感”，而是对自己的今昔之感有着复杂的体验，在说不清楚之时审慎地保持回忆的完整性。应该说，这种处理是值得肯定的。面对巨大繁复的时代变迁，在自我尚未获得对世道人心的确证之时，平静地展开回忆，在已逝的光阴中打捞自我拥有存在感的片段，或许是化解内心焦虑的一种方式。因而，这些文章，总体上也都可以视为作者们寻求生存确定性和生命丰富性的一种努力。

尽管乡村是我们难以释怀的话题，但城市正在逐渐主导我们的生活，这是我们必须面对的时代现实。尽管《2016年度信阳散文》的来稿和之前几年相似，关于城市的文章不多，但还是开始了对城市的正面的文学触摸。胡亚才的《一个女人的城市》言说的是少年心事，呈现的是城市对自我生命的召唤与形塑。深巷青石板路上与陌生女子的相遇以及会心的一望，给作者带来了别样的生存气息。这气息诗意地表征了作者对于城市的个人化理解。作者对细节、对气息的再现能力是令人赞叹的，这也赋予申城、申城的街巷以柔软的文化性格。城与人的关系是一个饶有趣味的话题，在作者的书写中，城市是女性化的，投射着进而打开了作者的人生想象，也牵系着作者对城市的理解。作者在文中感慨：“生活不像我们想象的那样，却总是像我们所热爱的那样。”我想，对于城市生活的理解，我们不妨也保持一种开放性，不要固化自己的认知，也不要排斥自己真切的体验。杨俊伟的《陪我走过青春的人》写自己的旧友在不同的城市间穿梭奔波、艰苦谋生，跳槽、传销、受欺、蒙骗或许还有令人欢欣的片段等构成了他的履历。旧友的生存状态是我们时代的一个面影，我们也需要在文学上面对这些隔绝诗意的面影。乔克清的《四姐》写了“四姐”人生的坎坷以及重新复归生活后的状态，作者的笔触是温软的，心底是慈悲的，作者把朋友的四姐视为、称为自己的四姐，仅此一端即可见出作者的情怀，末尾一句淡淡的“我想去看看她”胜过无数繁复的形容词，颇有归有光散文“平淡中蕴无限深情”的神韵。夏吉玲的《暮春》写了城市生活对一个女人心志的消磨和侵蚀，令人感慨寻常日子中的不易；岩草的《我的清洁工经历》写的是自我从“抑郁症患者”转变为一个称职的清洁工的故事，让人欣慰，也让人意识到今日生活中友善包容的可贵。周红的《婆婆》写了婆婆对迭遭祸事的大家庭的惨淡经营，其苦心仁心令人动容，文中记述的作者与婆婆之间的言谈也证明了爱与理解足以穿透婆媳关系所习见的壁垒。唐家松的《老方的一天》写了老伴儿对生活的承受和担当，这种平凡的品质支撑了绵延不息的“人世间”，或许也能化解时代带给我们的焦虑。沈靖的《围炉夜话》写的是其从城里到新县农村挂职第一书记的生活片段，虽然借用古人“围炉夜话”的风雅名号，但并无古人那种模式化的“到此生隐心”的乡居感慨，而是着意呈现当下时代城乡连接后的乡人和城里人各自的精神脉象，作者的感受是复杂而深沉的。

我们的时代是一个传媒发达的时代。喧嚣的大众传媒制造了文化多元性、个性多样化的假象。但如同诗人所言的“在拥挤的人群中感到无边的孤独”的现代性感受一样，真正含有思想能量的见解和真正能滋润心灵的意义仍然是匮乏的。很多时候，我们被流行文化所裹挟，张扬着被潜在规定和演练过的个性，生发着模式化的情感和被多次复制的体验，思想也沦为貌似深刻实则是被特定利益集团定义过的可疑的观念。因而，在这样一个时代，要想获得更有质量的生存和写作，对流俗保持适量的质疑，养成与内心对话的习惯，或许是必要的。陈峻峰的《姥姥的人本主义葬礼》呈现并解说了其所参与的姥姥葬礼的全过程，文章融叙事、议论、抒情为一体，意趣盎然、文气疏放，是近年来信阳散文不可多得的佳作。文本的多重构成之中，作者思想的丰沛可能是较为突出的，这与作者“世事洞明”“人情练达”有关，但更主要的是缘于作者对万千生命的体贴、关怀，其中或许也包括对自我生命的沉思。当下时世，推崇创新，讲求思想的原发性、原创性，原创性的思想从哪里来，只能从大地上芸芸众生的广博无垠的存在中来。散文创作又何尝不是如此呢？甚至散文的思想更需要一种“在地性”。王新华的《没有文学的伤痕》一文或许可以阐释“在地性”的含义。面对强大的甚至是覆盖性的文学叙述，作者以自己的生活实感刺破了文学所营造出来的时代幻象，发出了属于自己的饱蘸情感的思想的声音。更值得赞赏的是，作者对于自己所经见的时代伤痕而没有文学来代言这一状况的揭示和愤慨。不过，事实上也并非完全没有文学作品来代言，在我的阅读印象里，就有河南作家乔典运创作的《冷惊》等作品，书写了农民所经受的新的生活的伤痕。还应该指出，王新华不仅仅有丰厚的生活体验，而且具有较为广阔的阅读视野，这也保障了他思想不受潮流时尚所限，不为空言大论所拘。

历史散文对于思想支撑的需求则更为直接。石和安的《倒水河在流淌》讲述的是可歌可泣的红色故事，文字颇有风骨。岁月流转，关于此类故事的正面讲述日渐稀缺，这自然是有原因的，一方面承平日久，人们的生存变得平滑，对于历史痛楚缺乏体会；另一方面，把这类故事讲出能够回应现实的能量，也是不容易的，这需要较强的思想力，既能激活历史又能撞击现实的思想力。石和安似乎是执着于红色题材书写的，希望他继续努力，写出更好的篇子来。马军在历史散文创作上颇有成绩，对于历史的阅读也渐趋深入。这次入选的《钟皓与李膺：一个向右，一个向左》描述的是东汉无道政局下士人的不同抉择，也写出了这种抉择的艰难。作者对于相关的历史背景是熟悉的，知识的表述也是准确的。但令人不满足的是，文章尚未充分写出具体历史的复杂性以及抉择的文化意义，这种不足影响了文气的刚健充沛。仕与隐之间的矛盾是古代知识者经常遭逢的矛盾，具体到不同的政治环境会有不同的表现，也会面临不同的伦理困境，不单单是“一个向右，一个向左”那般明晰。在我看来，马军的文章还可以往纵深处展开，一步一步贴近历史之心。马涛的《自囚者无囚》立意不俗，也有着自己的人生体验和生命认知。但论证还是浮泛了些，嬉笑怒骂式的杂文腔调对于说理的透彻性也形成了妨害。文中的引用的历史人物故事也不少，但还需要认真开掘的耐力和功力。读史使人明智，在今天的时代读史，会给我们带来智慧的清明和心灵的淡定。古人读史，讲求“能入能出”，强调虚己进入、体贴古人，又强调资为镜鉴、经世致用。今天读史，也应如此，而且更应强调不怀成见地对于历史的进入。诚然，读史总是有现实的契机，无论何人读史，没有对当下时代的关怀都是不可能的，但这种关怀还是尽量暂时悬置。不然，带着今日的浮躁进入历史甚而去戏说历史、妄议历史、糟践历史，就丧失读史的意义，不仅助长浮世所带来的虚骄之气，而且自我也更深地为时代的俗见所牢笼。关于历史散文，谈了这么多，是希望来年的信阳散文中此类佳作会更多些。提倡历史散文，似乎与强调散文的时代性相悖，但思想家福柯有言：“重要的不是话语讲述的年代，而是讲述话语的年代。”今天的历史散文写得好，呈现的是另一种形式的“时代之心”。

说到“时代之心”，不能不谈及李梅和詹丽的散文。李梅的《短居》是写鸡公山的，詹丽的《郝堂荷》是写美丽乡村郝堂的，两篇文章都属于广义的游记，这是当下众多人写却又很难写好的题材。因而，她们的写作是具有风险性的。可是一旦进入她们的文字，我们会立刻感到静气对心魂的沁入，进而会感叹当下的浮躁时世还有如此丰富细腻的心灵。对于鸡公山的观赏，李梅的目光毫无疑问迥异于流俗，这目光是柔软而细密的，一朵云、一片叶都获得了内在的生命从而与作者展开亲切友善、彼此相惜的对话。“相看两不厌，唯有敬亭山”，“我见青山多妩媚，料青山见我应如是”，这是古人观山而会心的境界，于李梅而言也是合适的。郝堂与荷，在信阳都已被重重文字所围绕。詹丽不避烦难，坚持书写自己的“郝堂荷”，真的就写出了别一番风味。“爱郝堂荷，要接受深秋”之类的描述和言说，写出了荷的本真而完整的生命，写出了对荷的眷念依托，而这又何尝不是对自我灵魂的关怀呢！在写作时，李梅和詹丽的内心是充分打开的，也是盈盈流动的，也就自然冲破了流行文化对个人情感的格式化。她们的文字也实在是好，好到令我无法言喻。扶桑的《手上的心》谈的是自己远赴韩国参加东亚诗会的所感，连缀行旅片段的是来自心底的暖意。在作者淡然而深情的诉说中，我们可以意识到这种暖意是可以穿越国界的全球化时代的暖意。陈宏伟的《坐拥书城》和温青的《我在光阴里做过什么》原是应用性的文字，有着规定过的去处，意义抵达的范围原本也是有限的。但前者写出了一个作家对于文字和故乡的热忱，后者呈现了光阴的痕迹和生命的省思，都能触发他人近似的人生感怀，因而还是有可观之处的。古今很多好散文，都是书信、序、跋、演讲之类的实用性文字，之所以为人所传诵，是因为文章虽从小我情愫出发，却写出了人人心中所共有的情感，连通了众生的存在感，而不囿于一己的小情小调。今天讨论这个问题，并非无的放矢。我们面临的时代，是消费主义意识形态盛行的时代，在物质过剩的时代以个性化消费需求为策略促进商品扩大再生产以及资本的增殖，是这一意识形态的指归。在资本的强劲动力下，消费主义意识形态在文化上的表现更是汪洋恣肆、铺张扬厉。在个人情性和生活品质方面，消费主义意识形态则培养自我表现的生活方式，发展自恋自私的人格类型。我们谈论“时代之心”，在当下很多时候面临的不是普遍内在于人性深处因而具有连通感的心灵，而是浮表的、粗陋的私欲。这种心灵状况，表现在散文创作上，就是一些文字过于自恋，缺乏对他人的体贴，缺乏对广博世界的理解，缺乏对存在的敬畏，一个自我横亘于胸臆、独步于文中，写作者或许感到了快意，却令读者无感甚或生厌。还有一点值得提及，这些年长篇散文多了起来，虽然不乏事理丰赡、情韵丰厚的佳作，但也有不少作品率性而写，随意流连，在“形散”的名义下放纵笔墨，不讲究作品“神不散”的经营，结果文意消散、文气疲弱，令人遗憾。这恐怕也是单向为己罔顾他人的缘故。由此，我想我们的作者在写作中，不妨扪心自问一下“我的写作究竟于他人何益，于他人何感”，思索一下自己的“自我”是否丰富博大，是否能够牵系一些普遍性的东西。或者，写作时候不妨像李梅、詹丽那样，具有或多或少、或显或隐的对话意识、沟通意向。事实上，“五四”以来现代白话散文的成功，最主要的缘由之一就是“谈话风”的引入。历史的经验我们不妨试着借鉴。

一年又一年。《2016 年度信阳散文》已是信阳年度散文的第七本。七年间，时代在变动中行进，我们在时代的变动中思考、写作，投入地进行散文年选的编辑，希图以散文的方式记录下信阳、信阳人在这个时代的踪迹。毫无疑问，我们也会被时代改变，我们也会在时光的流逝中变得“一头雪白”，唯愿以文字的方式、以劳作的真诚的心去丰富这个时代、温暖这个时代。

附录

为中原乡土招魂

——周同宾访谈录

访谈时间:2016年4月11日上午

访谈地点:南阳市独山大道三川盛唐小区周同宾居所

吕东亮(以下简称吕):咱们还是从头说起吧,您出生的村庄是社旗周庄,您在周庄生活了多久?现在回去的多吗?周庄算是您的文学故乡吧,它对您创作有什么影响呢?

周同宾(以下简称周):我小学开始就在周庄上,后来由于外婆在社旗,读中学时就到了社旗县。现在,周庄我一年回去一两次。我的很多文章就是以周庄为背景的,《土地梦》《最后一个儒生》中的内容都是纪实的,就发生在周庄这片土地上。

吕:您早期发表了很多民间文艺的曲词作品,您是怎么开始曲词写作的呢?

周:1972年南阳县文化馆恢复,我就到文化馆写曲艺,那时候一般不写文学，写曲艺是正事儿，那时主要写三弦书、大调曲子、河南坠子等，早期发表很多曲艺作品与这有关。当时有个曲艺说唱团，写完以后让他们唱，去宣传。"文革"后期许多杂志恢复了，但主要发表曲艺。我当时作品发曲艺刊物比发文学刊物还多，主要是配合政治主题而写的东西，我当时的曲艺作品主要发表在《曲艺》《河南戏剧》《豫苑》《河南日报》等报刊。这些作品我选了一部分编了一本曲词合集《豆斋曲词》，尽管现在看丑陋至极，但是也不必去指责当年那种"露屁股，涎指头"的幼稚相。

吕：您在作品里常常会提到您的高考经历、"文革"时期的经历，在这里能再详说一下吗？这些经历让您有什么感触呢？

周：我1959年考上南阳师专，当时高考很特殊，不论成绩。一按出身成分，二按政治表现。我出身中农，成分一般化，不好。我那时的高考成绩很不错，是可以上个好学校的。但是当时录取不按成绩，只按出身和政治表现这两条，毕业时候学校把考生分了四类，可录第一类的学校，可录第二类的学校，可录第三类的学校，还有不可录取或者是酌情录取。在学校我被视为白专道路，只专不红，政治落后。高考后我属于酌情录取，就被录取到了南阳师专。在南阳师专，我和同学一起组织了一个萌芽文学社，李庚辰任社长，现在是著名杂文家，解放军报社的著名编辑，我当时是骨干，副社长。这个文学社随后被打为“反革命小集团”，社长李庚辰也被学校开除。

当时的政治生活就是这样，一切政治挂帅，政治不好一切都完蛋。我写过一篇文章叫《1959年的高考》，今年会出本书，书里面收录的有这篇文章。1958年中学时期就搞过交心运动，把你的心交给党。不是好心，是坏心，不是红心，而是私心，比如如何反对大跃进、如何反对人民公社，把自己说得十分恶劣，这样才能通过，这样，就只有自己千方百计去作践自己、贬低自己、丑化自己，以此求得组织上的谅解和通过。我大学毕业之后，就在南阳县三中教书，一直到“文革”前。

“文革”那十年，开始因为反动日记被搜出来，其中的内容被断章取义、无限上纲上线，最不堪的是年轻时候写的爱情诗，也被张贴出来，很羞愧。日记从1958年一直写到“文革”开始，后来日记发还给我，我一气之下全烧了，有一本撕碎了，还剩一部分没烧，就是1958年的一部分日记，为此我写过一篇《1958年的日记》。

“文革”开始我就挨斗，大斗两场，小斗好几场，大斗就是甚嚣尘上的，大喊口号“周同宾拉出来”之类的，我站着低头弯腰，被人用“文革”的语言去骂，后来我又被说是“走资产阶级反动路线”。当时南阳的造反派办了报，不知道谁在背后做工作，南阳市“抓革命，促生产”第一线指挥部是最高领导机构，那时革委会还没成立，写封信让我去办报，这是个好事，当时天下大乱,“炮火”连天,这个报是鼓吹“文革”的,对我来讲等于提供了一个避难所。但因为这个事,“文革”结束后又说不清了,我被视为“文革”中的得势方,要被清查、清算。《一个人的毕业时间》写过这个事,最后一次写检查,就是因为这。报纸停办以后,上面有人认为“周同宾这个人还能写”,于是南阳县让我去写材料,写各种各样的材料,都是给别人写讲稿,学习毛主席材料,积极分子材料,四好五好运动材料,农业学大寨材料,等等,写了几年材料。庆幸的是,我从“文革”开始到后来一直没有和文字绝交,“文革”开始写检讨、挨批判,需要文字,后来去办报纸,写材料,仍然是和文字打交道。我一直没有离开语言文字,对语言文字没有生疏过,与这有关。

吕:我从您的作品中感到您的阅读视野是很广阔的,能否谈谈您的“阅读史”?

周:上中学时,初中到高中,读苏俄作品多一些,列夫·托尔斯泰、肖洛霍夫等等,后来才读到一些西方的作品,但主要是左翼作家的,共产党执政国家的作家大部分都是左倾的,都是共产党员,他们作品翻译的比较多。

在南阳师专上学的时候,当时的印象是两个,一是饿,有一篇文章《饥饿中的事情》,写了这种感觉;另一个印象深的,就是看书,上学是半日制,半天上课半天休息,《战争与和平》是很难啃的,特别是后面,硬着头皮把第二部看完,从第三部开始感觉作者在饶舌，啰嗦的那些地方，让人受不了。教过我的老师，除了王同仄先生以外我都没有印象，感觉有些老师还没我读书多，当时心里有这么个意识。王同仄先生是有学问的，我与他交往较多，到现在还记得当时和王同仄老师讨论唐诗时的情形。

改革开放以后，阅读稍微多一些。我书房里20世纪五六十年代的书很少了，“文革”时候我的书被学生抢了，剩下很少。我现在的藏书里，散文、诗歌、古典文学比较多。

吕：您专力写散文，是不是您在阅读中就对散文读得比较多？

周：首先我喜欢古典诗词，读了不少，背了不少，《长恨歌》180句，原来会背，现在背不全了。古典散文以《古文观止》为主，看选本，现在也没时间看了，没有精力了，后来，除了韩柳欧苏，还看明清小品。

吕：文坛上的作家，尤其是散文作家，您比较推崇的有哪些？对于流行或者说知名的散文作家，您有什么印象或者说评价？

周：有两三个人的散文比较爱读，贾平凹的早期散文我比较喜欢，他早期的散文集，几乎都会寄给我一册。他的散文很好，很不错，近期有些散文一般化。我很早就认识贾平凹了，除在北京，中国作协开会见过两次，他家也去过两次，当时名气没有现在大，但也已经了不得了，这些年他又获茅盾文学奖了，名望更盛。第一次是我和王俊义当时在《散文选刊》的时候，《散文选刊》当时处于初创时期，主导此事的南丁先生可能是为了考察我和王俊义吧，就给了一笔钱，让我们出去跑跑。我们从西安到四川跑了一圈，到西安就见了贾平凹，第一次见他时他在乡里。第二次见他时他已经进城了，屋子似乎不大，书房很小，墙上有毛笔写的字"静虚村"。贾平凹早年的字写得比较自然，现在有些拙，有些故意求拙，反而不美。他当年给我写过三幅字，我现在客厅挂的就是贾平凹早年写的。

第二是史铁生，《我与地坛》读过一遍又一遍。读得最多。

我最喜欢的是孙犁。新时期以来，孙犁出过十本散文集，《晚华集》《秀露集》《澹定集》《尺泽集》《远道集》《老荒集》《陋巷集》《无为集》《如云集》《曲终集》，以后不出了，也不写了。老头子很倔，《曲终集》之后就果然不出了。他除了这十本，《芸斋小说》《芸斋书简》，都是从这十本书中选出来的，属于文录。后来山东画报出版社合在一起出了本《耕堂劫后十种》。他的散文到最后炉火纯青，语言简洁到不能再简洁，意思深刻到不能再深刻，读起来流畅到不能再流畅，有音乐美、绘画美，甚至有篆刻美，这是我的感觉。

如果要照十年前说，比较欣赏的散文有梁衡的、卞毓方的，我认为写得比余秋雨强。余秋雨功莫大焉，他创造了一种文体，但是他“罪莫大焉”，他带坏了一批人，很多人去写文化散文，翻新求异那样的东西太多了。他如果只出《文化苦旅》一本书，这本书会不朽，他出那么多，每到一个地方，都能写出一篇东西，发出一篇感慨，成了一个文化布道者、文化凭吊者、文化宣讲师。这样难怪一部分读者有意见。余秋雨好像对读者不够谦恭吧，检举你的错误，有错误承认呗，不承认，还要维护自己的大架子。还有“文革”中的问题，“文革”中有问题的人多了，不仅仅是个人问题，承认不就完了。文章中有问题，比如说“致仕”，古代“致仕”是退休的意思，余秋雨在散文中把“致仕”理解为刚开始当官，是很明显的错误。圣人还有缺点，承认算了，还是不承认，这影响不好。

吕：我刚才看到您的书架上有很多周作人的散文，周作人的散文您喜欢吗？

周：周作人是大家，但读多了就会觉得太淡，冲淡之美也需要限度火候，淡到淡而无味，白开水一样，读多了就没意思。我开始读了一本他的选本，觉得不错，后来买了全套，就没有能够读完。当下的散文界，乱花渐欲迷人眼，让人越来越看不清了。写散文的人太多了，好作品太少了，今年第二期《散文选刊》让我给他写卷首语，我就说过这个感慨，就像外国人所说的“吻遍全大街的姑娘，只能碰上一两位美女”，就是这个状态。

吕：莫言的作品及成就您怎么看？

周：莫言之所以得诺贝尔文学奖，是因为他确实写出了高密东北乡的一种真实，这种真实是仅此一家，别无分店的。那个地方，只有莫言才能写出来。像周大新也能写出南阳这个小盆地，但写的深度、厚度、震撼力恐怕是不如莫言吧。可能与生活有关，高密东北乡那地方出土匪，当地人的个性，就是余占鳌式的。南阳盆地是典型的农耕社会，耕读传家，和高密东北乡是不一样的，南阳盆地是不是只能写出周大新《第二十幕》之类的作品？

吕：南阳是文化底蕴深厚的地方，近代以来也是匪患严重，白朗起义等事件也曾引起史家的注意。现代历史上有一个宛西自治，自治的领导者是一个强势人物别廷芳，很值得注意。最近，南阳的小说家行者有一部小说《对话别廷芳》，似乎是探索性的，不知道写得怎么样，您读过吗？对于别廷芳这个人，您的看法是什么，有没有为此写过东西？

周：行者的《对话别廷芳》写的是别廷芳、作者和另外一个人，三个人之间的对话，写了当时别廷芳的说法和做法，以及作者"我"对别廷芳的评判，是站在第三人的立场，对这件事的评判。整体来看，《对话别廷芳》是对话体的小说。

别廷芳这个人和事我没有写过文章，因为对具体情况不了解。别廷芳绝对是个典型人物，历史的"典型人物"，他是农民出身的知识分子，不是粗人，他把这一大片地方搞成接近现代化的先进区域，当时宛西自治的中心西峡在河南是很先进的，南阳没有电，西峡有电，南阳没有汽车，西峡有汽车，还有有炼钢厂、造币厂、造枪厂，还办师范学校，他那一套自己的思想，当时在中国应该算是很先进的。

吕：对于中原作家群，您有哪些观感？您和乔典运接触的多吗？

周：中原作家群，原来叫文学豫军。近些年，李佩甫成绩比较大，他这几年出了不少书，也获得了茅盾文学奖。

乔典运出名很早，他“文革”前发过不少作品，也写曲艺。“文革”中见过一次，是我不再挨斗后的时候，那时乔典运去广州写电影剧本，路过南阳。我们是在南阳一个宾馆见的面，那是第一次，他穿着老婆做的布鞋、脖扣对襟的衣服，土了巴叽，一望而知显然是个农民。

吕：贾平凹曾经在《美文》杂志上撰文提倡“大散文”写作，主张文学圈之外的人士写散文，以改善散文的生态，冲破纯文学散文的拘囿。文坛上也确实有一些散文家，并非专业作家，而且一直处于文学圈外，散文却写得美不胜收，影响很大，比如画家吴冠中的散文、社会活动家费孝通先生的散文，以及以季羡林先生为代表的学者的散文。对于这些专业散文家之外的人写的散文，您觉得怎么样呢？

周：专业散文家之外的一些人，写出的散文是另外一种面貌。张中行是学者，是编辑，一写就写出不同的面貌。张中行的文章是富有个性的，尽管不简练，还会啰嗦，但是啰嗦得有意思。画家黄永玉的散文，我觉得比吴冠中强，他不仅具有绘画天赋，还有文学天赋，吴冠中有绘画天赋，语言天赋远不如黄永玉。黄永玉的散文，我很爱看。文学界专写散文的人，写得多了，他的文章似乎你一看开头部分，就可以预想到他下面怎么写。而读文学圈外的非散文家的作品，会感到有一种陌生的美，会感叹文章还可以这样写。

吕：我听说您有很多次调往郑州工作、在省文学界任职的机会，比如调往《散文选刊》编辑部，您都没有去，是出于什么考虑呢？

周：《散文选刊》创刊初期，让我和王俊义去郑州筹备，第一、二期，是我们参与编辑的，当时的文联领导南丁先生希望我去编《散文选刊》。我不愿意，有两个原因，一个是不想离开南阳这个地方，省文联复杂，高手如云。第二个原因是去了以后不自由，编刊物，每个月有任务，每天得上班，这我受不了。我当时在南阳当专业作家，很自由的。本来市以下是没有专业作家编制设置的，但南阳这个地方比较特殊，比较支持文学创作。作家的待遇比较好，我在南阳县文联上班的时候，上午去一下，下午就不去了。上午不去也是可以的。后来调到南阳市文联上班，基本上半个月或一个月到市文联去一下，去不是为了上班，是为了收我的信件，顺便办一些杂事。乔典运也说过不愿意去郑州，只想待在南阳，这可能就是盆地意识吧，走得远一些的就是周大新、柳建伟等。走远了，成就就大了，如果他们一直待在南阳恐怕不会像今天这样有名。

吕：能否大致谈谈您创作经历的几个阶段？有哪些写作方向的转折，这种写作转折，体现了您什么样的创作思路和思想感情的变化？

周：有这么几个阶段。开始受杨朔散文影响，早期我的很多作品是步入杨朔散文窠臼的。"文革"前的三个散文大家，杨朔、秦牧和刘白羽，秦牧是有知识，年轻人没多少知识，学不来，不好学；刘白羽，像他的《日出》《长江三日》，写游历，年轻人没机会多出游也写不成；唯有杨朔最可效仿，杨朔有模式、有套路，写景写物写事，最后一升华，卒章显其志。我写了一百多篇受杨朔散文影响的文章，才感到转型的必要。评论家楼肇明在20世纪80年代的一次座谈会上说："同宾，你从《马蹄塘纪事》开始摆脱了杨朔散文的羁绊。"杨朔散文写久了，读者腻不腻、烦不烦不说，自己先就腻了烦了，这么一个套路下来就自觉没意思了，必须改变，思路开始往外开阔。我开始那么多作品受杨朔散文的影响，还有一个原因是当时处于改革开放初期，农村实行家庭联产承包责任，那些年气候好，风调雨顺，农民没有难处，那是农耕文明最后一次回光返照，农村也确实有这个田园美、风情美、风光美、风俗美，这些所谓的美，就是当时我散文的主题。现在看这些散文显得还有点价值，反映了农村联产承包责任制开始时期那一段的农村的生活状态，后来就不行了，后来农业困难增多、农民负担加重，化肥涨价，农药涨价，农民是躲不过去了，改革初期那时候我们唯一的困难就是卖粮难，粮多，不好卖，这后来困难就多了。

我初期的散文除写农村的所谓美、田园牧歌以外，还想写写农村的风情、风俗、风物，才写了《马蹄塘纪事》这样的文章，尽力地写出一点历史感，这样写一段，发了不少，这样写，写来写去，自己仍然不满意。自己心中也有一个追求，就是求新求变，要维新变法，到80年代后半期，开始写《皇天后土》。以前的那种语言我认为已经玩熟了，能不能开生茬子，也就是孙荪说的辟生茬子，搞点不同于自己过去作品的东西。于是有一天突然灵机一动，想起让农民自述，所以采访了一大批农民，这样《皇天后土》里面就全是让农民直接开口说话，直抒胸臆式的作品。正好当时号召作家下乡，挂职锻炼，我就到了南阳县蒲山镇去当了所谓副镇长，那个时候正是计划生育的高潮，标语都很恐怖，让我包村搞计划生育，我坚决不干，自己也不愿参与，就自己，有时也带着镇上的通讯员，出去半天一天的。当时就想我已经说太多了，能不能让农民自己去说，我跟农民也是熟悉的，我自信能够让农民把他心中的话用农民自己的语言，表述出来。

在《皇天后土》之后，我的创作可以以《乡关回望》为代表。《皇天后土》通过这一个一个农民来反映的是80年代后半叶农村的现状，是横截面的反映。之后，我想从纵的方向写农村的沧桑变化，写我亲自目睹的农耕文明的历史，当时我就意识到，这个农耕文明即将消失，需要记录下来，这段历史如果不记录，若干年以后消亡了，再记录就晚了，后来有篇文章叫《中原农耕博物馆》，为农耕文明保留一份档案。许昌学院有一个中原农耕文化博物馆，邀请我去过一次，还可以。那个馆收集了很多农器农具和农民生活用品，现在已算是文物了，但文物已经不会说话了，参与这些文物生活的人已经过去了，这些文物当年参与的生活，已经变为历史，怎样才能够让人们记住那段生活呢，你只有通过文学作品。

吕：近六十年的创作生涯，您创作了上千篇散文，我注意到，您的散文中有一些祭文很有特色，也被许多报刊杂志发表刊登，您自己似乎也比较满意这些作品。您是怎么想起来写这些祭文呢？

周：有些话有些情感只有直接去说，才能够真正充分地酣畅淋漓地表达自己当时的心情，表达自己的情感。祭文基本都是用第二人称，“我”直接对逝者说出一番真心诚意的话来。

如果用第三人称，恐怕这个语言魅力及抒情效果会差。从这些祭文之后，我的散文写作叙事的成分多了，早年长于抒情。我其实不喜欢一提到散文就说抒情散文。我们大多数人都不是贾宝玉，哪那么多的情，情种，有些想法，有些思虑，有些胸臆，需要讲出来，抒发出来，这是可以的，不一定要成天作抒情状，让人讨厌。

吕：您在作品中塑造了很多成功的农民形象，他们被刻画得入木三分，让读者动容。我也在您的文章比如《土地梦》中读到了您对地主形象的描绘以及对地主的重新审视。我很感兴趣。我想问的是，您是怎么看待和农民形象相对的地主形象的？

周：这看你用什么理论来说他了，企业家他对员工的剥削恐怕比封建地主更严重吧。现在有些种粮大户，雇用雇工，但现在不叫剥削，地主是用生产资料用土地雇佣，农民只投入劳动力，这是个合作关系。何况地主就是个管理者，在我们那儿，地主也下地干活，领着长工干活，锄地犁地，地主总是走在前头，更卖力，而且对长工特别好，吃饱吃好，过年过节给长工改善生活，平时一定让长工吃好，要靠长工干活呢。

吕：您所说的显然和我以前所熟知的那些地主形象有差异，那又该怎样理解土地革命的合法性？

周：那就不好解释了，用阶级斗争的观点来看，这就不好办了。地主当中不排除像黄世仁这样的人，就像现在的黑窑主一样，它作为一种普遍现象，榨取剩余价值，但我所写到的地主好像不是这么回事。

吕：《皇天后土》获得很大的成功，可以说是您的代表作。值得注意的是这本书以采访为基础的创作方式。您能为我们描述一下采访的一些过程吗？

周：我采访时不做记录，一做记录对方就紧张，农民害怕你把他的话记下来交给上边，害怕惹麻烦。你要记录，他们就说些正确的废话、口是心非的话。那时候我记忆力比较好，采访后整理主要凭记忆，后来记得住的一定是比较重要的，遗忘掉的一定是我觉得没用处的。一般人谈一番话，我首先要衡量，这番话谈没谈出他本人心中的话，是应付我的，还是真心话？应付的那不可用，如果是真心话，即便他发通牢骚，也有价值。话中有人，才有价值；话中无人，没有价值。

吕：据我所知，《皇天后土》出版的时候，文坛上已经出现一些口述实录的作品，你怎么看待这些作品与《皇天后土》的不同呢？您觉得《皇天后土》获得首届鲁迅文学奖的原因是什么呢？

周：当时是有一些。比较出名的有冯骥才写的《一百个人的十年》，还有桑晔的《北京人》，总的来说，我的《皇天后土》还是与他们不一样。其一，这些书籍几乎没一部写农民，即使写农民，我觉得他们写的都是城市郊区的农民；其二，他们那个语言，绝对不是地道的真正的老百姓的语言，还是知识分子作家的语言。我很自信的是我那个语言绝对是老百姓自己的语言，当然也经过提炼、加工和删节。另外需要说的是，我文章开头小序的语言风格，和正文的风格显然是不同的，相互映衬。小序是作者我自己说的，表达作者的看法。

后来《皇天后土》获得鲁奖，我想大概是评委觉得这本书好像和别人不一样，就像吃了很多海鲜，珍馐美味，吃腻了，来一盘农家菜马齿苋，一吃别有风味，连称不错，于是就评上了，当时风闻消息，我都不相信。这个书是河南作协和漓江出版社申报的。应当说，它总体上是对20世纪后半叶中国农村农民的生存状态和心理状态的一种反映。

吕：您在《皇天后土》中的一些书写和议论还是颇有胆识的。这些议论，或者说在您的写作生涯中，有没有遇到一些政治上的责难？

周：我的写作基本上没有受到政治上的困扰。印象中只有一次，是在改革开放前期，1983年反对精神污染的时候，当时河南被批评的有八件大事，其中一件大事就是我的文章《抗粮》。一些人说周同宾写文章煽动农民抗粮，有过这么个花絮。后来这篇文章收入书中的时候为了规避风险就改成了《公粮》，其实我哪里是煽动农民抗粮，是农民对乡村有些干部作风不满意，以此来发泄。我只不过是如实写下来而已。

吕：是的，在我的印象中，您并非惹是生非的人，也不靠惹是生非来引起文坛的关注。我记得有一个介绍说您是南阳市文联副主席，应该是副处级干部吧，也是个官了。

周：我当的是南阳县文联副主席，副科级，不是副处级。1985年南阳县成立文联，九几年让我当南阳县文联副主席，我不愿意，一是心中有气，上面早该赏识我，但是没有赏识我，二是这个职位对我毫无意义。第一天下午组织部领导找我谈话，我没有去。第二天上午，组织部部长亲自打电话："周老师，请您来一下。"我才去。一般情况下，(被领导任用)要说很多感激的话，我说："王部长，一个我不需要，第二个，当上我不坐班，不开会。"他都同意了。这样一直保持到2003年，我一直在南阳县文联，2003年调到南阳市文联，就更不上班了，就是收收信件，大型活动参加一下，我现在是南阳市作协副主席，60多岁了，不需要什么实职，到2012年才正式退休。

吕：阅读《皇天后土》，会感受到其笔墨中有一些对于国民性问题的关注，关于农民身上的国民性问题，您怎么看呢？

周：这个国民性主要是农民性，中国人多数都是农民，即便不是农民，他的父辈也是农民。中国市民阶层的历史很短暂。对农民的心理状态，对农民的个性和共性，是必须关注的。要了解中国，必须先了解中国农村，了解中国农村，必须先了解中国农民,要了解今天的农民,必须了解昨天和前天的农民。

现在的中国农村全面沦陷,现在中国的农业是个啥农业,啥状况,我感觉是处在一种不尴不尬的荒芜状态。像过去一家一户种庄稼的传统农业的生活一去不复返,现代农业一个人种几千亩、上万亩地,机械化耕作;原来很有意思,现在不是,现在农民只是在种的时候回家一次,收的时候回家一次,其他时间都进城了。农村已经失去了魂,所以我说农村处于不尴不尬的状态,这个状态还要持续很久。所谓建设社会主义新农村,任重而道远,很难,人都回不来,怎么能建成,什么时候农民能够在就近的地方就业,一个村一两个能人把全村土地都承包了,通过流转,其余人在附近工厂上班,或者去农场打工,这样农村才会有前途有出路。同样,人很少,留守儿童,空巢老人,都是问题。中国经济发展是农民工在支撑,这个农民工别妇抛雏,离开父母,夫妻两地分居,牺牲掉个人的幸福、家人的团聚和起码的精神生活,换取一份血汗工资,想想让人很辛酸。

吕:您曾经说过“为文必真”,这个“真”就是文章不矫饰,作者不矫情。散文写作以前一直强调写真情实感,但近年来散文界对于“虚构”问题又产生了新的争论。对于散文的虚构您又怎么理解呢?

周：文学作品不是新闻报道，作家自己在写作过程当中会把自己之前感受到的、那种已有的现象加进去，而这种现象未必出现在真实的事件过程和情感场景中，我认为这不能叫虚构，如果叫虚构，这样的虚构在散文写作中是可以的。《皇天后土》虚构很少，因为我所采访的材料，已经足够我使用，《皇天后土》用的是减法，采访的远不止99个，有些人不说话，有些说的话没用，有些说话言不由衷，采访10个人中只有一两个人可以用。《土地梦》《黄河湾》有些内容并非实录，但也不属于虚构，是我把这个地方的材料挪到另一个地方，从情理上来说也是真实的。

吕：楼肇明、贾平凹、孙荪、二月河都评价过您的散文，也指出了您创作中的一些问题，比如早期创作中的狭窄、"杨朔模式"等问题，您怎么看待文坛的批评声音，怎么看待文学批评的作用呢？

周：文坛不能没有批评声音，需要批评，文学批评和文学创作应当是鸟之两翼、车之两轮。现在的中国文学批评太差，直言要害的批评更差，现在很多文学评论成了文学吹捧，只要你掏钱，就可以获得你需要的评论。作家需要批评家，西方18、19世纪的文学那么好，和批评的作为分不开。到现在为止，我还没有看过一篇让我感动、让我心服口服的评论。关于我的批评文字，孙荪《同宾，真的醉了？》那是很早时候的了。

现在也有人写文章指出我作品中的问题,但是太浅。有些评论文章太浅。散文的评论比较特殊,大概永远不会在文坛上唱主角,散文从古至今没有理论,没有一套评论术语,不成体系。

吕:您对当下中原作家群或者河南文坛的创作怎么看?对于中国文坛目前的状况您又怎么看?

周:河南的这些年轻一辈的作家,尽管还是在写,小说、散文都还在写,但写作的成绩都不如之前,全国好像都是这样。至于河南的散文,年轻的作家中,冯杰写得不错,现在发的小品,尽管说不上厚重,但是精美,可以把玩,应用,欣赏。

现在一个是社会上诱惑太多了,人们实现人生价值、表达个人情感思想的手段和途径越来越多了,文学必须耐得住寂寞,耐得住清净。还有一个,外部环境,现在一个年轻人想发作品不容易,我觉得比我们80年代难得多,那时候凭作品,现在似乎不凭作品,或者除了凭作品还凭你的关系。80年代靠自由投稿,全国都可以投稿,现在年轻人投稿不容易,电子稿就更难有回复,就是这个状态。但中国当前文学出书量很大,光长篇小说每年就几千部,不过我现在读的不多了。中国目前的这种现状,很多人都在想钱,精神沦为次要,在这个情况下,作家要坚持下来,真正坚持到最后的作家,可能写出能传世的作品。现在市场上流行的作品,大部分不能传世。

吕:您怎么看待网络散文和女性散文?

周:网络散文海量,不严肃不认真。女性散文我知道的也有一些,我的《1973年的一次下乡》获奖的时候,就有三位女作家,作品写得怪怪的,这个时代就是怪怪的,有一批读者也是怪怪的,他们正需要一些怪怪的文章,可能文章会受到欢迎,但对于我这个老朽来讲,我觉得一般化。

做一个讲求小说道德的小说家：乔叶访谈录

访谈时间：2012年4月25日

访谈地点：信阳师范学院文学院会议室

吕东亮（以下简称吕）：您是在什么样的条件下走上创作之路的？当时是否想到能有今天的成功？您开始写作的时候，文学已经“失去轰动效应了”，是什么支撑您义无反顾地在文学之路上打拼？您是如何处理文学与现实生存（养家糊口）之间关系的？

乔叶：履历表上的时段显示，我的写作应该是从1993年开始的，因为那一年开始发表正式的文学作品。其实或许更早，因为在这之前的阅读和练笔都是引桥，可以称之为潜性创作。当然或许更晚。——即使开始发表作品，也离真正的创作还有很长一段距离。但无论如何，1993年是值得记忆的。当时我在乡下教书，生活宁静、黯淡，没有合适的男人可以谈恋爱，只有大把的时间等待打发。于是就像无数的文学青年一样，开始写诗和散文。

没想到有今天。其实今天也算不上成功。按世俗的标准，我既没有发大财也没有成大名。如果说成功只是一种生活状态或者是心灵状态的话，那么，就写作意义而言，我从最开始写作的那些日子，就已经成功了：因为喜欢，因为热爱。没有想去轰动谁，只想和自己说说话，打开自己。因此也不存在什么打拼。如果有打拼的话，也只是在和自己打拼，较劲。对外，我的发表、出版和获奖都非常顺利。在生计上，文学从来没有给我带来负累，相反，我从一个普通的乡村教师走到今天，物质和精神的日渐丰厚都拜文学所赐。

吕：您最初的成功是在散文写作方面，后来为什么转向小说？很多读者和批评家都注意到您的小说中有散文的气息，这使您的小说别具一格。在从散文转向小说的过程中，您在写作姿态、经验处理、思维方式、语言表达方面有哪些变化？

乔叶：1994 年，我在几十种社会期刊上发表了大量散文，其中很多篇什被《读者》和《青年文摘》这些发行量数百万的文摘杂志频频转载，再一年之后就是开专栏、出书……忙忙碌碌，兴兴头头，虽然是野路子出来，却也颇有些少年得志。到了 2001 年，我居然已经出版了七本散文集。

不到三十岁，出了七本散文集，有多少确凿的东西可写呢？很多都是虚构的故事。别人问起，就堂而皇之地说是艺术的真实。社会期刊的容量有限。故事很短，最长的也不过三千字。写着写着，就觉得散文已经不能满足了，可又不知道该怎么把散文盛放不下的东西给倾倒出来。1997 年夏季的一个下午，刚刚下过雨，我突然特别想不限篇幅地写个故事。很快就写完了，心想这就是小说吧。于是两眼一抹黑，自由投稿给了《十月》。两个月后，收到编辑的回信，说用了。那个短篇发表在《十月》1998 年第 1 期，名字叫《一个下午的延伸》。责任编辑是田增翔先生。几年之后的一天，我在电视上看到了他。他很瘦，喜欢收藏石头。

小说的种子从此就种了下来，但人没有在小说面前停住，仍旧被散文推着往前走。亦知道再往前走也不过如此，可热络的编作关系，边角料的时间，轻车熟路的生产流程……都滋养着我的惯性。直至 2001 年进入河南省文学院，我成为一名专业作家。

专业作家，不仅作家，而且专业。——这个特别的称谓让我在很长时间里都有些惶惶不安。国家体制替我把作家的身份确定了下来，让别人可以由此将我名正言顺地归类，可我自己始终是怀疑的。"作""家"，这两个字过于煞有介事，响亮得似乎有些无耻。与此相比，我更愿意称自己为作者。"作""者"，"者"的音节是那么轻微，说出来舒服多了。如果说"作家"这个词是西装革履的白领,"作者"这个词就是穿着休闲服的街头散人,我更喜欢这样。

专业作家不用坐班,以下岗的状态拿着上岗的薪水。一刹时,我自由得都有些手足无措。同事们也都是专业作家,且都是老资历的专业作家。见面的主要由头就是开作品研讨会。每有新著出来,大家都要聚在一起拳打脚踢一翻,为之活血按摩。决不客气,决不走过场。所有的研讨会里,小说的研讨会最多。张一弓,李佩甫,张宇,杨东明,李洱,墨白……都是河南小说的中坚力量。听得多了,时间也有了,我终于决定开始正式写小说。

对于我的转型,很多人都表示过不解。杰出的先锋作家、同事李洱曾在一篇文章里调侃说:"乔叶迄今是以'青春美文作家'的形象出现在大众视野中的,国内各大时尚杂志以及发行量惊人的《读者》,都是她宣讲人生哲学的重要讲堂。在很长时间内,我都是她的忠心读者。我也是个爱美的人嘛,爱听故事的人嘛。她的文字简洁优美,故事深入浅出,她在山水田园和寻常巷陌之间流连忘返,去发现诗意和生活中的美。她的文章能使人想到早年的冰心。读她的故事,能让人感到自己的世故,就像吃了鲜鱼能让人感到自己嘴巴的不洁。我甚至觉得,她的每篇文章都可以入选中小学语文课本。究竟是什么原因让乔叶突然转向了小说写作,我至今不得要领……"

2001年至今，已经十年。十年来，面对媒体，面对文友，面对读者，我曾经无数次地应对着他们或惊讶或好奇的此类询问："你已经写了那么多散文，也得到了那么多读者的肯定，取得了很好的成绩，为什么还要转写小说呢？你到底是怎么想的呢？"一般情况下，我会用最现成的答案来回答他们。而这个最现成的答案恰恰就在问题之中："正因为写了那么多散文，也得到了那么多读者的肯定，取得了很好的成绩，这种滑溜和顺当当我觉得不满足。看着那一摞散文集，我不止一次地问自己：难道要这么写一辈子吗？答案是否定的。我知道自己不能再这样下去了。"

不那么现成的答案呢？是需要往心灵深处挖的。如果说我的散文创作是鲜鱼的话，那么作为厨师，我怎么会不知道厨房里还有什么呢：破碎的鱼鳞，鲜红的内脏，暧昧粘缠的腥气，以及尖锐狼藉的骨和刺……这些都是意味丰富的小说原料，早就在我的内心潜藏。现在，小说的种子也经过了漫长的埋伏，已然到了最合适的时候，于是就别无选择，只有破土而出。2007年，我因为小说《打火机》和《锈锄头》获得了第五届华语文学传媒大奖最具潜力新人奖。在颁奖典礼上，我发表了题为《小说是一个广袤的世界》的演说。当时所述，我至今认为对"为什么要转写小说"这个问题而言，是一个更准确更深层的标准自我解答：

小说是一个广袤的世界。这个世界，对我来说是博大而新鲜的。在写小说之前，我曾写过多年偏哲理化的散文，获得了不少肯定和鼓励，用读者的话说："歌颂真善美，纯净又天真。"进入小说创作之后，一些读者认为我堕落了。对此，我感到很遗憾，也觉得很欣慰。如果这是堕落，我愿意让自己继续堕落下去。由一种小哲理，进入一种大哲理。由一种小的真善美，进入一种更丰富更缤纷更宽广的大的真善美。我想，没有比这更让我满意和沉醉的堕落了。

小说是一个广袤的世界。比小说更广袤的是世道人心。对待具体的生活内容我常常是弱智的，但小说却让我趋向坚定、平静、清晰和从容。我常常感觉自己是一个发现奇迹的孩子，左采一把花，右摘一颗枣。天苍苍，野茫茫，风吹草低见牛羊——不仅有牛羊，还有骆驼、大象、老虎、豹子、松鼠和蛇。它就像是个野生动物园，有着各种各样的声音和气息。我看也看不过来，写也写不过来，只好东一榔头西一棒，边看，边学，边想，边写。我相信，只要好好学习，即使不能够天天向上，也可以月月向上，或者年年向上。当然，向下也可以。只要向下的力量够强，深度够大，那么向下也是另一种意义的向上。

小说是一个广袤的世界。我很喜欢奥地利小说家布洛赫说过的一句话，他说：小说只有发现小说才能发现的真理，这才是小说唯一的道德。从这个意义上讲,我希望自己能成为一个具有小说道德的小说家。通过小说,更清晰地认识自己,认识他人,认识黑暗,也认识光明,同时也认识自己与他人、黑暗与光明之间的辽阔地带。我希望自己能成为一个诚实的写作者,一个心灵富有责任的写作者,一个有信念的写作者,同时也是一个不断拥有新的可能性的写作者。——也许这只是所有写作者应该具有的基本要素,但是因为粗暴和浮躁,我发现这些基本要素已经成为很高的要求。我希望自己能够做到以上这些。我会用这个奖项来提醒和激励自己去做到这些……

“自散文而小说,对你来说这两种文体的创作感受有什么不同?”这是他们询问频率最高的又一问题。想来想去,有一个比方相对形象一些:小说是旗袍,散文是睡衣。旗袍选料讲究,制作精良,如果技艺不过关,穿上不仅不漂亮,还会使你瑕疵全现,出乖露丑。而睡衣呢,因它是睡时贴身的最后一层衣服,所以最重要的一个特点便是舒服。因此款式一定要宽大,便于最广范围的肢体运动,用料不是纯棉便是真丝,而且穿得时间越久越觉得舒服,旧的,褪色的,磨了边儿的,开了线的……都可以加浓对它的依恋。还有一个比方:散文是漫天生长的草。草坪,草地,草原……可草毕竟还是草。好小说是打进大地心脏的利器,能掘出一个个洞来。功力有多深,就能掘多深。我渴望自己能写出的好小说，就是这样。最好能深掘到百米千米地层下的河流、矿藏和岩浆。

这些比方很容易引起误会，似乎可以引申为小说是面子，散文是里子。——不，这不是我想说的，它们都是里子。又似乎可以理解为小说要严谨，散文要自由。——不，这也不是我想说的，它们可能恰恰相反：小说因虚构和想象的因子流溢，所以有一双强劲的隐形的自由翅膀，而散文因是以写实为依托的，所以于外在的自由中又有着一些难以言尽的拘束……这话似乎又有些不对，抛却文体的形式不谈，从本质上讲，它们应该都是贴着心的，都是自由的，它们的区别只在于旗袍和睡衣的表象，殊途同归的是表象下的那颗心和那个身。

绕来绕去，说不好了。反正他们都是我喜欢的，都是我想要的。一个新欢，一个旧爱。新旧的概念将会被时间之水冲刷一统，末了，它们剩下的只是欢和爱——我和文字的欢爱。

最初写小说的时候，特别怕自己写得不像小说，因此就特别注意故事性，想要把小说写得好看，好读，想要有读者缘。后来获得普遍的肯定后，就渐渐放松了。开始试图把散文的因素融合进来，居然也很被读者接受。也明白自己多年的散文写作也还是积累了一些有益的经验，比如语言要更讲究一些，也比较注重细节。小说中偶尔运用一下散文的语态，也会让整个作品的节奏感更好一些。《山楂树》《最慢的是活着》都是此类的散文化小说。总之，文体本身都无问题，关键看写作者自己怎么掌控。

吕：在您的小说中，对女性生存处境的关注似乎是一以贯之的，这和你身为女性作家有很大关系吧？您怎样看待当今的女性问题和女性文学？

乔叶：应该是的。这是一种不自觉的入戏。身为女性，去写女性，可能更感同身受吧。不过偶尔也会写以男性为主角的，比如中篇小说《锈锄头》《拥抱至死》等。当今的女性问题其实和当今不当今没关系，关于爱情，关于家庭角色，女性的不安全感，焦虑情绪，都是自古以来都有的。不过是换个衣服呈现出不同的表象而已。再往深里说，女性的问题其实男性也都有。因此我不怎么主张把文学进行男女性的分类。归根结底大家都是人，写的都是人性。当然，如果一定要分类的话，对于当今的女性文学，我非常看好。铁凝、王安忆，迟子建都是非常好的女作家。新生代里，我非常喜欢魏微和鲁敏。

吕：您迄今为止出版了四部长篇，即《我是真的热爱你》、《底片》、《因为所以》和《结婚互助组》，但除了第一部《我是真的热爱你》之外，其他三部多由你的中短篇小说拼合而成，这样做是什么原因，是市场的召唤还是中短篇小说家常见的"长篇焦虑"？您怎样理解长篇、中篇和短篇之间的关系？

乔叶：《我是真的热爱你》的写作，我有着强烈的主观意愿。2001年5月,我正襟危坐在书桌前,准备开始自己的小说生涯。虽然口口声声说要写小说,但真要写的时候其实是一头雾水。怎么写?不知道。写什么?也不知道。干脆一蒙头,傻子买鞋——冲大的去了。没错,我瞄准的目标就是一个长篇小说。动笔之前,著名小说家、时任河南省文学院常务副院长的李佩甫老师问我:“准备写小说了?”我答:“是。”他问:“长篇还是中短篇?”我答:“长篇。”他沉默片刻,道:“还是先练练中短吧。”我答:“我觉得我能写长篇。”他又沉默片刻,道:“那,你写吧。”

于是,鲁莽者的受训之路启程了。最初的一两章雄心万丈,写到一半便艰难万分,到了最后,简直就是生不如死的煎熬——脑力劳动堕落成了体力劳动,天天对自己咬紧牙关喊口号:坚持就是胜利,坚持就是胜利……用了将近一年的时间,我写下了这个长篇的初稿。写完后的感觉只是一个字:怕。半年后才拿出来给人看。在这个过程中,我无比真切地认识到了佩甫老师当初给我的建议是一种多么委婉的劝导。作为一个优秀的小说家,他心如明镜:对于一个完全不知小说为何物的懵懂者来说,没有中短篇写作的技术和经验作底,一个长篇小说的创作会出现多么严重的障碍和困难。回忆起来真是怕啊:我以初生牛犊不怕虎的无知无畏,经历了一次冒险。

还好，冒险者的运气不错。2003年底，这部名为《我是真的热爱你》的小说被《中国作家》头条发表。2004年4月，长江文艺出版社出版了它的单行本，并且入选了当年的中国小说排行榜长篇榜，获得了诸多评论家的关注和读者的认可。后来又被《长篇小说选刊》选载。

现在想来，怕虽是怕的，也很羞愧，却亦深感欣悦和幸福。因为我知道：我以后的长篇小说可能都比它成熟老到，却再也不会比它稚拙可爱。它是我小说创作的真正开端，是我小说创作青春期的产物，是我和小说的初恋。这样的青春期，这样的初恋，对于一个写作者来说，最为特别，也最为刻骨铭心。而且，我也不后悔。因为我明白：一、后悔无用；二、这部长篇的创作经历让我从另一个角度触摸到了小说，明白了小说原来是这样，原来是那样，原来可以这样，也可以那样。

至于其他的长篇，严格地说，都不是我心目中的长篇，之所以写它们，也不是因为市场意识和长篇焦虑感，只是因为这样那样的原因，没有原则地答应了出版社的约稿，到交稿的时候又没有合适的交，只好把几个中篇凑到一起串起来，或者把其中一个抻长了。那真是无知之事。以后再也不会了。

可以说，一个作品一旦在心中萌芽，就决定了它长、中、短的属性。打个比方：如果说长篇是一棵粗壮的大树，那么中篇就是一棵葱茏的灌木，而短篇则是一棵玲珑的小草。体积虽然不同，但它们一旦诞生就都是独立的不能代替的个体。比方打得不一定合适，暂且这样说吧。

吕：您就读过鲁迅文学院和上海市作协作家班？这些学习经历对您的写作有哪些影响？

乔叶：是的，鲁院读了半年。上海那个研究生班读了两年。收获很大。听课是一方面，课下和同学们交流又是一方面。可以说，在课上开阔了视野，开阔了胸襟，丰富了知识，梳理了困惑，在课余通过深层的内省和吸收，通过与同学及同道之间积极的切磋和交流，放飞了创作思想，张扬了创作个性，丰富了创作实践，碰撞了创作理念，互换了创作经验，文学信念得到了进一步的建构和修整，价值观念和精神体系也得到了进一步的完善和健全，文学思维也有了更多的向度，当然文学品质也相应地得到了提高。

印象最深的是，2004 年上半年，我在北京鲁迅文学院第三届高级研讨班学习，很自觉地投入到了中短篇小说的创作练习中，补“小说课”。补课的过程中，我越发明白了这一点。刚入校的时候，学员们照例被分组。诗歌组、散文组都很亲，但我报的是小说组，导师是著名评论家李敬泽。在一次小课里，他和我们探讨了一个主题：小说的可能性。谈到当下小说写作的一些问题的时候，他强调了几句话，大意是说要破执着，破幻觉，要面对本心、白心和素心；破挡住我们眼前的东西，要真正地站在泥潭里，去感受问题，提出问题，要扎扎实实地面对心灵的疑难，一刀一斧地去面对。也许这些话并不新鲜，但我突然感觉到，这正是我的真病。那次小课之后，我写了一个中篇，名字叫《紫蔷薇影楼》。写的还是妓女，是一个妓女洗手回乡之后和以前的嫖客邂逅的事情。我知道有人写过这种题材，但我也知道自己不会同他们写的一样。这次，我真切地找到了她的软，她的痛，她回归正常生活之后的坚定和清晰、暧昧和恍惚。我能够更贴近她这个人本身，而不是一个妓女的概念。我以我的本心感受她的本心，误差较少地传染到了她的温度。这篇小说发表在《人民文学》2004 年 11 期，被《中华文学选刊》和《小说精选》选载。

吕：在阅读您的小说过程中，我常常感受到经典的痕迹，比如《解决》让我想起鲁迅的《故乡》，《取暖》让我想起郁达夫的《迟桂花》，还有一些作品让我想起张爱玲、王安忆、迟子建以及一些河南作家的作品。我想了解的是，您的写作资源来自哪里？您比较欣赏哪些作家？

乔叶：写作资源无他，永远是一个——生活。前些时重读毛泽东同志 69 年前《在延安文艺座谈会上的讲话》，其中的很多话语我重新读来，仍然觉得精准和适用。他说："人民生活中本来存在着文学艺术原料的矿藏，这是自然形态的东西，是粗糙的东西，但也是最生动、最丰富、最基本的东西……它们是一切文学艺术的取之不尽、用之不竭的唯一的源泉。这是唯一的源泉，因为只能有这样的源泉，此外不能有第二个源泉。……有出息的文学家艺术家，必须到群众中去……到唯一的最广大最丰富的源泉中去，观察、体验、研究、分析一切人，一切阶级，一切群众，一切生动的生活形式和斗争形式，一切文学和艺术的原始材料，然后才有可能进入创作过程。”

喜欢很多作家。国内的就不说了，国外的有福楼拜、略萨、奈保尔等等，最近在读美国的诺曼·梅勒《刽子手之歌》，写得太好了。这些优秀的作家会在不同的角度刺激我去认识世界和思考生活，从而更好地进行创作。

吕：您的作品多取材于河南这块土地，不论是农村还是城市，特别是豫北地区，这使我感到很亲切，您写到的很多风土人情，我的家乡一样有。您怎样看待河南这块土地以及所谓中原文化？在您的文章中您曾提及河南作家之间相互鼓励、相互支持、相互批评的风气，这种风气是十分美好和健康的。您怎样看待文学豫军以及“中原突围”？

乔叶：中原文化厚重丰饶，我深爱之。文学豫军精英荟萃，我深敬之。每一代的文学豫军都有优秀的作品出现，这是必然的。不过，“中原突围”这个概念我认为不适合文学领域。写作不是打仗。如果说是打仗，也只是作家在和自己打，用“自我突围”更合适一些。只要把自己成功突围了出去，我相信，每个作家都会写出优秀的作品。我对文学豫军的未来很有信心。

吕：您创作的成功离不开一些期刊？您早期的散文主要发表在哪些刊物上？这些刊物以及背后的读者群对您的写作有哪些影响？您现在的小说写作在读者定位方面相比于以前的散文有哪些变化？您曾经参加过河南作协和新浪网组织的文学豫军"文学冲浪"活动，网络对您的写作有哪些影响？您怎样看待网络文学？

乔叶：一、"成功"这个词不合适，只能说是从报刊起步的。《中国青年报》《辽宁青年》《时代青年》《文友》《女友》，几乎当时所有的社会期刊都发过我的小散文。二、刊物的认可和读者的支持让我有信心将写作之路走下去。这种动力是非常珍贵的。三、散文读者没有流失，我至今在《北京晚报》《新民晚报》还有散文专栏在继续。小说读者也有很多。这两部分读者也有交叉的，也有只读散文或者小说的。他们的存在对我来说都很重要。一个寂寞的写作者，非常需要读者"亲友团"的温暖。四、网络对我的写作没有本质影响。网络是一个重要的信息平台。但对于写作来说，有效的信息非常少。不过作品完成之后，通过这个平台来进行传播，这倒是大势所趋。五、网络文学，它借助网络而生，但和所有纸媒诞生的文学没有任何本质不同，因此也不具备任何特权和优势。无论什么文学，写出好作品才是第一要紧。

吕：您十分年轻，前景十分被看好，您对自己未来的创作之路有哪些期待？近期有哪些创作方面的计划？

乔叶：将近四十，已不年轻。深感冯唐易老，李广难封。希望以后能写出好一些的小说。近期准备写一个长篇。

吕：我查阅了一些关于您的小说的评论，印象比较好的是李敬泽、郜元宝和王宁的评论，感觉很贴切，意见我也很赞同。现在文坛上有的作家很重视关于自己的评论，有的作家则不屑一顾，您怎么看待当今的文学评论？批评家可能会给您的创作以“70后写作”或者“女性写作”等命名，您接受吗？

乔叶：我看的评论不多，只挑自己感兴趣的话题或者自己喜欢的评论家偶尔看看，因此不发表观点。至于他们怎么对我归类和命名，悉听尊便。我不介意。

本书涉及的主要作品发表及出版情况

邵丽《明惠的圣诞》,《十月》2004 年第 6 期

邵丽《刘万福案件》,《人民文学》2011 年第 12 期

邵丽《第四十圈》,《人民文学》2014 年第 2 期

邵丽《北地爱情》,《人民文学》2016 年第 1 期

邵丽《黄河故事》,《人民文学》2020 年第 6 期

乔叶《锈锄头》,《人民文学》2006 年第 8 期

乔叶《卡格博峰上的雪》,《大观·东京文学》2015 年第 2 期

墨白《告密者》,河南文艺出版社 2011 年版

陈有才《陈有才诗文集》,河南文艺出版社 2018 年版

陈峻峰《三炷香》,新华出版社 2011 年版

何弘主编《2015 年河南文学作品选·短篇小说卷》,大象

出版社 2017 年版。

胡亚才《我的城》，河南文艺出版社 2012 年版。

田君《不安之书》，海风出版社 2009 年版。

后　记

我所从事的专业是当代文学。当代文学学科分为文学史研究和文学评论，照理说每个当代文学研究者都应该既做一些文学史研究，也做一些文学批评，但事实上这两者是很难兼顾的，更不容易都做得出色。限于自己的才力以及对当下文学场域的认识，我在读书期间主要把精力放在了文学史研究上，硕士、博士毕业论文的题目都是文学史方面的。博士毕业以后，生活相对从容了一些，闲暇时常常读一些当下的作品，也常常会生出一些感慨，进而写下几句文字。其中的一些，经过整理得到了发表，更多的还是保存在我的笔记本中。于我而言，一个时期集中做文学史研究，未免感到寂寞，也不时怀疑文学史研究的意义；而批评性文字写多了以后，又常常觉得浮躁浅薄，觉得身处边缘高校的自己所发出的声音如此微弱，又有谁会在意呢，不过是自生自灭罢了，这就又生出一种虚无感来。曾经很长一段时间，我是在寂寞中虚无，在虚无中彷徨。后来遇到一些机缘，与河南文学界、信阳文学界有了联系，开始发现文学的生机，也逐渐意识到自己的评论文字可能会对河南文学生发一点儿力量，于是便坚持写作关于河南文学的评论文章，慢慢地就形成了这本书。

投入心血写作评论河南作家的文章，还与我对当下文学评论的观察和认识有关。当下的评论界，早已不再是80年代的所谓自由竞争的样子了，而是颇有些垄断的意味了。在这样的环境中，批评就很难成为一件让人快乐的事。对于身处边缘高校的青年教师来说，要在评论方面有所建树，在文学场域发出声音，也是一件很困难的事。我常常勉励身边一些友好的同事说，和批评新锐们相比，我们已经输在起跑线上了，我们如果想有所作为，只有拼耐力了，也就是说，只有靠坚持了。至少，我自己是这样坚持的。幸运的是，我的坚持得到了很多师友的支持。邵丽老师、乔叶老师一直对我的评论写作鼓励有加，何弘老师对我常常是不吝赐教，还拨冗作序予以支持，南丁先生、田中禾先生、墨白先生等对我的评论也说过勉励的话，信阳市的陈峻峰先生、胡亚才先生、田君兄、陈宏伟兄等一直关心我的发展，这些关心和支持都给我以力量，使我常常在虚无中奋起，写下一些融入自我生命情怀的文字。在这里，我真诚地感谢他们。

《中原文学新风景》是我从事文学评论的一个小结。希望阅读这本小书的朋友们批评指正，给予我继续前行的力量。

吕东亮

2018年6月